La petite modiste de Londres

Aux Éditions J'ai lu

Le manuscrit du déshonneur
N° 8959
Les joyaux de la discorde
N° 12311
Sous le charme d'une inconnue
N° 12657
La quête de Davina
N° 12961

LES INSOUMISES

1 – Audrianna
N° 9823
2 – Verity
N° 9895
3 – Celia
N° 10005
4 – Daphné
N° 10026

LES SÉDUCTEURS

1 – Le maître de la séduction
N° 11658
2 – Le pire des adversaires
N° 11674
3 – Une si jolie fleur
N° 11751

L'HÉRITAGE DU DUC

1 – Le visiteur du soir
N° 13370

MADELINE
HUNTER

L'HÉRITAGE DU DUC – 2

La petite modiste de Londres

Traduit de l'anglais (États-Unis)
par Élisabeth Luc

J'AI LU

J'AI LU POUR elle

Si vous souhaitez être informée en avant-première
de nos parutions et tout savoir sur vos auteures préférées,
retrouvez-nous ici :

www.jailu.com

Abonnez-vous à notre newsletter
et rejoignez-nous sur Facebook !

Titre original
HEIRESS IN RED SILK

Éditeur original
Zebra Books, published by
Kensington Publishing Corp.

Pour mes fils Thomas et Joseph

1

Dans la famille Radnor, l'excentricité était présente à divers degrés, tel un fil de couleur intriqué dans la trame d'une tapisserie. Certains membres étaient d'une teinte terne, alors que d'autres brillaient de mille feux. Au vu de son jeune âge, il était encore difficile de savoir de quelle nuance Kevin Radnor colorerait le tableau familial.

Il dénotait déjà fortement la propension à l'originalité dont faisaient preuve son père et son oncle. Quand un sujet captait son attention, Kevin se jetait à corps perdu dans son étude, jusqu'à l'obsession. Ainsi, à la veille de ses trente ans, il avait acquis des compétences hors du commun dans les domaines de l'escrime, de la mécanique, de l'ingénierie, des papillons de nuit, du grec ancien, de la chimie… et des plaisirs charnels.

En cette fin de mois de mars, c'est cet engouement spécifique qui l'avait conduit dans une maison close du quartier de Portman Square. Depuis quelque temps, son esprit était accaparé par un problème professionnel, et seul le plaisir de la chair pouvait apaiser ses tourments. Cet établissement était réputé pour ses hôtesses vendant leurs charmes par choix et non par désespoir, ce qui lui donnait bonne conscience lorsqu'il contribuait à anéantir la réputation d'une femme. De plus, il aimait leur enthousiasme qui, selon lui, allait de pair avec l'inventivité.

Torse nu, il était assis dans la chambre d'une certaine Béatrice, une jolie rousse qui s'effeuillait lentement sous ses yeux. Kevin oubliait déjà ses soucis. Vêtue de ses seuls dessous, elle se pencha pour faire glisser un bas le long de sa jambe, une posture qui exposait ses fesses rondes.

Au moment où elle ôtait le bas de son pied, quelqu'un frappa à la porte.

— C'est occupé ! lança Béatrice.

— Je voulais juste te dire qu'elle est arrivée. La nouvelle capeline ! fit la voix étouffée d'une femme. Elle est superbe !

Béatrice passa au second bas. Distraite par cette interruption, elle n'était plus à ce qu'elle faisait.

— Va voir, lui dit-il. Cela ne me dérange pas.

Elle sautilla vers lui avec entrain et l'embrassa, puis elle alla entrebâiller la porte.

— Tu vois ? fit l'autre femme.

— Oh ! Elle s'est surpassée, cette fois, commenta Béatrice. Regarde un peu ce ruban, la qualité du point…

— Rosamund est la meilleure.

Rosamund. Ce prénom attira l'attention de Kevin, qui se leva pour rejoindre la jeune femme sur le seuil.

— J'apprécie les jolies capelines, déclara-t-il. Faites voir.

C'était un modèle aux tons roses et bleus très printaniers, en toile crème et ourlé de rubans formant des rosettes.

Cependant, c'est surtout la boîte posée sur le plancher qui l'intéressa, car elle portait l'étiquette de la chapellerie Jameson à Richmond.

Il demeura impassible mais, dès que la porte se fut refermée, il enfila sa chemise.

— Quoi ? s'étonna Béatrice. Je croyais qu'on…

— Je viens de me rappeler un rendez-vous important. Ne t'en fais pas. Je paierai la passe à Mme Darling.

— Moi qui pensais prendre un peu de bon temps, geignit-elle, boudeuse. Tu es l'un de mes préférés, tu sais.

— Ce n'est que partie remise.

Un quart d'heure plus tard, Kevin arrêta son cheval devant un édifice de Brook Street, dans le quartier de Mayfair. Dès que la porte s'ouvrit, il entra en trombe et écarta sans ménagement le valet pour filer à l'étage, ignorant ses protestations.

Il pénétra dans une chambre à coucher plongée dans la pénombre.

Une femme poussa un cri de surprise.

— Nom de Dieu, Kevin ! s'écria un homme.

Le jeune homme s'arrêta net face au couple qui l'observait depuis le lit. La femme avait remonté le drap sur son visage.

— Franchement, Chase, ta famille est parfois insupportable ! gronda-t-elle.

— Je suis terriblement désolé, Minerva… Chase… mais je l'ai trouvée ! J'ai trouvé Rosamund Jameson !

Rosamund espérait que la dame qui s'attardait devant la vitrine depuis un moment franchirait le seuil de sa boutique. Sa pelisse en laine bleue façonnée sur mesure était élégante, et sa capeline valait un certain prix. Rosamund ne put s'empêcher d'imaginer des transformations sur ce modèle : un bleu plus foncé, une matière plus brillante pour contraster avec les cheveux bruns de la femme… Le bord méritait d'être ourlé de dentelle, peut-être.

Cette dame avait un beau visage et un regard sombre saisissant. Quel dommage de le dissimuler !

Hélas, elle s'éloigna. Rosamund reporta son attention sur Mme Grimley, qui avait décidé d'acheter l'une des dernières créations de sa collection automne-hiver et exigeait une remise car la saison touchait à sa fin. Rosamund avait accédé à sa demande. Le chapeau comprenait un peu de fourrure – un luxe inabordable pour sa clientèle habituelle. En conséquence, elle ne l'avait pas vendu.

— Souhaitez-vous commander une capeline pour les garden-parties du printemps ? proposa-t-elle en plaçant son achat dans une boîte.

Ces emballages avaient également un coût, mais toute modiste digne de ce nom se devait de les offrir à ses clientes. Elle voulait être à la hauteur de ses ambitions et avait choisi un carton pourpre qui rehaussait joliment l'étiquette crème.

— Je vais réfléchir, répondit Mme Grimley. J'ai l'intention de me rendre chez ma sœur, à Londres, pour faire quelques emplettes en sa compagnie. J'aurai peut-être besoin de vous à mon retour.

Rosamund lui sourit pour masquer sa déception. Jamais elle n'aurait pu ouvrir une boutique dans les rues huppées de la capitale, et elle se réjouissait d'avoir eu cette opportunité à Richmond, petite ville située à une dizaine de kilomètres du centre de Londres. Si ses meilleures clientes lui passaient commande de temps en temps, elles se fournissaient surtout à Mayfair. Un jour, elle serait modiste là-bas et ses tarifs seraient deux fois plus élevés. En attendant, elle ne pouvait brûler les étapes.

— Je serais ravie de vous créer un chef-d'œuvre, si vous le souhaitez.

Elle noua le ruban qui ornait le couvercle du carton et le remit à sa cliente.

— Vos autres articles seront prêts d'ici un jour ou deux et je les ferai livrer chez vous. Ils sont presque terminés.

En réalité, Rosamund tirait la majeure partie de ses revenus de la vente de simples coiffes et des commandes de ses amies londoniennes telles que Béatrice.

Elle songea à la capeline qu'elle lui avait envoyée deux semaines plus tôt et imagina Béatrice coiffée de ce modèle au parc. Rosamund avait inventé une nouvelle forme de rosette en ruban de gros-grain, une technique unique qu'elle refusait de partager. Peut-être qu'un jour, les dames de la bonne société se battraient pour arborer ses rosettes...

Mme Grimley prit congé. Rosamund remit de l'ordre sur le comptoir, puis elle se retourna pour disposer des rouleaux de galon sur une étagère. Elle mettait un point d'honneur à bien présenter ses articles, à mettre en valeur l'éclat de leurs couleurs afin d'attirer l'œil des dames.

Elle époussetait un présentoir lorsqu'elle aperçut l'inconnue à la pelisse bleue qui observait à nouveau la vitrine. Pour l'inciter à entrer, la jeune femme lui sourit, sans cesser d'agiter son plumeau.

L'inconnue ouvrit la porte et balaya la boutique du regard. Elle examina les capelines exposées sur le comptoir et les étagères avant de poser les yeux sur Rosamund, qu'elle toisa sans vergogne.

— Êtes-vous Rosamund Jameson ? Avez-vous vécu dans Warwick Street, à Londres ?

— Oui, en effet.

La dame sortit une carte de son réticule.

— Je m'appelle Minerva Radnor. Je vous cherchais.

Rosamund accepta la carte. *Agence Hepplewhite, enquêtes et filatures discrètes.*

— Hepplewhite ? Je croyais que vous vous appeliez Radnor...

— Je me suis mariée. L'agence est à mon nom de jeune fille.

— J'ai l'impression que vous n'êtes pas venue m'acheter un chapeau.

Le sourire de Mme Radnor fit pétiller ses yeux de braise.

— En effet, même si les vôtres sont superbes. Cela fait des mois que je vous cherche pour vous informer d'un héritage dont vous êtes la bénéficiaire. Un héritage conséquent.

— Inutile de fermer la boutique, dit Mme Radnor. Si une cliente se présente, je patienterai.

— Comme si je pouvais m'entretenir avec une cliente, à présent, souffla Rosamund en tirant les rideaux avant de verrouiller la porte. Je tombe des nues.

— Vous n'allez pas défaillir, j'espère...

— Je n'ai pas besoin de sels, répliqua la jeune femme en la regardant par-dessus son épaule. Des explications me suffiront.

— Naturellement.

Mme Radnor approcha une chaise de la table qui trônait au centre de la boutique.

— Qui diable m'a légué cet... héritage ?

— Le duc de Hollinburgh. Vous le connaissiez ?

Abasourdie, Rosamund prit le temps de se ressaisir.

— Je l'ai rencontré, oui. Nous ne nous sommes parlé qu'une seule fois.

Elle comprit enfin le regard appuyé de Mme Radnor.

— Nous n'étions pas amants ! Ce n'était pas du tout ce que vous semblez croire.

— Je ne crois rien. Voyez-vous, je suis également son héritière, et nous n'étions pas amants non plus.

En fait, je n'ai jamais rencontré le duc. Je trouve fascinant que vous ayez eu une conversation avec lui.

— Elle n'a pas duré longtemps. Il avait appris certaines choses sur moi.

Peut-être s'était-elle trop confiée, mais elle était si lasse... Et ce monsieur s'était montré gentil, alors qu'elle soignait une amie à lui qui était malade. Rosamund l'avait trouvé très accessible malgré son statut.

— Il était très aimable. Il m'a remis une bourse contenant dix guinées. C'est ainsi que j'ai pu ouvrir cette boutique.

Mme Radnor observa à nouveau les chapeaux.

— Quand est-ce arrivé ? demanda-t-elle. L'adresse inscrite dans le testament vous domicilie à Londres, mais là-bas, nul ne vous connaissait.

— J'y ai vécu un peu plus d'un an. J'ai repris le logement d'une femme de ma connaissance et j'avoue que nous n'en avons pas informé le propriétaire, de peur qu'il n'augmente le loyer. Je suis donc restée discrète. Je travaillais chez une modiste de la City pour tout apprendre de cet art, ainsi que la comptabilité, la recherche de fournisseurs... Les rêves, c'est bien joli, mais la mode est un vrai métier.

— Vous avez acquis les compétences dont vous aviez besoin pour réaliser votre rêve.

— En quelque sorte. Ensuite, je me suis installée ici car les loyers sont bien moins élevés à Richmond et la concurrence est moins rude.

— Où étiez-vous quand vous avez rencontré le duc ?

Rosamund se crispa légèrement.

— Pour toucher cet héritage, je dois vous raconter toute l'histoire ? demanda-t-elle d'un ton défensif qu'elle regretta aussitôt.

Mme Radnor ne parut pas s'en offusquer.

— Mon Dieu, non ! répondit-elle. Je ne voulais pas me montrer indiscrète.

Elle sortit deux autres cartes de son réticule.

— Voici les coordonnées du notaire à contacter pour obtenir votre dû, et voilà ma carte personnelle. Nous sommes un peu liées, comme deux femmes à qui le défunt duc a offert un cadeau inattendu. Quand vous viendrez en ville, n'hésitez pas à faire appel à moi si vous avez besoin de quoi que ce soit. En fait, indiquez-moi la date de votre venue et je vous recevrai.

Rosamund prit les cartes d'une main tremblante.

— Vous ne me demandez même pas de quelle somme vous héritez ? s'enquit Minerva.

— Ce sera toujours plus que ce que je possède aujourd'hui.

Peut-être pourrait-elle ouvrir sa boutique de modiste à Londres ou assurer l'avenir de sa sœur...

— J'aimerais savoir si cette somme est proche de cent livres. J'ai des projets.

— C'est bien plus, mademoiselle Jameson. Vous héritez de milliers de livres.

Des milliers de livres ! Rosamund en eut le souffle coupé.

— De plus, il est question d'une entreprise dont le duc possédait la moitié. Il vous lègue ces parts.

— Le duc... possédait une boutique de modiste ?

Mme Radnor posa une main sur celle de la jeune femme avec un sourire.

— Il n'est pas question de chapeaux, loin de là. Venez à Londres dans les plus brefs délais. Je vous aiderai dans vos démarches.

Rosamund se mit à rire, puis elle eut envie de pleurer. Elle agrippa la main de Mme Radnor.

— Je partirai pour Londres dès que je tiendrai debout sans défaillir, annonça-t-elle.

2

Deux semaines plus tard, Kevin Radnor retourna chez son cousin Chase à Mayfair. S'il était aussi exalté que lors de sa dernière visite, voire davantage, le trajet n'avait guère été agréable. La bonne société arrivait en ville pour la saison. Les routes peu fréquentées depuis des mois étaient encombrées de voitures et de charrettes.

Il mit pied à terre et confia ses rênes à un garçon d'écurie. Il entra sans plus de cérémonie que la dernière fois, sous le regard impassible du majordome qui se contenta de lui désigner le petit salon.

Chase et Minerva étant installés depuis peu, il leur restait quelques aménagements à effectuer. Cependant, la pièce lumineuse et spacieuse donnait sur un jardin.

— Où est-elle ? demanda-t-il sans préambule.

Chase posa les yeux sur lui et finit son café.

— Quel plaisir de te voir, Kevin. Et de si bon matin ! lança Minerva en regardant la pendule. Il est à peine 10 heures.

Kevin n'était pas d'humeur à écouter les sarcasmes de la jeune femme.

— Chase m'a écrit que Mlle Jameson arrivait en ville et que vous lui aviez proposé de l'héberger. Je sais donc qu'elle se trouve dans cette maison.

— C'est vrai, admit Minerva. Elle est là depuis deux jours et s'est rendue chez le notaire hier. Elle dort encore.

Kevin tourna les talons.

— Arrête ! ordonna son cousin.

Kevin se figea et pivota vers Chase, qui le foudroyait de ses yeux d'un bleu acier.

— Assieds-toi. Tu ne vas pas débouler dans sa chambre pour avoir avec elle la conversation qui te tient tant à cœur. Je comprends ton impatience, mais attends encore un peu.

— Bon sang, cela fait un an que j'attends ! Et je l'ai trouvée.

C'était bien lui qui avait trouvé Mlle Jameson, et non Chase, le détective qui avait été chargé de localiser les trois femmes à qui son oncle avait légué une fortune. Son métier était pourtant de mener des enquêtes. Ce n'était pas Minerva non plus, qui exerçait la même profession, si étrange que cela puisse paraître.

Celle-ci posa sur lui le regard plein d'empathie d'une nurse fatiguée par les caprices d'un enfant.

— Prends donc un petit déjeuner.

À contrecœur, Kevin accepta des œufs brouillés et s'assit en face de Chase. Un valet vint lui servir du café. Le jeune homme n'avait qu'une idée en tête : la femme qui tenait son avenir entre ses mains se trouvait à l'étage et dormait paisiblement, contrairement à lui, que le sommeil fuyait depuis longtemps.

— À quand remonte ton dernier repas digne de ce nom ? s'enquit Chase.

Kevin observa son assiette vide.

— Hier soir. Non ! Attends, avant-hier soir... J'étais occupé.

— Tu cherches toujours à résoudre ce problème de jeux de hasard ?

— Ce sont des probabilités. Et oui, j'y ai beaucoup réfléchi.

— Il semble un peu bizarre de jouer aux cartes avec un avantage de nature mathématique.

— Mon objectif est de gagner beaucoup d'argent.

Chase savait pourquoi son cousin avait un tel besoin d'argent.

— Tu trouveras une solution, assura-t-il.

— Ce ne sera pas forcément nécessaire. Tu héberges sous ton toit une femme susceptible dc rendre ces manœuvres inutiles.

Kevin se tourna vers Minerva avec une nonchalance forcée :

— Comment s'est déroulé son rendez-vous chez le notaire ?

— Très bien. Mlle Jameson est un peu dépassée. Quant à Me Sanders, il s'est montré très bienveillant, comme à son habitude, et très clair dans ses explications. Il a répondu à ses questions.

— Quelles questions ?

Minerva échangea un regard complice avec Chase.

— Oh, les questions habituelles sur les conditions de son accession aux fonds. Il est évident que cette jeune femme a la tête sur les épaules et qu'elle est capable de gérer elle-même cet argent.

Kevin esquissa un sourire forcé. Son oncle, le défunt duc, avait légué à une quasi-inconnue plus d'argent qu'à lui-même, l'un de ses neveux préférés.

— Et le reste ? L'entreprise ?

Son entreprise à lui.

— Eh bien, fit Minerva, un peu gênée. Elle a demandé au notaire ce qu'elle devait en faire. Il avait le devoir de lui exposer ses options. Sache qu'elle ne semble guère avoir envie de vendre sa moitié de l'entreprise.

Enfer et damnation ! Kevin se promit d'étrangler Sanders.

— Il faut que je la voie ! Va la chercher. Sinon, Chase devra me repousser de son épée pour m'empêcher de monter.

Contrariée, Minerva se tourna vers son mari qui resta silencieux, se contentant de boire une gorgée de café.

— Je suppose que je peux aller voir si elle est levée. Cependant, je refuse de la réveiller. Et si elle n'est pas encore habillée, tu devras patienter. Reviens plutôt en début d'après-midi, comme tout visiteur civilisé.

— Je suis disposé à l'attendre le temps qu'il faudra. Je serai dans la bibliothèque.

Minerva se retira. Chase entreprit d'étudier son courrier pendant que Kevin se resservait d'œufs brouillés. Chacun des cousins Radnor possédait ses propres atouts. Ainsi, Chase excellait dans la recherche d'informations. Il était aussi capable de jauger une personne en très peu de temps, deux qualités qu'il mettait à profit dans sa profession.

— Qu'as-tu pensé d'elle ? s'enquit Kevin.

Chase posa la lettre qu'il lisait et réfléchit un instant.

— Elle est raisonnable et indépendante. Elle a ouvert une boutique qui semble rencontrer un certain succès, de quoi embaucher une vendeuse et une apprentie, à qui elle a laissé les rênes pour venir ici. Elle est d'origine modeste, mais n'a rien d'une paysanne. Elle m'a paru intelligente, même si je n'ai pas discuté très longtemps avec elle.

— À quoi ressemble-t-elle ?

— Elle est blonde. À part cela, je ne puis émettre qu'une opinion subjective. Quelle importance ?

Une blonde. Il s'attendait à des cheveux grisonnants, peut-être parce que seuls les chapeliers ayant une certaine expérience ouvraient leur propre boutique. Il devait en être de même pour les modistes. Naturellement, rares étaient les femmes qui recevaient une bourse bien garnie de la part d'un duc.

— Minerva trouve ses chapeaux ravissants. Spectaculaires sans être vulgaires, selon elle, poursuivit Chase. Tu sembles contrarié que je ne t'en dise pas davantage.

— Tu sais combien c'est important pour moi. Je pensais que tu l'examinerais de plus près et que tu lui poserais quelques questions discrètes.

Chase sourit et reprit sa lecture.

— Tu es capable de mener ta propre enquête.

Kevin finit son petit déjeuner. Qu'est-ce qui pouvait amuser son cousin à ce point ?

Jamais Rosamund n'était entrée dans une demeure aussi somptueuse. Elle s'émerveillait du baldaquin de son lit, des rideaux, des élégants tableaux qui ornaient les murs. La chambre était spacieuse, de même que les pièces de réception du rez-de-chaussée. Les meubles étaient encore rares, mais de grande qualité.

Même les Copley ne vivaient pas dans un tel luxe, alors qu'ils étaient bien nés – moins que M. et Mme Radnor, bien sûr. Chase Radnor était le petit-fils d'un duc et le cousin de son héritier.

Elle quitta le lit à regret. Cela faisait au moins une heure qu'elle était réveillée, à réfléchir au tournant que prenait sa vie et à ce qu'elle allait faire de cet argent tombé du ciel. Elle pouvait en mettre de côté, pour que sa sœur ne finisse pas domestique comme elle. Lily recevrait une véritable instruction, perspective qui lui procurait la plus grande joie.

Le reste de l'argent lui servirait à ouvrir une boutique à Londres. Mme Ingram gérerait celle de Richmond, le temps pour Rosamund de décider si elle voulait garder les deux commerces. À Londres, elle aurait besoin de personnel. Il fallait qu'elle commence ses recherches au plus vite.

Elle ne pourrait rester éternellement dans cette maison. Elle devait trouver un logement...

Rosamund regarda par la fenêtre. Le temps était couvert. En contrebas, dans le jardin, des bourgeons faisaient leur apparition. En songeant à sa nouvelle demeure, elle imagina des tulipes, des narcisses. Elle n'avait pas de gros besoins.

Si elle voulait être modiste, un logement modeste suffirait. Si, en revanche, elle voulait...

Elle n'osait mettre des mots sur son rêve, de peur qu'il ne disparaisse. Pour envisager son rêve secret, il fallait qu'elle affronte la vérité.

Si elle était riche, si elle habitait une belle demeure, portait des tenues raffinées, si elle devenait plus qu'une servante ou une modiste, serait-elle digne d'épouser Charles ?

Elle ferma les yeux pour imaginer son visage si beau, si fin, son sourire qui avait fait battre son cœur à tout rompre dès leur première rencontre. Depuis cinq ans, elle gardait précieusement ses traits en mémoire, grâce à son amour, sa foi en lui. Un tel amour méritait d'exister, non ? Et d'avoir un avenir. Même les parents de Charles l'accepteraient si elle était riche. Le jeune homme n'avait pas renoncé à elle de son plein gré. Il avait été envoyé au loin, et elle-même s'était retrouvée exclue de chez les Copley.

Elle revécut leur dernier baiser, avant que la voiture emporte Charles vers la côte. Elle s'était mise en retrait pour assister à son départ et, ignorant les regards courroucés de ses parents, il l'avait prise dans ses bras pour l'embrasser avec fougue. Ensuite, il lui avait promis qu'ils seraient réunis un jour.

Rosamund n'était pas rêveuse de nature. Charles était bien né, et elle n'était que la fille d'un paysan de l'Oxfordshire. Une telle union n'était pas possible. Mais elle avait continué à l'aimer en secret, en gardant un espoir insensé.

À présent, grâce à cet héritage, elle avait une chance de réaliser son rêve.

Les pensées se bousculaient dans son esprit. Devait-elle prendre ce risque ? À l'image des bulbes qu'elle voyait par la fenêtre, son histoire d'amour pouvait-elle éclore et croître ?

Quelqu'un frappa doucement à la porte, interrompant sa réflexion. Minerva apparut sur le seuil, accompagnée de sa femme de chambre.

— Je vois que vous êtes réveillée. Mary a monté de l'eau et va vous aider à vous habiller.

— Il doit être tard. Il est grand temps que je me lève. J'ai quelques courses à faire cet après-midi.

Minerva referma la porte, laissant la domestique dans le couloir.

— J'ai à vous parler. Votre associé est en bas et souhaite vous voir.

Son associé ?

— Ah oui, l'autre M. Radnor, fit-elle. Kenneth.

— Kevin. C'est un cousin de mon mari.

— Dans ce cas, je me dois de le rencontrer pour ne pas offenser votre mari.

— Rencontrez-le surtout parce que vous êtes liés par cette entreprise.

Elle n'avait pas compris grand-chose à cette histoire de société. Elle n'écoutait pas vraiment le notaire à ce moment-là. Et elle n'avait pas envie de rencontrer cet autre M. Radnor. Pas aujourd'hui. Elle préférait sillonner le quartier en quête de boutiques et de logements à louer. Elle avait envie de s'imaginer dans une belle voiture, avec Charles...

— Le temps de m'habiller, et je descends.

Pendant une demi-heure, Kevin marcha de long en large dans la bibliothèque. Puis il sélectionna un livre et s'installa sur le divan. Il essaya de lire mais son esprit était ailleurs, alors il posa l'ouvrage et s'adossa plus confortablement, les yeux fermés.

Quel enfer ! Il avait appris à parler affaires avec des interlocuteurs masculins. Il avait même adopté la bonhomie dont faisaient preuve les industriels entre eux. En revanche, avec une femme... Une fois de plus, il se demanda si son défunt oncle n'avait pas perdu la raison en rédigeant son testament.

Kevin réprima le sentiment de trahison qui enflait en lui. L'oncle Frederick était libre de disposer de son patrimoine à sa guise, après tout. Dans sa générosité incompréhensible et son excentricité légendaire, il avait décidé de léguer la moitié d'une entreprise prometteuse à une modiste aux origines douteuses, et totalement ignorante de la mécanique et de l'ingénierie. C'était son droit absolu.

Le jeune homme avait beaucoup réfléchi et en était venu à se dire que le défunt duc n'avait aucune foi en lui. Mais, bon sang, si l'oncle Frederick le croyait incapable de gérer cette société seul, il aurait dû confier l'autre moitié à un industriel accompli, non à Rosamund Jameson !

La porte de la bibliothèque s'ouvrit enfin. Kevin se leva pour faire face à Minerva, qui semblait plus déterminée que jamais. Comment Chase faisait-il pour ne pas voir en elle une mégère en sommeil ?

— Elle descend dans un instant, annonça-t-elle. Quelques minutes. Auparavant, je souhaite clarifier un détail avec toi.

Elle s'approcha, au point qu'elle dut lever la tête pour le regarder dans les yeux.

— Rosamund est mon invitée, déclara-t-elle. Et j'espère qu'elle deviendra mon amie. Je la trouve sympathique. J'attends de toi que tu la traites avec le respect dû à une dame. Ne la rudoie pas, garde ton calme, et même si tu la trouves pénible, ne le lui fais pas sentir. Et si tu l'insultes de quelque façon que ce soit, par des paroles ou des actions, par un soupir ou un air hautain, je ferai de ta vie un enfer.

— Je n'insulterais pas une femme.

— Pour l'amour du ciel ! Parfois, ta seule présence est une insulte envers les femmes. En tout cas, je t'aurai prévenu. Tiens-toi bien !

Sur ces mots, elle tourna les talons et quitta la pièce.

Exaspéré, Kevin secoua la tête. Lui ? Insulter les femmes ? C'était ridicule. Il ne pouvait insulter les femmes, car il leur adressait à peine la parole.

Soudain, il perçut un léger bruissement et se retourna. Une jeune femme était postée sur le seuil.

Rosamund Jameson n'avait rien d'une petite modiste insignifiante. Elle était grande, et sa toilette ourlée de fourrure suggérait un corps voluptueux aux formes sculpturales.

Seigneur. Le moindre détail de sa personne provoquait en lui un choc : ses yeux bleus, ses cheveux blonds, son teint de porcelaine, ses lèvres pulpeuses…

Une femme délicieusement belle.

Il la scrutait comme s'il cherchait à détecter quelque défaut sur elle.

En attendant qu'il la salue, elle se livra à son propre examen. Comme son cousin, Kevin Radnor était élancé. Ses cheveux bruns lui tombaient sur la nuque. Était-ce une nouvelle mode ou négligeait-il sa coiffure ?

Au contraire de son cousin Chase, il avait les yeux sombres. Très sombres. Son allure avait quelque chose de spectaculaire. Elle ne pouvait le nier : il était bel homme, avec ses traits fins et sa mâchoire volontaire. Il était presque beau, même.

Naturellement, il n'arrivait pas à la cheville de Charles ; il n'avait pas son sourire radieux ni son regard pétillant. Kevin Radnor lui rappelait davantage les précepteurs guindés qui se succédaient chez les Copley, des hommes encore jeunes mais qui ne savaient pas s'amuser. Rosamund n'imaginait pas qu'ils puissent plaire aux femmes, et elle pensait de même de l'homme qui se tenait en face d'elle.

Un peu embarrassée par son regard appuyé, elle s'avança dans la pièce.

— Je suis Rosamund Jameson. Vous souhaitiez me parler ?

Enfin, il s'anima.

— Oui. Je trouve important que nous nous rencontrions, puisque vous détenez désormais la moitié de ma société.

— Si j'en détiens la moitié, n'est-ce pas plutôt *notre* société ?

Il se détendit et afficha un sourire plein d'assurance.

— Asseyons-nous pour en discuter, voulez-vous ?

Elle se percha au bord du divan tandis qu'il s'installait dans un fauteuil, en face d'elle.

— Je suppose que vous avez été surprise d'hériter de la moitié d'une entreprise…

— Je ne m'attendais à aucun héritage, mais cet aspect m'a particulièrement étonnée, je l'avoue.

— Le notaire vous a-t-il expliqué en quoi consiste cette entreprise ?

Elle demeura impassible, décidée à ne pas se laisser intimider :

— Il s'agit d'une invention qui améliore l'efficacité des machines, déclara-t-elle d'un ton calme.

— Des machines à vapeur.

— Les explications du notaire étaient succinctes. Je confesse ne pas avoir compris les détails.

— Cela n'a rien d'étonnant. Même les hommes ont du mal à comprendre.

Cet air supérieur était insupportable.

— Si *même* les hommes ont du mal à comprendre, vous devriez peut-être leur montrer comment cela fonctionne. Les choses seraient plus claires, non ?

Il afficha un sourire plein d'indulgence qui déplut fortement à la jeune femme.

— C'est impossible, car on me volerait les plans pour la copier.

— Monsieur Radnor, ne m'en veuillez pas de vous poser une question par trop... féminine, mais si vous ne pouvez montrer cette invention à personne, comment l'entreprise peut-elle gagner de l'argent ?

— J'ai l'intention de la produire moi-même.

— Vous voulez dire que *nous* allons la produire. Avons-*nous* une usine ?

— Pas encore. J'attends un financement. Dès que je l'aurai obtenu, l'invention pourra être manufacturée.

Cette entreprise reposait donc sur une invention qui n'avait jamais été fabriquée, il n'y avait pas d'usine ni de financement...

— Je dois vous dire que je songe à vendre mes parts.

Il posa sur elle un regard noir.

— Vous ne pouvez pas faire une chose pareille ! gronda-t-il en se penchant vers elle.

— Le notaire m'a affirmé que si.

— Ce serait la fin de tout. Si vous vendez vos parts à quelqu'un, cette personne pourra à son tour vendre des parts et chaque acquéreur exigera de voir l'invention, avec les risques de plagiat que cela comporte. Cette entreprise doit être gérée de façon très stricte.

— Vous redoutez donc que quelqu'un vous vole l'idée ?

— Naturellement. Cette invention est si précieuse que je n'ose même pas en déposer le brevet, de peur que mes dessins ne soient volés.

— Vous croyez vraiment que je vous la volerais ?

Il s'adossa plus confortablement.

— Voler n'est pas le terme. On ne peut voler ce que l'on possède déjà.

— Je me réjouis que vous reconnaissiez ma qualité de propriétaire de la moitié de l'entreprise.

— Toutefois...

Il parut se raviser, puis elle vit son impulsion l'emporter sur la raison qui l'avait fait hésiter.

— Vous êtes une héritière. De nombreux hommes vont vous courtiser. Vous risquez de vous laisser influencer.

— Vous voulez dire : de perdre la tête.

— Oui.

— De tomber amoureuse au point d'agir contre mes intérêts.

Il se contenta d'un hochement de tête.

— Selon moi, vous êtes un homme qui prend les femmes pour des écervelées dénuées de sens commun.

— Les hommes perdent aussi la tête, rétorqua-t-il. Cela n'a rien à voir avec le fait que vous soyez une belle femme.

Cet adjectif la fit sursauter. Lui-même s'étonnait d'avoir prononcé ce mot.

— Et vous risquez de vous marier, s'empressa-t-il d'ajouter. Votre mari voudra savoir ce que vous faites. Et s'il vous forçait à lui révéler les secrets de l'entreprise ?

Charles ne ferait rien de tel. Elle s'en voulut aussitôt de cette pensée. Elle n'en savait rien, après tout.

— Monsieur Radnor, je nourris les mêmes inquiétudes en ce qui vous concerne. Et si vous étiez épris d'une femme qui vous soutirait vos secrets ? Vous pourriez aussi détourner les fonds de l'entreprise pour la gâter, éponger ses dettes de jeu.

Il trouva cette hypothèse amusante.

— Je n'ai jamais été épris. Vous n'avez donc pas de souci à vous faire.

— Jamais ? Pas une seule fois ?

Il secoua vigoureusement la tête.

— Pas une seule fois, décréta-t-il. Cette invention est susceptible de faire de vous une femme très riche, mademoiselle Jameson. Plus riche que vous ne l'imaginez. Chaque machine à vapeur qui sera construite en aura besoin. Dans vingt ans, le train sera partout. Sans parler des machines dans les usines, et d'autres applications. Le moteur à vapeur va se développer. Vendre vos parts maintenant serait une folie.

À l'entendre, Rosamund eut l'impression qu'il valait peut-être mieux placer son argent dans les chemins de fer que dans cette invention. D'abord, elle ne serait pas contrainte de voir cet homme de façon régulière. Son regard intense la déstabilisait.

Il sourit. Un sourire un peu charmeur.

— Je m'occuperai de tout, dit-il. Vous pourrez vous concentrer sur vos autres affaires jusqu'à ce que l'argent afflue. Ensuite, vous pourrez songer aux façons de le dépenser.

Il sortit une feuille de papier de la poche de son manteau.

— Puisque nous sommes associés à égalité, nous devons nous accorder sur toutes les décisions concernant les finances et la stratégie. Cependant, je peux vous soulager de ces obligations si vous signez ceci.

La jeune femme prit connaissance du document. Pendant ce temps, Kevin alla chercher une plume et un encrier sur le bureau. Il les posa sur la table, près du divan.

— Vous avez compris ? s'enquit-il.

En partie. Certains mots la laissaient perplexe, mais elle pensait avoir saisi les points essentiels.

— Ce document vous accorde le contrôle absolu de l'entreprise, résuma-t-elle. Le droit de signer des contrats, d'effectuer des dépenses et de décider de son avenir sans avoir besoin de ma signature.

Elle leva les yeux vers lui.

— Je vous donne l'impression d'être stupide, monsieur Radnor ? Si je ne vends pas mes parts – et rien de ce qui vient de se passer ne m'a convaincue de les garder –, je m'impliquerai dans les décisions. Je n'ai aucune intention de signer ceci.

Sur ces mots, elle laissa la feuille de papier voleter vers le sol.

Kevin se releva d'un bond et se mit à marmonner. Rosamund crut entendre « femme impossible » parmi quelques noms d'oiseaux. Elle lui laissa le temps de se ressaisir. Lorsqu'il se tourna vers elle, son visage exprimait une colère noire.

— Si vous tenez à vous impliquer, la moindre décision prendra bien plus de temps. Je vais perdre des heures précieuses à vous expliquer les détails de mes projets, à vous enseigner la mécanique, les mathématiques. J'ai déjà perdu assez de temps à vous trouver, au détriment de mon projet qui est resté en suspens.

La jeune femme se leva à son tour.

— Et je suis là, à présent. J'aimerais vous poser une question, monsieur Radnor. Avez-vous déjà géré une entreprise rentable ?

Il ne répondit pas assez vite. Rosamund fut fixée.

— Moi, si, reprit-elle. J'ai des choses à faire, aujourd'hui. Je vous souhaite une bonne journée.

Sur ces mots, elle prit congé, la tête haute.

De retour dans sa chambre, elle laissa exploser sa colère en hurlant dans son oreiller.

3

— « Moi, si », railla Kevin en imitant la voix de Rosamund Jameson.

Il venait de relater son entrevue pénible avec la jeune femme qu'il trouvait horripilante. Il était conscient d'exagérer, car elle avait la voix plus douce, un timbre presque velouté. Néanmoins, seul le message comptait.

— Comme si on pouvait comparer une boutique de chapeaux avec une entreprise industrielle !

Après s'être épanché auprès de Chase et de Nicholas, il se sentait un peu mieux. Ils étaient installés dans l'antichambre de Nicholas, devenu le nouveau duc, sur d'affreuses chaises tapissées de bleu héritées avec le reste de Whiteford House. Celui-ci était de retour en ville, après un mois passé à visiter ses différents domaines. Ses malles encombraient toujours la chambre car il avait renvoyé son valet pour s'entretenir avec ses deux cousins.

Ils avaient déjà évoqué l'actualité politique et le bonheur conjugal de Chase, quand ce dernier avait demandé des nouvelles de l'entreprise de Kevin.

— Autrement dit, cet entretien fut un échec, commenta Nicholas.

Kevin observa un instant les reflets des flammes de la cheminée sur son verre de whisky.

— Elle n'a pas voulu entendre raison, admit-il.

Ses cousins ne dirent rien, ce que Kevin interpréta comme de la réprobation. Il se prépara à écouter leur sermon. Telles deux vieilles tantes moralisatrices, ils allaient lui expliquer pourquoi ce n'était pas bien.

— Je ne l'ai pas insultée ! plaida-t-il.

Chase risquait de tout raconter à Minerva, qui ne lui voulait sans doute aucun mal mais qui était capable, si l'idée lui en venait, de lui empoisonner l'existence.

— Tu ne l'as pas flattée non plus, devina Chase.

— C'est faux.

Il lui avait dit qu'elle était belle, non ? Hélas, il ne pouvait le leur avouer. Ce mot lui avait échappé et les avait étonnés tous les deux. Il était troublé par son apparence, ce qui n'avait pas joué à son avantage. Si elle n'avait pas été belle au point de le désarçonner, il aurait certainement réussi à lui faire signer cette procuration.

— En réalité, j'ai sous-entendu qu'elle était sensée et intelligente.

Il exagérait un peu. Il ne l'avait pas traitée d'imbécile incapable de gérer ses émotions, au moins.

— C'est bon à savoir, répondit Chase, visiblement soulagé.

Bon sang ! Minerva l'avait chargé de lui tirer les vers du nez, c'était certain !

— Sous-entendre n'a peut-être pas suffi, intervint Nicholas. J'ai l'impression que la conversation s'est mal terminée. Il semble qu'elle soit partie de façon précipitée, et passablement irritée. Tu devrais faire amende honorable et accepter cette idée. Tu es lié à cette femme, à moins que tu ne parviennes à lui racheter ses parts. Or tu n'en as pas les moyens. Il faut que tu avances. Une amitié te facilitera la tâche, alors qu'une attitude hostile ne fera que dresser des obstacles sur ton chemin.

— Il a raison, renchérit Chase. S'il s'agissait de quelqu'un d'autre que toi, d'une autre entreprise, et sans ta rancœur envers cette femme qui a hérité de notre oncle, tu verrais la vérité.

Kevin admit de mauvaise grâce que Nicholas n'avait pas tort.

— Je suppose que je pourrais aller la voir à Richmond, pour lui proposer de trouver un terrain d'entente.

— Inutile d'aller sur place, déclara Chase. Elle est notre invitée pour quelque temps encore, et elle cherche un logement à Londres.

C'était une mauvaise nouvelle. Kevin pensait qu'il ne l'aurait pas dans les pattes.

— Dans ce cas, je lui rendrai visite chez toi.

— À quoi doit-il s'attendre ? demanda Nicholas à Chase. Que penses-tu d'elle ?

— Je crois qu'elle n'est pas stupide. J'ajoute qu'elle est séduisante. N'est-ce pas, Kevin ?

Celui-ci hocha la tête, tel un homme qui n'aurait pas vraiment remarqué ce détail mais qui ne pouvait le nier, à la réflexion.

— Ah oui ? fit Nicholas avec intérêt. Comment cela, séduisante ? Jolie ou belle ?

— Je suis un homme marié, objecta Chase. Je ne devrais pas remarquer... Toutefois, le mot qui vient à l'esprit, quand on pose les yeux sur elle, est... pulpeuse.

Kevin demeura impassible.

— Dans ce cas, il te sera facile de te lier d'amitié avec elle, railla Nicholas avec un large sourire.

— Assez parlé de moi, rétorqua le jeune homme, désireux de changer de sujet. Nicholas, je me demandais... En tant que duc célibataire, tu seras un parti très recherché par les chasseuses de mari, cette saison. L'an dernier, tu y as échappé car tu étais en deuil. Comment comptes-tu passer les prochains mois sans qu'une matrone te mette le grappin dessus pour te jeter dans les bras de sa fille ?

Rosamund consulta la longue liste des tâches qu'elle avait à accomplir. Elle avait prévu les plus urgentes pour la journée. Elle avait rendez-vous avec un homme dans l'après-midi à propos d'un logement. Elle ne voulait pas abuser de l'hospitalité de ses hôtes.

Auparavant, elle voulait explorer les rues les plus commerçantes de Londres. Elle vérifia l'aspect de son chapeau dans le miroir, puis elle lissa sa pelisse rouge vif et prit ses gants et son réticule. Satisfaite de son apparence, elle descendit dans l'entrée.

— Dois-je vous faire avancer une voiture, mademoiselle ? s'enquit le valet en s'inclinant. J'ai reçu l'ordre de charger le cocher de vous conduire en cabriolet, avec un valet, si vous le souhaitez.

— Je crois que je vais marcher. Merci.

— Mais j'ai reçu l'ordre...

Le malheureux jeune homme s'inquiétait d'être accusé de désobéissance, alors qu'elle n'avait rien demandé. Elle n'avait aucune envie d'avoir à ses côtés un valet qui l'attendrait impatiemment pendant chacune de ses haltes. De toute façon, elle préférait se déplacer à pied.

— Si vous préparez le cabriolet, je conduirai mademoiselle.

Rosamund fit volte-face.

— Ah, c'est vous...

Kevin Radnor fit mine de s'incliner.

— Que faites-vous ici ? demanda-t-elle.

— J'attendais que vous descendiez.

— Nous avons passé suffisamment de temps ensemble pour cette semaine, vous ne trouvez pas ?

— J'admets que je n'ai été ni aimable ni sympathique, si c'est ce que vous sous-entendez.

Cet aveu la prit par surprise. En général, les hommes ne reconnaissaient pas leurs torts.

— Les courses que j'ai à faire ne sont d'aucun intérêt pour vous, et je préfère marcher.

— Dans ce cas, je vous accompagnerai là où vous vous rendez.

Le majordome avait déjà fait avancer la voiture. Comment se débarrasser de M. Radnor sans être impolie ? Elle le suivit sur le trottoir.

— C'est un beau chapeau que vous avez là, déclara-t-il.

Consciente qu'il la flattait, elle ne put toutefois réprimer un sourire.

— L'un de vos modèles ? ajouta-t-il.

— Je ne porte que mes créations.

— Les couleurs sont en harmonie avec l'ensemble. Créez-vous des modèles personnalisés pour vos clientes ?

— Absolument.

Elle se lança dans une explication sur les différentes morphologies et les formes de chapeaux qui leur convenaient le mieux, l'épaisseur des rubans. Il donna l'impression de l'écouter, mais était-il vraiment attentif ?

La voiture s'arrêta devant eux.

— Je pensais me rendre à Oxford Street, annonça-t-elle. Voir s'il y a des locaux commerciaux à louer.

Il prit les rênes.

— Vous comptez ouvrir un magasin dans la capitale ?

— C'est possible.

— Et celui de Richmond ?

— Je le garderai peut-être. Tout dépend de ce que j'apprendrai dans les prochains jours.

— Chase m'a dit que vous envisagiez de vous installer à Londres.

— Là encore, tout dépend de ce que j'apprendrai.

Elle se promit de ne pas oublier que les deux hommes étaient cousins, et que Chase ne manquerait pas d'informer Kevin.

— Ne devriez-vous pas chercher un logement à louer, au lieu d'une boutique ?

Allait-il passer la journée à lui prodiguer des conseils dont elle se passerait volontiers ?

— Je vais d'abord visiter des boutiques, si vous n'y voyez pas d'inconvénient.

Il tourna dans Oxford Street et arrêta le véhicule. Il remit une pièce à un jeune garçon en le chargeant de surveiller la voiture, puis il aida Rosamund à descendre.

— Je vous remercie, je peux me débrouiller seule à présent, dit-elle en espérant se débarrasser de lui. Je rentrerai par mes propres moyens, en fiacre.

— Je vous accompagne. Il ne serait pas raisonnable que vous vous promeniez seule dans le quartier. Les rues ne sont pas sûres. De plus, je n'ai jamais eu l'occasion de chercher une boutique.

S'il n'y avait aucun local à louer dans le secteur qu'elle convoitait, elle en découvrit plusieurs dans des rues transversales. Dans Gilbert Street, elle se pencha vers une vitrine, puis elle regagna Oxford Street et leva les yeux.

— Que cherchez-vous ? s'enquit Kevin en l'imitant.

— Un local situé à l'étage, comme celui-ci.

Elle s'arrêta sous une fenêtre présentant un panneau « À louer ».

La boutique se trouvait au premier étage de la bâtisse.

— La plupart des boutiques pour femmes sont ainsi, expliqua-t-elle en reculant pour examiner le rez-de-chaussée. C'est moins cher, bien sûr, mais...

La boutique du rez-de-chaussée était une bijouterie.

— ... c'est aussi plus discret. Une femme qui franchit le seuil devient invisible jusqu'à ce qu'elle en ressorte. Personne ne l'observera en passant dans la rue. La question...

Elle traversa la rue pour voir ce qui serait visible depuis l'autre côté.

— La question ? fit Radnor en la suivant comme son ombre.

— Est-ce un avantage ou un inconvénient d'avoir une boutique sur la rue ? Mon magasin de Richmond est au rez-de-chaussée et les promeneurs voient mes articles dans la vitrine. La boutique de modiste dans laquelle je travaillais à la City de Londres également. En revanche, à Mayfair, les modistes et les chapeliers sont à l'étage, pour des raisons autres que le montant du loyer. Savez-vous si le rez-de-chaussée est considéré comme moins fréquentable, par ici ?

— Aucune idée. Je n'achète pas d'articles pour femmes.

— De nombreux hommes achètent des articles féminins, monsieur Radnor. J'oserais dire que vous êtes un bien étrange gentleman, si tel n'est pas le cas.

— Vous voulez dire pour leurs maîtresses... ce genre de choses ? Je n'achète pas ce type de cadeaux.

— Vous m'avez affirmé ne jamais avoir été amoureux, et vous dites à présent ne jamais avoir eu de maîtresse à qui offrir des cadeaux. Seriez-vous un moine ?

— Pas vraiment, répliqua-t-il en la regardant droit dans les yeux.

L'espace d'un instant, elle vit un autre Kevin Radnor dans ce regard brûlant, d'une sensualité affirmée. Elle s'étonna qu'il se révèle ainsi… jusqu'à ce qu'elle comprenne qu'il la trouvait attirante.

Elle ne s'attendait pas à cela de sa part. Sa propre réaction l'étonnait. Ce regard perçant la captivait malgré elle, et suscita des frissons dans tout son corps.

— Quoi qu'il en soit, déclara-t-il en désignant la boutique, je pense qu'une dame préférera ne pas avoir à gravir les marches d'un escalier. Ce n'est pas parce qu'une chose est inhabituelle qu'elle ne doit pas se produire.

— Je poserai la question à Minerva, mais vous avez sans doute raison. Pourquoi une femme devrait-elle emprunter un escalier pour acheter un chapeau ou une robe ?

Rosamund retourna à la voiture, sentant la présence un peu trop marquée de Kevin Radnor à son côté.

L'agent immobilier patientait devant la maison de Chapel Street. Kevin immobilisa le cabriolet et observa la façade, qui n'avait rien de modeste. La bâtisse s'élevait sur trois étages et, dans ce quartier, le loyer devait être important.

Manifestement, Mlle Jameson était impatiente de dépenser son héritage.

Kevin prit la carte de l'agent et lui présenta la jeune femme. M. Maitland sourit et ouvrit la porte.

— Nous visiterons la cuisine et les pièces du bas en dernier, si vous le voulez bien, monsieur. Les couples s'intéressent en général aux pièces de réception. La bibliothèque se trouve par ici...

— Vous vous méprenez, monsieur Maitland, dit Rosamund. M. Radnor m'accompagne aujourd'hui, mais je vivrai seule dans le logement que je louerai.

Si l'agent n'exprima aucun étonnement, il adressa un regard entendu à Kevin, avant de vanter les qualités de la pièce spacieuse et lumineuse.

Mlle Jameson fit le tour sans se rendre compte que Maitland avait tiré ses propres conclusions sur la situation. Kevin ne vit aucune raison de l'avertir ou de mettre les choses au clair avec l'agent. Quand viendrait le moment de signer le bail, celui-ci découvrirait la vérité.

Elle s'arrêta devant les rayonnages vides qui tapissaient le mur de part et d'autre de la cheminée.

— C'est un peu triste.

— Ce sera bien mieux quand vous y aurez rangé tous vos livres, assura l'agent.

Mlle Jameson hocha vaguement la tête et le suivit dans la salle à manger et le grand salon. Ensuite, ils montèrent vers le petit salon et les appartements privés. L'étage supérieur présentait d'autres chambres, et les quartiers des domestiques se trouvaient sous les combles.

— C'est une belle maison, commenta Kevin lorsqu'ils redescendirent. Très spacieuse.

En quoi une femme seule avait-elle besoin d'une telle surface ?

Dans l'escalier, Mlle Jameson ralentit le pas.

— C'est une rue convenable ? demanda-t-elle discrètement à Kevin.

— Des plus convenables. Cette maison nécessitera au moins trois domestiques, voire cinq ou six, sans parler des valets d'écurie et du cocher si vous possédez une voiture.

Devant la bibliothèque, elle s'arrêta et attendit que M. Maitland s'éloigne un peu.

— Vous voulez dire que c'est le genre de logement dans lequel une dame pourrait vivre ?

— N'importe quelle personne désireuse d'y habiter le pourrait, à condition d'en avoir les moyens. Je pense qu'une dame y serait bien, oui.

— Je le pense aussi... Et vous, où habitez-vous ?

— Dans la maison familiale quand je suis en ville.

— Vous vivez encore chez vos parents ?

— Il n'y a que mon père, et la demeure est vaste. Si je n'acceptais pas de dîner avec lui de temps en temps, nous ne nous verrions jamais.

— C'est intéressant...

Elle rejoignit M. Maitland qui les attendait devant la porte menant à l'office.

À l'issue de la visite, l'agent leur laissa la possibilité de faire un tour de la maison tous les deux s'ils le souhaitaient. Kevin était persuadé qu'il le prenait pour un homme cherchant à installer sa maîtresse. Mlle Jameson retourna dans la bibliothèque pour observer les étagères vides.

— Je n'avais jamais songé à une bibliothèque, dit-elle distraitement avent de se tourner vers lui. Je ne possède aucun livre. Ces étagères sembleront bizarres si elles restent vides.

— Il vous suffira d'acheter des livres, ceux que vous voudrez. Un libraire peut également faire une sélection à votre place... Vous savez lire, n'est-ce pas ?

— Plutôt bien, mais pas au point de lire un ouvrage recommandé par un libraire.

Elle le croisa pour regagner l'entrée.

— Je vais essayer d'améliorer mes compétences en lecture, reprit-elle, afin de bien comprendre les détails des documents complexes que l'on me soumettra.

Kevin s'en voulut d'avoir posé cette question. N'avait-elle pas parcouru la procuration qu'il avait tenté de lui faire signer ?

— C'est une question de pratique, comme souvent. Qu'aimez-vous lire ?

— Il y a des années, j'ai commencé la lecture d'un livre dont les illustrations représentaient des chevaliers et des dames. Il m'intéressait mais, très vite, je n'ai plus été en mesure de le lire. J'essaierai peut-être d'en acheter un exemplaire dans une librairie.

M. Maitland ferma la porte à clé et prit congé. Rosamund observa la haute façade. Kevin en profita pour admirer son profil délicat. Il la trouvait ravissante, avec son visage d'une beauté classique. Chase avait raison : elle était pulpeuse. Sous sa pelisse, il devinait des seins généreux et une taille de guêpe. Il ne pouvait s'empêcher de la dévêtir en pensée pour découvrir ses formes féminines.

Il fallait que cela cesse, car il risquait de se ridiculiser. On l'accuserait d'essayer de l'influencer au profit de son entreprise. Et si le défunt duc avait eu le dessein de lui mettre Mlle Jameson dans les pattes ? L'oncle Frederick avait un humour un peu particulier, parfois.

— Je crois que cette maison me convient, déclara la jeune femme en se tournant vers le cabriolet.

— Elle est très grande.

Kevin redoutait qu'elle ne loue une propriété trop coûteuse qui l'obligerait à chercher de l'argent et à vendre ses parts de l'entreprise.

— Vous me l'avez déjà dit. Au moins trois domestiques, selon vous. C'est une maison qui convient à une dame, et cela me plaît.

— Vous avez l'intention de vivre comme une dame ?

Elle prit sa main pour monter à bord du cabriolet.

— J'ai l'intention de vivre comme l'héritière que je suis, désormais. Je prendrai ma décision après avoir fait mes comptes.

Dans la soirée, après le souper, Rosamund s'installa dans la bibliothèque en compagnie de Minerva.

— J'ai l'impression que cette maison vous convient, déclara Minerva en reprenant un sujet de conversation évoqué à table. Cette rue est très à la mode.

Plus à la mode que la sienne. Comme elle était bien née et mariée avec le petit-fils d'un duc, Minerva n'avait rien à prouver. Grâce à son sang et aux origines de son mari, elle était acceptée en société.

Rosamund avait aimé ce bien et elle en calculait le coût. Elle imaginait déjà Charles lui rendant visite. Il serait impressionné. Elle s'était prise à rêver que ce n'était pas Kevin Radnor qui l'escortait, mais Charles, lequel se réjouissait qu'elle ne soit plus une fille de paysan travaillant au service de sa famille, qui la méprisait.

— M. Radnor la trouve trop grande pour moi. Je crois qu'il était surpris que j'envisage même de m'installer dans ce quartier huppé. Je suppose que les personnes de mon rang ne vivent pas là-bas.

— Si ces considérations ont de l'importance à vos yeux, il existe d'autres quartiers où vous serez plus à l'aise.

Rosamund appréciait la franchise de Minerva. La mise en garde de sa nouvelle amie ne lui échappa pas. *Ce quartier n'est pas pour vous et certains voisins vont vous ignorer. Si vous pensez en souffrir, installez-vous ailleurs.*

Si seulement elle pouvait faire preuve de la même honnêteté en retour ! Elle lui confierait pourquoi elle tenait tant à cette maison cossue, et pourquoi elle allait lui demander de l'aider dans d'autres domaines. Elle n'osait pas avouer son rêve secret, qui n'avait guère de chances de devenir réalité.

— Je me moque d'être ignorée par mes voisins. J'espère que, quand ma sœur sera majeure, elle sera mieux acceptée si j'habite là-bas depuis un certain temps.

— Quand allez-vous la voir ? J'ai hâte de la rencontrer.

— J'ai l'intention de me rendre dans le Nord d'ici quelques jours et de l'inscrire dans cette école que vous m'avez recommandée.

Minerva l'avait déjà beaucoup aidée. Elle avait même rédigé la lettre à la directrice de l'école à sa place. Rosamund ne voulait pas abuser de sa générosité, mais vers qui se tourner ?

— J'aimerais faire coudre quelques robes pour Lily. J'ai pris ses mensurations, et je ne vise rien de très sophistiqué. Connaissez-vous une couturière susceptible de lui réaliser quelques tenues simples et pratiques ?

Minerva esquissa un sourire espiègle.

— J'espérais que vous me le demanderiez. En revanche, je m'attendais plutôt à une garde-robe pour vous.

— Je commanderai peut-être quelques toilettes pour moi-même, fit Rosamund en riant.

— Dans ce cas, nous irons chez une couturière hors pair de ma connaissance. Elle façonnera des tenues à la fois pratiques et modernes pour vous deux. Les autres élèves de cette école portent une blouse sobre pendant les cours, mais elles sont issues de familles aisées. Nous irons dès demain chez ma couturière.

— M. Radnor m'a parlé de m'accompagner chez les grossistes, demain. Si nous partons avant qu'il arrive...

— Non, non. Qu'il vienne avec nous. Je vais lui envoyer un message afin qu'il se présente de bonne heure. Nous aurons ainsi le temps. Nous prendrons la voiture.

Minerva afficha un sourire complice et se pencha vers la jeune femme :

— Nous allons le faire mourir d'ennui ! Quelques heures à patienter dans le salon d'une couturière lui ôteront toute envie de vous suivre à la trace !

Était-ce vraiment l'objectif de Kevin Radnor ? La surveiller ? Comment n'y avait-elle pas pensé ? Minerva avait raison, ce n'était pas une simple amabilité de sa part. Il voulait s'assurer qu'elle ne voyait aucun investisseur potentiel susceptible de racheter les parts de son entreprise. De *leur* entreprise.

Peut-être s'était-elle méprise sur l'attirance qu'elle avait cru déceler dans son regard de braise... Il ne cherchait qu'un moyen de la manipuler. À ses yeux, elle n'était qu'un problème qui retardait ses projets et qu'il devait résoudre. Quel soulagement ! Elle trouvait assez pénible d'être son associée en affaires. Heureusement, elle n'aurait pas à repousser ses avances.

Elle observa Minerva à la dérobée. Son amie la considérait comme son égale, malgré leurs différences.

— Nous nous sommes rencontrées grâce aux enquêtes que votre mari et vous menez. Trouvez-vous ce métier intéressant ? lui demanda Rosamund.

— Chaque dossier est une énigme à résoudre. C'est parfois très prenant, mais captivant aussi.

— Les gens vous confient-ils leurs secrets pour bénéficier de vos services ?

— C'est parfois nécessaire. Voilà pourquoi je tiens à la formule « enquêtes discrètes ». Certaines affaires sont très simples. Je demande simplement à être prévenue des dangers éventuels… Pourquoi ces questions ? Auriez-vous une enquête à me confier ?

— Peut-être…

— Soyez assurée que tout restera confidentiel.

Rosamund prit le parti d'accorder sa confiance à Minerva :

— J'ai besoin de votre aide. Vous saurez quoi faire et vous m'éviterez de tourner en rond… Voilà, il faudrait que vous retrouviez quelqu'un – du moins, que vous découvriez ce qu'il devient.

4

Kevin était exaspéré. Pourquoi diable Minerva s'insinuait-elle dans son projet visant à s'attirer les faveurs de Mlle Jameson ? Il se retrouvait ainsi dans New Bond Street, à aider ces dames à descendre de voiture, après avoir enduré leur conversation sur la mode et les étoffes.

Il leva les yeux vers le premier étage du bâtiment où officiait la couturière.

— Viens donc, Kevin ! Nous aurons peut-être besoin d'un regard masculin.

Impassible, il les suivit dans l'escalier et pénétra dans un petit salon. Mme Tissot connaissait bien Minerva. En apprenant qu'il s'agissait de réaliser deux garde-robes, elle entraîna ces dames et le laissa croupir dans une pièce aux assises inconfortables.

En examinant cette pièce féminine aux meubles fragiles, il comprit que Minerva cherchait à lui rendre la vie impossible. Elle ignorait manifestement à qui elle avait affaire !

Sur une chaise capitonnée qui n'était pas conçue pour un homme de sa stature, il finit par trouver une position supportable et ferma les yeux pour laisser vagabonder ses pensées. Au terme de ses calculs de probabilité, il fut envahi par la curiosité : à qui était destinée la seconde garde-robe ?

Plus tard, il émergea de sa rêverie et consulta sa montre de gousset. Ils étaient là depuis plus d'une heure ! Il perçut des rires féminins et des conversations derrière l'une des portes. Il réprima son envie de rédiger un message et de filer car il avait un objectif : gagner la confiance et l'amitié de Mlle Jameson, ce qui impliquait de passer du temps avec elle. Si Minerva ne s'était pas imposée, ils seraient ensemble en cet instant.

Dans la pièce voisine, le ton monta d'un cran :

— Il le faut ! décréta Minerva.

— N'est-ce pas trop osé ?

Des rires fusèrent.

— Pas du tout, assura Mme Tissot. La robe sera très sage et cette couleur est à la mode, cette saison.

— Je ne sais pas…

Kevin se dit qu'il n'y connaissait pas grand-chose dans le domaine de la mode, mais il était capable de juger si une tenue mettait une femme en valeur et connaissait la différence entre un modèle osé et un modèle scandaleux.

C'était toujours mieux que de patienter dans ce salon pendant une éternité. Fort de ces arguments, il se leva et ouvrit la porte.

Trois femmes choquées se tournèrent vers lui. Mme Tissot porta une main à son cœur. La stupeur de Minerva fit rapidement place à de l'amusement. Quant à Mlle Jameson… elle lui coupa le souffle.

Elle était enveloppée de tissu de la poitrine aux pieds, une soie rouge qui soulignait ses épaules laiteuses et sans doute son dos. Serrant contre elle la pièce d'étoffe, elle le regardait fixement.

Était-elle nue sous cette soie rouge ? Il en avait la nette impression, mais il se méprenait peut-être… Si, par exemple, elle avait simplement fait glisser les bretelles de sa camisole sur ses épaules…

— Monsieur, fit la couturière d'un ton réprobateur, je n'ai pas coutume d'accepter la présence d'un homme pendant que je travaille.

— Franchement, Kevin, soupira Minerva, je t'ai dit que nous aurions peut-être besoin de toi, mais je t'aurais appelé, le cas échéant.

Balivernes ! Comme s'il n'avait jamais vu une femme en partie dénudée.

— Il était manifeste que Mlle Jameson hésitait. J'en ai conclu que vous aviez besoin de l'opinion d'un homme pour la guider dans son choix. Cette soie est divine et vous va à merveille.

Il se tourna vers Mme Tissot :

— Prenez garde quand même à ne pas tomber dans la vulgarité. Ce ton écarlate est un peu risqué. Mais cela reste acceptable.

La couturière interrogea Minerva du regard. Celle-ci se tourna vers Rosamund, qui haussa les épaules et hocha la tête.

— Va pour la soie rouge, conclut Mme Tissot.

Kevin s'approcha de Minerva, qui examinait des dessins posés sur une table.

— Ces modèles sont trop ordinaires, commenta-t-il. Les femmes du monde sont plus élégantes.

— Ces robes sont destinées à ma sœur. Elle les portera en classe, expliqua Mlle Jameson.

Il se tourna vers elle. Mme Tissot l'avait drapée d'une cape en mousseline épaisse qui ne laissait voir que sa tête.

— Votre sœur ?

Il ignorait qu'elle avait une sœur. En réalité, il ne savait rien de sa famille. Peut-être avait-elle une ribambelle de frères et sœurs et des parents à la campagne. Ce qui expliquerait pourquoi elle voulait une grande maison...

S'il ne savait rien de sa famille, c'était parce qu'il n'avait posé aucune question. Il imaginait déjà les réprimandes de Nicholas et de Chase. *Mauvaise stratégie, Kevin. Terrible erreur.*

— Si tu nous laissais ? suggéra Minerva. Rosamund pourrait se rhabiller et nous partirions sans tarder.

— Volontiers, répondit-il en ouvrant la porte.

— Après ces deux heures passées dans les entrepôts, un bol d'air vous ferait du bien, suggéra Kevin tandis qu'ils regagnaient Mayfair en voiture. Et si nous faisions un tour au parc ?

Minerva sortit une petite montre de son réticule.

— C'est impossible. J'ai rendez-vous avec l'un de nos agents à propos d'une enquête. Dis au cocher qu'il me dépose, je te prie.

— Une brève promenade, peut-être, dit Rosamund.

Les entrepôts étaient poussiéreux. Elle avait longuement examiné les fournitures pour modistes et acheté une forme à chapeau, ainsi que des articles de mercerie. Le tout lui serait livré le lendemain matin. Elle avait également fait la connaissance des grossistes.

Elle ouvrit la fenêtre de la voiture sans se soucier du temps plus frais, et savoura la caresse de la brise sur sa peau. Du coin de l'œil, elle observa Kevin Radnor.

Pour un homme bien né, il ne se souciait guère de l'étiquette. Son entrée impromptue dans le salon d'essayage les avait choquées, ce qui n'avait pu lui échapper, or il s'était comporté comme s'il n'y avait rien d'anormal, malgré les protestations de Mme Tissot.

Seule une pièce de soie rouge couvrait alors ses dessous. M. Radnor l'avait regardée sans insistance. Il avait réagi comme s'il avait l'habitude de voir des femmes en tenue légère. C'était peut-être le cas... mais il avait bien spécifié qu'il n'avait pas de maîtresse.

Puisqu'il n'était pas un moine, de son propre aveu, comment s'y prenait-il ? Elle se promit d'en avoir le cœur net.

Ils déposèrent Minerva et s'engagèrent dans Hyde Park pour se joindre à la longue file de voitures, car de nombreuses personnes se promenaient à cette heure de la journée.

— S'il y a trop de monde, nous pouvons aller ailleurs, déclara Kevin.

— Cela ne me dérange pas. J'aime observer les dames pour glaner des idées de capelines et de chapeaux. J'admire leurs toilettes.

— Vous êtes déjà venue ici ?

— Les vendeuses de mode viennent souvent. Personne ne nous remarque car nous allons à pied, au bord des allées, alors que vous êtes en voiture.

— Je vous aurais remarquée si je vous avais croisée à cheval.

— J'ai l'impression que lorsque vous êtes plongé dans vos pensées, vous ne remarquez pas grand-chose.

Il ne la contredit pas sur ce point. Il ouvrit l'autre fenêtre pour provoquer un courant d'air.

— Combien de sœurs avez-vous ?

— Une seule. Lily a quatorze ans – elle est bien plus jeune que moi. Elle n'était qu'une enfant à la mort de notre père. J'ai dû la laisser à la campagne.

— Elle va désormais intégrer une école, d'où la commande de ces robes sobres. C'est cela ?

— Minerva m'a aidée à trouver une école. Lily a du retard à rattraper, mais elle aura au moins de l'instruction. J'espère qu'elle fera un beau mariage plus tard. J'ai mis de côté une partie de mon héritage dans ce but.

Elle se rendit compte qu'elle était trop bavarde, que ses histoires n'intéressaient pas cet homme.

— Tels sont mes projets, conclut-elle.

— C'est très généreux de votre part. Vous placez ses intérêts avant les vôtres.

Il semblait si sincère qu'elle ne put s'empêcher de demander :

— Vous croyez que cela fonctionnera ? Si elle a une bonne éducation, une dot, vous croyez qu'elle pourra faire un beau mariage ? J'aimerais qu'elle épouse un gentleman afin qu'elle n'ait pas à se soucier du manque d'argent.

— C'est possible. Minerva est votre amie. Quand le jour viendra, elle pourra vous présenter des candidats acceptables.

— Elle demeure la fille d'un simple métayer. Je ne peux rien changer à cela.

— Une fortune a le don d'effacer certaines origines.

Rosamund l'espérait, pour elle-même et pour Lily. Hélas, il y avait certaines choses qu'on ne pouvait cacher. Elle-même n'avait reçu aucune instruction et ne s'exprimait pas comme une femme bien née. Elle ne lisait pas avec aisance et son écriture n'avait rien d'élégant.

« Tu crées des chapeaux, lui dit sa petite voix intérieure. Une belle garde-robe et une grande maison ne changeront rien à tes origines. Charles ne t'épousera jamais. »

— Vous boudez, commenta Kevin.

Il sourit, comme s'il se rendait compte de ce que sa remarque avait d'incongru, car c'était généralement à lui qu'on faisait ce reproche. Elle ne put s'empêcher de rire.

— Voyons si je parviens à deviner ce qui vous tourmente, murmura-t-il.

Il se pencha vers elle et plongea dans son regard.

— Vous vous dites que vous serez un frein pour votre sœur, quoi que vous fassiez pour elle.

Elle fut touchée par sa clairvoyance. Il avait compris. Pour ne pas perdre contenance, elle se contenta de soutenir son regard. Soudain, cette proximité fit naître en elle un trouble étrange.

— Il n'est pas très compliqué d'imiter une lady, assura-t-il. Il suffit de s'exercer un peu. Certes, cela ne fera pas de vous une vraie lady. En revanche, les autres ne vous jugeront pas, à moins de connaître vos origines. Une histoire peut être modifiée.

Quelle suggestion audacieuse ! En ce qui concernait Charles et sa famille, il était trop tard pour s'inventer un autre passé. Pour Lily, en revanche…

— Chase ? C'est toi ? cria alors une voix féminine.

Rosamund vit une autre voiture, très proche de la leur.

— Non, c'est Kevin, énonça une autre voix, plus jeune. Kevin, quelle surprise de te trouver ici ! Tu ne viens jamais au parc à cette heure-ci.

Deux visages de femmes apparurent à la fenêtre du véhicule. La plus âgée, qui avait les cheveux bruns, scruta Kevin. La plus jeune, une blonde, s'intéressa à Rosamund. Elles portaient chacune un chapeau qui ne les flattait guère, malgré sa qualité évidente. Elle releva toutefois un plissé intéressant sur celui de la brune.

Kevin étouffa un grommellement.

— Tante Agnès ! Vous vous portez bien, apparemment.

— Tu es sans doute étonné de me voir encore en vie, vu la rareté de tes visites quand tu es en ville.

— J'étais très occupé.

La vieille dame dévisagea Rosamund.

— Je vois cela. N'est-ce pas la voiture de Chase ?

— En effet. J'accompagne son invitée.

— Comptes-tu nous la présenter ? Il est déjà dégradant que tu t'abaisses à travailler, mais si tu dois en plus adopter la grossièreté de tes *collègues*…

Rosamund vit Kevin pincer les lèvres dans un sourire figé. Il posa sur elle un regard contrit.

— Tante Agnès, Felicity, je vous présente Mlle Jameson. Mademoiselle Jameson, voici ma tante, lady Agnès Radnor, et l'épouse de mon cousin, Mme Walter Radnor.

Les deux femmes froncèrent les sourcils, la mine pensive.

— Tu entends ça, Felicity ? Il s'agit de *Rosamund Jameson* ! dit lady Agnès.

— J'ai entendu. Seigneur !

La jeune femme regarda fixement Rosamund.

— De quel droit Chase nous cache-t-il qu'il l'a trouvée ? demanda lady Agnès.

— Vous n'aurez qu'à lui poser la question, répliqua Kevin. Désolé, nous devons rentrer.

— Balivernes ! Arrête cette voiture, que je puisse faire la connaissance de Mlle Jameson !

Lady Agnès ordonna à son cocher de quitter la file de véhicules.

— Cela fait un an que nous attendons, reprit-elle. Je pensais qu'on ne la trouverait jamais. Dolorès sera… sous le choc, pour le moins.

Kevin réprima un juron.

— Pas moyen d'y échapper, murmura-t-il. Je vous prie de m'excuser, mademoiselle Jameson.

Il ordonna au cocher de quitter la file à son tour.

— Est-ce vraiment nécessaire ? s'enquit Rosamund. Pourquoi veulent-elles me parler ? Lady Agnès semble contrariée.

— Ma tante ne perd jamais une occasion de cracher son venin.

Il mit pied à terre et lui tendit une main, qu'elle accepta.

— Je ne comprends pas, insista-t-elle en lissant le bas de sa robe.

— Le problème, fit Kevin, un peu gêné, c'est que si on ne vous avait pas trouvée, votre héritage aurait fini par être réparti entre nous tous, membres de la famille.

Autrement dit, la famille entière avait espéré sa mort.

Lady Agnès la toisa sans vergogne avant de prendre la parole.

— Eh bien, mademoiselle Jameson, il en a fallu, du temps, pour vous localiser !

— Si j'avais su qu'une fortune m'attendait, j'aurais fait en sorte d'être localisée plus vite.

— Je vois.

La vieille dame poursuivit son examen. À en juger par son expression, elle n'était guère impressionnée par son apparence. Elle s'attarda notamment sur le chapeau de la jeune femme. Son regard disait : « Ce modèle est trop élégant pour une femme de sa condition. »

— Elle vit à Richmond, déclara Kevin. D'où le temps passé à la chercher. Elle n'a jamais lu les annonces parues dans les journaux londoniens.

— Ces journaux sont en vente dans toute l'Angleterre, objecta lady Agnès.

— Quelqu'un qui espère hériter d'une fortune inattendue de la part d'un inconnu lirait sans doute tous les quotidiens, railla Kevin. Ce n'est pas le cas de Mlle Jameson, apparemment.

Consciente qu'il se moquait d'elle, sa tante pinça les lèvres et le foudroya du regard.

— Apparemment, concéda-t-elle. Vous me semblez trop âgée pour être encore célibataire, mademoiselle Jameson. Compte tenu de votre apparence fort plaisante, je trouve cela étrange.

— Tante Agnès, protesta Kevin.

— Je me suis consacrée à autre chose, lady Agnès, répondit Rosamund. J'ai une boutique de modiste qui accapare tout mon temps. En conséquence, je n'ai guère eu l'occasion de chercher un mari.

— Une commerçante. Eh bien... l'héritage du duc a dû vous surprendre. Pour nous, ce fut un choc, assurément.

— Pour moi aussi. Je le connaissais à peine.

— Puis-je savoir comment vous le connaissiez ? demanda la vieille dame, soudain curieuse.

— Non, vous ne pouvez pas, intervint Kevin. Regagnons nos voitures avant que Mlle Jameson se dise que cette famille est encore plus bizarre que le testament de mon oncle.

Sur ces mots, il tourna les talons et attendit que sa tante en fasse autant.

Rosamund se retrouva à côté de Felicity, une jolie jeune femme aux traits délicats. Elle ressemblait à une poupée de porcelaine, avec son petit nez fin et ses grands yeux bleus sans expression.

— Votre chapeau est superbe, dit-elle.

Rosamund s'en voulut aussitôt d'avoir jugé hâtivement la jeune femme.

— Merci. C'est l'une de mes créations.

— Vous avez du talent. Bien sûr, vous n'aurez plus besoin de réaliser vos propres chapeaux, désormais.

— Oh, mais j'y tiens ! C'est mon métier.

Felicity se mit à rire.

— Allons ! Avec votre fortune, vous pourrez vous offrir tous les chapeaux et toilettes que vous voudrez. Vous n'aurez plus à travailler.

— J'aime trop mon travail pour y renoncer.

Felicity ne masqua pas sa stupeur.

— Il est bien triste que vous ne soyez pas encore mariée. Je suppose que vous allez rapidement remédier à la situation.

— Le notaire m'a mise en garde contre les coureurs de dot. Je compte les éviter comme la peste. Vous n'êtes pas d'accord ?

— Tout dépend de la fortune du monsieur, répondit Felicity en ralentissant le pas. Kevin s'est sans doute montré un peu grossier à propos de cet héritage. Ne lui en veuillez pas, même si sa réaction est compréhensible. Voyez-vous, il n'a que faire de l'argent. Seule cette maudite invention l'intéresse, et le duc a légué la moitié de l'entreprise à une inconnue.

— Nous sommes d'accord sur ce point. Sachez qu'il ne s'est pas montré trop grossier.

— Allez-vous lui donner votre moitié ? Je ne vois pas d'autre accord acceptable à ses yeux.

— Je n'ai pas l'intention de le faire, et il le sait.

Rosamund remarqua qu'elles étaient à la traîne par rapport à Kevin et lady Agnès.

— Vous pourriez rendre ces parts. On n'est pas obligé d'accepter un héritage.

— Pourquoi ferais-je une chose pareille ?

— Pour vous en débarrasser. Mon mari m'a expliqué que bien que cette affaire ne vaille pas grand-chose, elle peut coûter très cher. Un associé est responsable des dettes et des investissements. Il serait dommage que vous ayez de tels ennuis.

Felicity était rusée. Pourquoi lui donnait-elle ce conseil ?

— Et si je refusais ces parts, à qui iraient-elles ?

— Je suppose qu'elles seraient réparties entre les cousins. Les autres les vendraient et empocheraient l'argent. Kevin, quant à lui, garderait ses parts.

Il ne voulait pas que la moitié de l'entreprise qui revenait à la jeune femme soit morcelée de la sorte. Et si cet héritage n'avait pas de valeur, pourquoi Felicity se souciait-elle de ce qu'il allait devenir ?

— Eh bien, je crois que je vais les garder un moment, pour voir ce qu'il en est. Cela évitera à tous les cousins de s'en soucier.

Felicity parut contrariée.

— Mademoiselle Jameson, en vous suggérant de renoncer, je ne pensais qu'à vous rendre service.

Elle scruta les alentours pour s'assurer que nul ne pouvait les entendre.

— Il ne faut pas que vous deveniez l'associée de Kevin. Il va vous ruiner. De plus... vous n'êtes peut-être pas au courant : son dernier associé est mort dans des circonstances suspectes.

Cette révélation étonna tellement Rosamund qu'elle faillit trébucher, une réaction qui ravit Felicity. Au loin, la conversation de Kevin et sa tante tournait au vinaigre.

— Que voulez-vous dire ?

— On a conclu à un accident, mais personne dans la famille ne croit que le défunt duc a pu tomber de ce parapet par hasard. On ne croit pas non plus qu'il se soit jeté dans le vide. Il ne reste qu'une solution pour expliquer sa chute.

Rosamund n'appréciait pas cette femme.

— Vous suggérez que Kevin Radnor est à l'origine de la mort du duc ? Parlez franchement. Avez-vous des raisons de le croire, ou est-ce simplement de l'hostilité de votre part ?

Felicity leva la tête d'un air hautain. Rosamund connaissait cette attitude : elle était sur le point de remettre une personne inférieure à sa place.

— Même si Kevin est très antipathique, je ne soupçonne jamais quelqu'un sans raison. C'est arrivé à Melton Park, le domaine du duc. Personne d'autre n'était présent. Kevin a affirmé qu'il était en France mais il était en Angleterre, en réalité. Je l'ai vu en ville le lendemain. Il a pu découvrir le contenu du testament du duc et lui en vouloir au point de passer à l'acte. C'est assez clair pour vous ?

Boudeuse, elle hâta le pas.

— Je voulais vous épargner, maugréa-t-elle. J'aurais dû m'abstenir.

Rosamund la rattrapa, et elles rejoignirent Kevin et lady Agnès au moment où cette dernière déclarait :

— Je te donne simplement un conseil avisé. Il vaut mieux que vous vendiez tous les deux à quiconque voudra bien payer. Il y a peu de chances que cela prenne un jour de la valeur. Cela t'épargnerait cette association incongrue.

Lady Agnès se tut en les voyant arriver. Ignorant que Rosamund l'avait entendue, la vieille dame opta pour des banalités.

— Regarde comme le lierre a bien repris, Felicity. Je disais à Kevin que mon nouveau jardinier a planté de la vigne vierge sur le mur du fond…

5

Jamais Rosamund n'aurait imaginé qu'elle inviterait Kevin Radnor à venir la voir. C'est pourtant ce qu'elle fit le lendemain matin, en rédigeant un message à son intention. Au terme d'une nuit à remuer les pensées dans son esprit, elle était arrivée à la conclusion qu'elle devait demander conseil à Kevin, cette fois, et non à Minerva qui avait déjà tant fait pour elle.

Cet entretien lui donnerait peut-être une chance de confirmer ou d'infirmer les soupçons de Felicity. Cette femme semblait prendre un malin plaisir à semer la discorde.

Elle peinait un peu à rédiger sa lettre, pleine de ratures et de taches d'encre. Un désastre. Minerva apparut au moment où Rosamund prenait une feuille blanche pour recommencer.

Voyant la jeune femme occupée, Minerva prit un livre et s'installa sans la déranger. Agacée, Rosamund redoubla d'efforts, en vain. Elle posa sa plume et se prit la tête dans les mains.

— Vous pleurez ?

En se redressant, elle découvrit la présence de Minerva à son côté.

— Non. Je m'efforce de ne pas crier, souffla-t-elle en désignant sa feuille de papier. J'écris mal, mon orthographe est approximative, et je suis incapable de tenir une plume sans faire de taches.

Minerva fixa la lettre.

— Et si vous me dictiez votre texte ? Je l'écrirai à votre place. Nous pourrons confier le message à un valet.

— Vous avez déjà écrit à la directrice de l'école. Vous ne pouvez vous charger de tout mon courrier. Il faut que j'apprenne à me débrouiller.

Minerva posa une main sur celle qui tenait la plume.

— Je vais vous aider à vous exercer. Cela ne se fera pas en une heure. Permettez-moi d'envoyer un messager chez votre destinataire.

À 11 heures, Kevin Radnor se présenta dans une voiture somptueuse, accompagné d'un valet, pour escorter la jeune femme chez le notaire.

— C'est la voiture de mon père, expliqua-t-il. Il ne s'en sert jamais.

Rosamund s'installa sur la banquette capitonnée, en face du jeune homme. De gros nuages s'amoncelaient dans le ciel.

— Je suis flatté que vous ayez fait appel à moi. J'espérais que nous deviendrions amis.

— J'ai jugé préférable d'être accompagnée, car il s'agit de questions légales.

Elle voulait également aborder un certain sujet avec son associé. Elle attendrait le bon moment. Pourvu qu'elle en ait le courage !

Durant le trajet, Rosamund observa les femmes qui déambulaient dans les rues. Par la fenêtre ouverte, elle aperçut un superbe chapeau dont le bord était plus large que de coutume. Elle sortit un bout de papier et un crayon de son réticule, et traça une esquisse du modèle.

— Vous avez pris des cours de dessin ? s'enquit Kevin en la regardant faire.

— Des cours ? Oh non, je cherche simplement à garder le souvenir le plus précis possible de ce que j'ai vu.

— Il semblerait que vous soyez douée.

Elle considéra son croquis. En effet, il reproduisait fidèlement la forme du chapeau.

Ils atteignirent l'étude du notaire avant la pluie. La jeune femme appréciait Me Sanders, qui avait tout d'un oncle bienveillant. Il avait pris la peine de bien lui expliquer les moindres aspects de son héritage. Sans doute devinait-il ses difficultés à surmonter le choc.

Le notaire salua Kevin Radnor, avant de porter son attention sur elle.

— J'ai le bail de location de la maison. Le propriétaire a accepté la plupart des changements que j'ai sollicités. Dans un premier temps, le contrat était peu favorable. Ces gens jugent les femmes incapables de déceler les anomalies.

— C'est la raison pour laquelle j'ai besoin de vos conseils.

Elle regrettait de n'avoir pas été plus assurée dans ses négociations avec le propriétaire avant la signature du bail.

— Je salue votre bon sens. Il est bien plus facile de se mettre d'accord en amont que de réparer ensuite les dégâts.

Il lui tendit le document.

— Vous constaterez que le loyer a baissé pour s'aligner avec les tarifs pratiqués dans le quartier.

Les termes ont changé, certaines provisions ont disparu. Il n'y a plus de charges supplémentaires pour les équipements, par exemple. Tout est compris.

L'écriture attira l'attention de la jeune femme, une calligraphie élégante et sophistiquée, avec une abondance d'ornements. L'œuvre d'un clerc, à n'en pas douter. Elle enviait cette aisance.

— Vous avez bien compris ? fit Kevin à voix basse, à côté d'elle.

Elle acquiesça.

— Absolument. Merci d'être intervenu en ma faveur, maître. Je vois que le propriétaire a déjà signé le bail.

— Il a signé les trois exemplaires. Il vous suffit d'apposer votre nom, et l'affaire est conclue.

Rosamund ôta ses gants et signa avec application chaque exemplaire en essayant de ne pas faire de tache. Le notaire posa un buvard sur le papier et remit un exemplaire à la jeune femme.

— Vous êtes désormais résidente londonienne, mademoiselle Jameson.

C'était un pas audacieux. Plus moyen de revenir en arrière.

Dans son esprit, elle voyait déjà l'aménagement de sa maison, les meubles qu'elle achèterait. Lily serait bien dans la jolie chambre de l'étage. Elle imaginait Charles gravissant les marches du perron...

Le notaire lui soumit d'autres documents.

— Voici le bail de la boutique, bien plus facile à négocier. Il comprend le rez-de-chaussée et le premier niveau.

Rosamund en parcourut les termes. Kevin lisait par-dessus son épaule.

— Vous louez la boutique située dans la rue transversale, finalement ? s'enquit-il.

— Quelqu'un m'a dit que ce n'est pas parce qu'une chose est inhabituelle qu'elle ne doit pas se produire.

Sur ces mots, elle signa le bail.

— Vous allez être très occupée, mademoiselle Jameson, commenta le notaire.

La jeune femme lui sourit et prit congé.

— Dois-je me renseigner sur les honoraires auprès du clerc ? souffla-t-elle à Kevin dans le couloir.

— Vous recevrez un courrier.

Dès qu'ils montèrent en voiture, la pluie se mit à tomber. Rosamund observa les gouttes qui ruisselaient sur les vitres. Ses projets pour la suite tombaient à l'eau – c'était le cas de le dire.

— J'ai quelque chose pour vous, annonça Kevin.

Il lui remit une boîte enveloppée dans du tissu. En réalité, c'était un livre. Elle découvrit un roman de Walter Scott.

— J'ignore si c'est celui que vous étiez en train de lire, mais il est très populaire et j'espère que vous l'apprécierez. Il y est question de chevaliers.

Rosamund caressa la couverture en cuir fauve bordée d'une frise ciselée.

— Je vais le lire sans tarder, afin de vous le rendre au plus vite.

— Il ne vient pas de ma bibliothèque. C'est un cadeau.

Elle contempla son tout premier livre.

— Je lui accorderai une place particulière dans ma bibliothèque. Merci beaucoup.

Levant les yeux, elle vit qu'il souriait. Il avait un charmant sourire, qui adoucissait ses traits anguleux et son regard. La générosité de Kevin lui donna de l'audace.

— Quel dommage qu'il pleuve ! Je pensais vous proposer une promenade au parc, car j'aimerais vous parler de quelque chose.

Il observa les trombes d'eau qui s'abattaient sur la ville.

— Allons plutôt chez mon père. Il tient à vous rencontrer. Nous déjeunerons et nous pourrons ensuite nous éclipser pour discuter. Ce programme vous convient-il ?

Elle acquiesça, même si elle appréhendait de rencontrer son père. Après la tante Agnès et Felicity, elle ne s'attendait pas à être bien accueillie par un membre de cette famille.

Kevin était plongé dans ses pensées. Il était manifeste que sa présence n'avait pas été indispensable chez le notaire. Peut-être Rosamund y avait-elle tenu parce que les formalités légales l'impressionnaient. S'il n'y croyait guère, il se contenta de cette explication.

Le fait qu'elle ait souhaité s'entretenir avec lui signifiait qu'elle voulait le voir pour autre chose que la maison ou la boutique. Face à la pluie, il avait immédiatement songé à l'emmener chez son père, solution qui lui permettrait de passer un peu plus de temps en sa compagnie.

Durant le reste du trajet, il demeura silencieux. *N'oublie pas que ton objectif est de rendre Mlle Jameson plus docile, et non de te transformer en abruti.*

La jeune femme fouilla dans son réticule, puis ouvrit son livre pour en feuilleter les premières pages. Ce n'était pas une édition de luxe, or elle le manipulait tel un objet précieux. Kevin avait été touché par sa réaction devant ce cadeau. Sans doute n'en recevait-elle pas souvent.

Il s'efforça de ne pas la regarder, mais elle était si charmante, si... pulpeuse. Même attifée d'une de ces robes informes d'écolière qu'elle avait commandées pour sa sœur, elle rendrait fou de désir n'importe quel homme. Pourtant très sages, sa robe jaune et sa pelisse verte suggéraient le dessin de ses formes. Sa seule présence dans l'intimité de la cabine suscitait en lui un désir charnel. Quelle honte si elle s'en rendait compte !

Il fallait qu'il canalise cette attirance qui risquait d'être un obstacle à bien des égards. Ce ne devrait pas être si difficile. Les belles femmes ne manquaient pas dans la capitale, et il les remarquait à peine. Il se targuait de ne pas être le genre d'homme qui perd du temps dans des aventures sans lendemain.

Soulagé d'arriver à destination, il aida Mlle Jameson à descendre dès que le valet ouvrit la portière. Elle n'avait pas encore enfilé ses gants, si bien que la chaleur de sa main pénétra le cuir du sien. Le trouble du jeune homme redoubla.

Rosamund contempla la façade somptueuse de la bâtisse.

— Comment avez-vous pu affirmer que ma nouvelle maison était grande ?

— Celle-ci est bien trop spacieuse, surtout pour une personne, et même deux.

Son père l'avait acquise en espérant y loger une famille nombreuse. Hélas, sa femme était morte en mettant au monde leur premier enfant.

Le majordome les accueillit sur le seuil.

— Je vous préviens : mon père est un original. Je dirais même qu'il est un peu excentrique.

— Vraiment ? railla-t-elle. C'est étonnant. Vous-même êtes si conformiste...

Elle afficha un sourire confiant. Kevin lui emboîta le pas, se disant qu'il l'avait prévenue. Si Mlle Jameson le trouvait excentrique, elle n'était pas au bout de ses surprises...

Il l'entraîna vers la bibliothèque, dont l'ampleur était impressionnante. Rosamund admira les rayonnages qui tapissaient trois murs. Le quatrième était orné de tableaux et... d'autre chose.

Elle s'approcha des cadres recelant des rangées de papillons de nuit, des phalènes grises ou beiges. Chacun portait une étiquette. Il avait sans doute fallu des heures pour les capturer et les classer.

Elle sentit la présence de Kevin à côté d'elle.

— Ce sont des phalènes, déclara-t-elle.

— Les gens collectionnent rarement les papillons ordinaires. Surtout les papillons de nuit.

Elle observa à nouveau les cadres, puis se tourna vers lui en riant.

— Vous trouvez cela amusant, n'est-ce pas ?

— Des phalènes ! Je me demande comment réagissent vos invités.

Elle imaginait Kevin tout jeune en train d'énumérer les noms savants de chaque spécimen avant d'en indiquer les particularités. Il devait jubiler face à la gêne qu'il suscitait.

— Ce n'est qu'une blague, n'est-ce pas ? s'enquit-elle.

— Ne trahissez pas ce secret. Vous êtes la première à le deviner, répondit-il avec un sourire.

Elle éclata de rire et s'éloigna vers les rayonnages.

— Ce sont les livres de votre père ?

— La plupart, oui. Mon grand-père était bibliophile. Sa collection a été répartie entre ses fils après sa mort.

— L'histoire de votre famille se trouve sur ces étagères, en quelque sorte.

— Je n'avais pas envisagé les choses sous cet angle, mais j'ai déniché quelques petits trésors qui se sont transmis de génération en génération, en effet.

Côte à côte, ils observèrent les reliures en cuir. Si Rosamund achetait un livre par semaine, elle ne posséderait jamais une telle bibliothèque.

Soudain, elle sentit un contact sur sa fesse, qui la fit sursauter.

— Monsieur Radnor, vous m'avez surprise. Veuillez ôter votre main.

— Ma main ?

— Celle qui vous avez posée sur ma fesse.

— Même si l'idée est attrayante, je vous assure que je ne me permettrais pas...

Pour prouver son innocence, il leva les deux mains. La jeune femme fronça les sourcils.

— Mais alors...

Elle fit volte-face, et recula d'un bond, consternée.

— Père, vous ne devriez pas ! lança Kevin.

Il se pencha pour empêcher la machine d'aller plus loin.

La jeune femme avait découvert une silhouette métallique au visage peint, affublée de vêtements démodés, de bottes, et coiffée d'un tricorne.

— On dirait... une poupée géante.

— C'est un automate un peu particulier, car il roule.

Kevin le souleva pour lui montrer les roulettes.

— Une idée qui n'est pas sans inconvénient, car cet engin avance quoi qu'il arrive, à moins de heurter un obstacle tel que votre... tel que vous.

La machine sophistiquée tenait un plateau sur une de ses mains. Elle avait des paupières et des lèvres mobiles. Elle souriait en émettant une sorte de bourdonnement. Ses roulettes tournaient encore.

— Père ! Montrez-vous ! Je veux vous présenter mon invitée.

— C'est vous qui avez construit cet appareil ? demanda la jeune femme en examinant les rouages.

— Non. Il appartenait à mon oncle, le défunt duc. Toutefois, je l'ai réparé quand mon père a mis le grappin dessus. Une partie du mécanisme était cassé... Ah, voici notre plaisantin !

Sur le seuil, elle découvrit un homme grand et mince, aux cheveux blancs. Il affichait le sourire satisfait d'un garnement farceur. La ressemblance entre le père et le fils était frappante.

Kevin se chargea des présentations, puis le père reprit l'automate.

— Je voulais qu'il vous croise, non qu'il vous heurte, assura-t-il à Rosamund.

— Ben voyons, maugréa Kevin. Dans ce cas, vous devriez travailler votre façon de viser. L'automate avance toujours en ligne droite.

— Peut-être... Soyez la bienvenue, mademoiselle Jameson. Mon fils m'a informé que vous aviez enfin été retrouvée. Il est très soulagé, comme vous l'imaginez. Moi aussi, d'ailleurs. Vous semblez captivée par mon petit majordome mécanique. Venez, je vais vous montrer les autres.

Ils longèrent un couloir puis gravirent les marches d'un escalier monumental, entouré de murs bleus avec de délicates moulures blanches. Le père de Kevin ouvrit une porte à double battant pour révéler une grande pièce remplie de tables et de socles sur lesquels étaient posés des automates.

— Il s'agit de son salon privé, murmura Kevin.

Son père déambulait parmi les automates pour tourner des clés ou actionner des manettes afin de leur donner vie.

— Il doit y être très attaché, souffla la jeune femme.

— Oh oui !

— Entrez donc, mademoiselle Jameson ! N'ayez crainte, lança le père de Kevin. Au contraire de mon petit majordome, ceux-ci ne se déplacent pas.

Elle admira la diversité de sa collection. Il y avait une centaine d'engins de toute taille. Chacun présentait un mouvement spécifique. Un écureuil remuait la queue en croquant une noisette. Un groupe de bûcherons jaillissait d'une pendule lorsqu'elle sonnait les heures, pour couper du bois. Deux hommes attablés semblaient jouer aux cartes.

Elle fut particulièrement fascinée par un cygne de plus d'un mètre de haut, constitué de centaines de pièces de métal peint. Son long cou était articulé et il s'ébrouait grâce à ses plumes mobiles, avant de pencher la tête pour soulever un petit poisson dans son bec.

— Je possède la plus belle et la plus importante collection d'Angleterre, peut-être du monde. Cet automate vient de Bavière, par exemple. Et celui-ci, de Naples.

— À quoi servent-ils ?

— Eh bien, ils procurent du plaisir ! Ils amusent, ils démontrent l'ingéniosité et le talent de leurs créateurs.

Il adressa à la jeune femme un regard de biais.

— Ah… vous vous interrogez sur leur utilité. Je vois que vous avez trouvé une âme sœur chez votre associé Kevin. Encore une personne qui considère qu'un objet n'a de valeur que s'il produit quelque chose ou rapporte de l'argent.

— Elle n'a pas dit que vos automates n'avaient aucune valeur, ni qu'ils ne rapportaient pas d'argent, contra Kevin. Après tout, vous les avez payés cher. Si vous vouliez les revendre, leur valeur serait évidente.

Ce commentaire provoqua un froncement de sourcils.

— Comme à ton habitude, tu joues sur les mots.

Kevin soupira.

— En avez-vous assez vu, mademoiselle Jameson ? Je crois que la cuisinière va bientôt servir le déjeuner.

— Oui, et je suis impressionnée ! Merci de m'avoir montré votre collection exceptionnelle, monsieur.

Kevin l'entraîna hors de la pièce. À son grand désarroi, son père leur emboîta le pas.

Le déjeuner se révéla à la fois délicieux et éprouvant. Rosamund s'efforça de ne pas se tromper de couverts et de s'exprimer correctement. Par chance, le père de Kevin monopolisa la conversation, en se plaignant de la populace qui rendait la ville invivable avec ses revendications incessantes. Le repas fut ponctué de prises de bec entre le père et le fils.

Lorsque le valet apporta un gâteau, l'inévitable question fut posée :

— Pardonnez ma curiosité, mademoiselle Jameson, mais comment avez-vous connu mon frère, Hollinburgh ?

La jeune femme choisit ses mots.

— Nous avions une amie commune. Quand elle est tombée malade, je me suis occupée d'elle.

— C'est pour cette raison qu'il vous a légué cette fortune ?

— J'ignorais totalement ce qu'il avait en tête. Si c'était votre frère, vous en avez peut-être une idée ?

Il la dévisagea longuement, puis il se mit à rire.

— Comprendre le fonctionnement de son esprit ou ses intentions ? C'est impossible. De plus, je le voyais à peine depuis une dizaine d'années, et plus du tout depuis cinq ans.

— Pourtant, vous viviez non loin de chez lui. Vous deviez vous croiser au parc, non ?

— Mon père n'est pas sorti depuis cinq ans, intervint Kevin.

L'étonnement de la jeune femme n'échappa pas au vieil homme.

— Il y a trop de monde en ville, déclara-t-il. C'est trop sale. Mes amis viennent me rendre visite ici, et ma famille a choisi de ne pas venir.

— Vos sœurs considèrent que c'est à vous d'aller chez elles, intervint Kevin.

— Ce sont des enfants gâtées. Mademoiselle Jameson, vous voilà à la tête d'une fortune et de la moitié de l'entreprise de mon fils. Dommage que vous ne soyez pas mariée. Puis-je espérer que vous le serez bientôt ?

— Votre isolement vous fait oublier les règles élémentaires de la courtoisie, père. On ne s'adresse pas ainsi à une femme.

— Je suis sûr que Mlle Jameson ne s'en offusquera pas.

— En fait, si, monsieur.

Le vieil homme ne s'attendait pas à cette réaction.

— Dans ce cas, je vous présente mes excuses. Cependant, je vais vous dire pourquoi je vous ai posé cette question. Si vous étiez mariée, votre mari aurait peut-être une bonne connaissance du commerce ou de la mécanique. Il pourrait faire quelque chose de l'invention de mon fils, et lui éviter l'obligation de consacrer tout son temps à ces questions.

Kevin serra les dents. Son père se renfrogna et prit un air hostile. Rosamund observa tour à tour les deux hommes dans une atmosphère tendue.

Kevin décida de rendre les armes.

— Le repas est terminé, annonça-t-il à la jeune femme. Prenons congé et trouvons un endroit où nous pourrons discuter en dehors de la présence de mon père. Je vous suggère le jardin, puisqu'il ne pleut plus.

Elle se leva d'un bond et esquissa une révérence maladroite, puis Kevin l'entraîna hors de la pièce.

— Je vous présente mes excuses pour le comportement épouvantable de mon père, déclara-t-il dès qu'ils furent seuls.

— Cela s'est mieux passé que je ne le craignais. Je m'attendais à des insultes directes. Je ne pensais pas qu'il s'en prendrait à vous.

— Il se complaît dans les conflits et aime les provoquer. Il doit être très déçu que je n'aie pas mordu à l'hameçon.

— Ce doit être éprouvant au quotidien.

— Je parviens à le croiser le moins possible.

— Pourquoi logez-vous toujours sous son toit, s'il vous provoque sans cesse ?

Kevin ouvrit la porte donnant sur le jardin.

— La famille ne vient jamais le voir, et ses amis l'ont abandonné depuis des années. Si je n'habitais pas ici, il serait seul au monde.

Après la pluie, la brise séchait déjà la pelouse et les allées. Tandis qu'ils marchaient côte à côte, Kevin observa Mlle Jameson à la dérobée. Elle semblait s'intéresser aux fleurs en bouton, mais sa préoccupation était manifeste, comme si elle hésitait.

— Vous vouliez me parler de quelque chose ?

— De deux choses, précisa-t-elle. D'abord, un sujet un peu délicat… Quand nous avons été au parc, Mme Radnor m'a confié que la mort du duc était un peu mystérieuse. Selon elle, ce ne serait pas un accident.

Felicity était décidément une intrigante.

— Nul ne sait ce qui s'est vraiment passé, répondit-il.

— D'après elle, la famille croit à un meurtre.

— Les autorités ont mené une enquête et conclu à un accident.

— Et vous, qu'en pensez-vous ?

« Enfer et damnation », songea Kevin.

— Je laisse le soin d'en juger à des personnes plus avisées. Je sais que Chase a mené une enquête, et il a privilégié la thèse de l'accident. J'en déduis que c'est le cas. De quel autre sujet vouliez-vous m'entretenir ? demanda-t-il d'un ton léger.

Il espérait que Mlle Jameson passerait à autre chose, ce qu'elle fit :

— J'ai besoin d'aide, et je ne souhaite pas m'imposer à Minerva.

Elle s'arrêta pour lui faire face.

— Je voudrais qu'on m'apprenne à être une lady. Vous m'avez affirmé que c'était possible. Minerva va m'aider en calligraphie, ce qui améliorera aussi ma capacité de lecture. Mais pour le reste… je dois apprendre à m'exprimer, à marcher, toutes ces choses… pour me comporter comme une dame de qualité.

Elle rougit. Kevin la trouva touchante dans sa détermination.

— Je me demandais si vous connaissiez quelqu'un qui puisse corriger les habitudes d'une personne telle que moi.

— Vous n'avez pas besoin de les « corriger ».

— Si. Ne serait-ce que pour ma boutique. J'ai essayé. J'avais des amies que j'imitais pour m'améliorer. Je sais que je commets encore des erreurs, surtout quand je suis troublée ou gênée. Connaissez-vous une personne compétente ? Accepteriez-vous de me donner des leçons de maintien ?

— Je peux me renseigner. Il y aura peut-être plusieurs personnes, une par thème.

Il imaginait déjà ses efforts pour devenir une lady, ses progrès, et en fut un peu triste.

— J'espère que vous ne laisserez pas cet objectif vous anéantir.

— Comment cela ?

Kevin chercha ses mots.

— Quand on met un chapeau très coûteux, cela change-t-il la personne que l'on est vraiment ? Je ne le pense pas. Considérez ces progrès que vous voulez faire comme un nouveau chapeau.

— Vous voulez dire que je ne dois pas prendre de grands airs ?

— N'oubliez pas la valeur de la femme que vous êtes vraiment, quel que soit le chapeau que vous arborez.

Le visage de Rosamund s'illumina. Il s'efforça de ne pas être affecté par la gratitude qu'il lisait dans son regard.

— Je crois comprendre, déclara-t-elle. Je dois être consciente que je ne vaux pas moins aujourd'hui qu'au terme de mes leçons de maintien.

Elle lui sourit avec une telle douceur qu'il en eut le cœur chaviré.

— Exactement, fit-il avec une certaine rudesse. Vous êtes certaine de vouloir changer ? Dès le départ, vous devrez essuyer de nombreuses critiques.

— Je n'en doute pas.

— Par exemple, vous vous exprimez sans doute mieux que lorsque vous étiez petite et vous n'avez presque plus d'accent, mais je relève encore un certain nombre d'erreurs de grammaire. On ne dit pas « nous avons été au parc » mais « nous sommes allés au parc ».

Il guetta sa réaction. Elle ne trahit nulle honte, nulle gêne.

— Nous sommes allés au parc, répéta-t-elle.

Il acquiesça d'un signe de tête.

— Oui ! s'exclama-t-elle. C'est ainsi qu'il faut procéder ! Reprenez-moi chaque fois que je fais une faute.

À la stupeur de Kevin, elle se hissa sur la pointe des pieds et l'embrassa sur la joue. Son visage se trouvait près du sien. Trop près.

Sans réfléchir, il l'embrassa à son tour. Il effleura à peine ses lèvres des siennes, mais il eut le temps de sentir leur chaleur et leur douceur veloutée. Le parfum de la jeune femme envahit ses narines.

Aussitôt, elle porta une main à sa bouche et recula d'un bond. Kevin en fit autant.

Au bout d'une éternité, elle détourna le regard. Lorsqu'elle pivota pour regagner la maison, il lui emboîta le pas.

— Pensez-vous que ces leçons de maintien dureront très longtemps ? demanda-t-elle comme si de rien n'était.

— Il faudra déjà trouver des précepteurs.

— Je dois quitter la ville quelques jours, le temps d'emmener ma sœur dans son école. J'aimerais commencer à mon retour.

Lorsqu'il lui ouvrit la porte du petit salon, elle posa sur lui un regard lourd de sens : « Mieux vaut oublier ce qui vient de se passer entre nous. »

Elle avait raison. Rien ne s'était passé. Kevin n'avait jamais cru aux aventures sentimentales : il n'allait pas commencer aujourd'hui.

6

Rosamund ne put s'empêcher d'entendre la conversation qui se déroulait sur la terrasse. La fenêtre était ouverte et Minerva, Chase ainsi que quatre de leurs agents étaient assis à quelques mètres d'elle.

Un jeune homme blond en redingote semblait être au cœur de la discussion.

— N'accepte aucun poste qui ne te place pas dans ses bureaux, Jeremy. Pas question que tu vendes sa marchandise dans les rues. Tu dois rester à proximité de lui, déclara Chase.

— Je refuserai tout autre emploi.

— Bien, fit Minerva. Toi, Élise, tu travailleras dans sa maison. En tant que cameriste, de préférence, ce qui te permettra de te déplacer dans les couloirs sans attirer l'attention.

L'intéressée hocha la tête.

Un homme frêle aux cheveux clairsemés et aux lèvres pincées leva la main.

— Brigsby, vous n'êtes pas là pour cette enquête, fit Chase. Je voulais vous parler d'autre chose.

— Je croyais que vous étiez très satisfait de ma dernière prestation.

— C'est vrai, mais cette affaire-ci ne nécessite pas vos talents.

— Je crois comprendre de quoi il s'agit, reprit Brigsby, visiblement désolé. Je m'y attendais, monsieur. Je crois que vous comptez vous débarrasser de l'appartement, maintenant que vous êtes installé ici, avec ce valet et tous ces domestiques...

Il se redressa fièrement :

— J'espère que vous me remettrez des références élogieuses.

— On ne vous congédiera pas, assura Minerva. Veuillez patienter jusqu'à la fin de cette réunion, et nous vous expliquerons ce qu'il en est.

Brigsby se tut et laissa la parole aux autres.

— Et moi ? intervint une femme robuste aux cheveux grisonnants.

Elle portait une coiffe ourlée de dentelle sous une grande capeline qui soulignait les rides de son visage. Rosamund eut envie de lui montrer quelques modèles de chapeaux plus sobres qui la mettraient en valeur.

— On a besoin de toi sur un autre dossier, Beth, répondit Minerva. M. Falkner vit plus modestement que M. Chillingsworth. Il n'est pas loin de Rupert Street et, d'après Mme Drable, il cherche une cuisinière. Elle va t'introduire.

— Il est difficile de fouiner depuis les cuisines.

— Tu es pleine de ressources et c'est la seule solution, pour l'instant.

Elle se tourna vers Chase, puis vers les autres :

— Des questions ? Tout le monde a bien compris ce qu'il devait faire ?

Ils hochèrent la tête et se levèrent. Chase et Brigsby s'éloignèrent vers le jardin. Le jeune homme blond fit le tour de la maison. La femme mûre et la jeune fille entrèrent au salon, Minerva sur leurs talons. Elles prirent congé. Minerva s'attabla en compagnie de Rosamund, qui prenait le petit déjeuner.

— Vos bagages sont prêts ? demanda-t-elle à son invitée.

— J'ai déjà descendu mon sac. La voiture arrive dans une heure.

— Prenez un petit déjeuner copieux. La nourriture servie dans les relais de poste est détestable.

Rosamund observa son assiette, qu'elle avait à peine touchée. Depuis une heure, elle réfléchissait à ce qu'elle allait dire à sa sœur. Elle s'interrogeait également sur Kevin.

En dépit de ses efforts pour l'oublier, elle revivait sans cesse ce baiser furtif. Elle sentait encore la chaleur de ses lèvres effleurant les siennes. À cet instant, elle n'avait pu réprimer un frisson sensuel. L'espace d'un éclair, elle avait été pétrifiée.

Ce n'étaient que quelques secondes, mais elle était incapable de les effacer de sa mémoire.

— J'aimerais vous parler avant votre départ, déclara Minerva.

Elle fit signe au domestique de se retirer et porta son attention sur Rosamund.

— J'ai mené l'enquête dont vous m'avez chargée, et j'ai des informations.

En pensant à Charles, Rosamund se sentit coupable de songer à cet instant d'égarement dans le jardin.

— Il n'est pas à Londres, expliqua Minerva. Je doute qu'il vienne au cours de cette saison. Il est à Paris, où il vit depuis plusieurs années.

Le cœur de Rosamund se serra. Elle venait de louer une grande maison pour impressionner un homme qui ne la verrait jamais. Elle allait prendre des leçons de diction et de maintien pour être digne de lui, et il ne vivait même plus en Angleterre. Quelle imbécile elle était !

— Sa famille est toujours en ville ?

— Absolument. Les Copley sont toujours à l'adresse que vous m'avez indiquée.

Les croiserait-elle un jour au parc dans une belle voiture, vêtue d'une toilette élégante de Mme Tissot ? Elle les saluerait et ferait comme s'ils n'avaient pas été cruels envers elle. Quelle serait leur réaction ? De l'étonnement, voire de la confusion. Ce serait déjà une satisfaction...

— Il n'est pas marié.

Minerva s'exprimait avec une nonchalance feinte qui ne trompa pas la jeune femme. Que savait son amie, au juste ? Elle était enquêtrice de profession. S'était-elle renseignée sur elle également ?

Un valet apporta le courrier du matin. Il posa une pile d'enveloppes devant Minerva, et une autre à la place de Chase. À sa surprise, Rosamund se vit remettre une grande enveloppe ainsi qu'une autre, plus petite.

Cette dernière venait de Béatrice. Rosamund avait écrit à son amie pour lui poser une question. Sans doute s'agissait-il de sa réponse. La jeune femme la mit de côté afin de la lire dans la voiture. Elle examina de plus près la grande enveloppe, portant une écriture élégante.

— Seigneur..., murmura Minerva.

Rosamund la regarda extraire une lettre similaire de sa pile de courrier.

— Seigneur, répéta-t-elle plus fort.

Elle ouvrit vivement la lettre et la parcourut. Puis elle observa celle de Rosamund, qui décacheta l'enveloppe à son tour en admirant la calligraphie féminine.

— C'est une invitation à dîner pour la semaine prochaine.

— En effet, confirma Minerva. Vous pouvez décliner.

— Lady Agnès Radnor. Je l'ai rencontrée au parc.

— Vraiment ? fit Minerva. Quel dommage... Franchement, vous devriez décliner l'invitation. Vous serez à peine rentrée d'un voyage éprouvant. On ne peut vous imposer de rencontrer tant de personnes en si peu de temps.

— Quelles personnes ?

— La famille. Ils seront présents en force pour vous scruter. Je ne souhaiterais pas un tel sort à mon pire ennemi. Je n'ose vous imaginer face à eux, tous à la fois.

— Je suppose qu'ils sont simplement curieux.

— Vous êtes trop gentille.

Rosamund était touchée par la sollicitude de son hôtesse. Que voulait-elle lui épargner, au juste ? Elle finirait par rencontrer la famille de Kevin. Les autres ne pouvaient être pires qu'Agnès, Felicity et le père de Kevin. Décliner cette invitation ne ferait que repousser l'échéance, si pénible soit-elle.

— Je crois que je me rendrai à cette soirée. Une fois qu'ils m'auront vue, ils perdront peut-être tout intérêt pour moi.

— C'est peu probable.

Rosamund se mit à rire.

— Je dois monter me préparer. Merci pour ce compte rendu, après cette enquête rapide et complète. Vous me direz combien je vous dois.

— Je me demande pourquoi on ne peut pas dire « j'ai été » à la place de « je suis allé », puisqu'il s'agit d'être quelque part, fit Kevin avec un haussement d'épaules. Enfin, il existe des bizarreries dans toutes les langues, je suppose...

— C'est ce qui te préoccupe lors d'une promenade à cheval ? répliqua Nicholas. Je te croyais tourmenté par quelque chose d'important. Je m'en souviendrai, le jour où tu sembleras perdu dans tes pensées.

Ils sillonnaient la campagne du Middlesex, traversant des champs et passant parmi les arbres en fleurs. En ce mois d'avril, l'air embaumait le printemps.

— Si tu as insisté pour que l'on chevauche ensemble, ce n'est pas pour parler grammaire, je suppose, reprit Nicholas.

— Bien sûr que non.

— Alors pourquoi ?

— J'avais besoin de compagnie, et toi aussi.

— Kevin, tu n'as besoin de personne. Je n'ai jamais rencontré un homme aussi solitaire que toi.

— Toi, en revanche, tu es sociable pour deux. Je cherchais à me montrer généreux.

— Tu n'es pas généreux de nature. Tu as besoin de quelque chose. Je suis patient, je vais attendre que tu me le dises.

Au bout de dix minutes, atteignant une taverne située à la croisée de deux chemins, ils mirent pied à terre.

— J'ai besoin d'un conseil, avoua Kevin lorsqu'ils furent attablés devant une chope de bière.

— D'abord, tu as besoin de compagnie, et maintenant d'un conseil... Tu ne cesses de m'étonner, aujourd'hui. Je ne vois pas quel conseil je pourrais te donner, à moins que tu n'aies trouvé un domaine que tu ne peux entretenir faute de revenus. Je suis devenu un expert en la matière.

Nicholas n'était en rien amer, même si le testament de son oncle Frederick l'avait déçu en le laissant dans de graves difficultés financières. Il avait hérité du titre et des propriétés. Hélas, l'argent manquait. Au cours des derniers mois, il avait eu du mal à joindre les deux bouts.

— J'ai accepté d'aider Mlle Jameson. Malheureusement, je ne sais comment m'y prendre. Pire encore, j'ai une semaine pour trouver une solution.

— Que veut-elle que tu fasses ?

— Je dois lui trouver des professeurs qui l'aideront à améliorer son comportement en société. Elle voudrait changer rapidement.

— A-t-elle beaucoup de progrès à faire ?

Kevin faillit répondre non, mais il réfléchit un instant. Son attirance pour la jeune femme l'empêchait d'être objectif. Il l'appréciait telle qu'elle était – sauf quand elle s'entêtait à propos de l'entreprise...

— Je crois qu'elle a déjà travaillé toute seule en imitant l'attitude des femmes du monde. Chase avait raison, elle n'a rien d'une paysanne. Cependant, elle se trahit parfois.

Ces moments de vulnérabilité étaient charmants, d'ailleurs. *Tu oublies qu'elle est ton ennemie, imbécile.*

— Nos tantes auront de quoi cancaner, la semaine prochaine, railla Nicholas.

— Nos tantes ?

— Le dîner chez tante Agnès. Nous sommes tous conviés, y compris Mlle Jameson. Nous aurons ainsi l'occasion de l'observer de près.

Le duc attendit que l'aubergiste leur ait servi une nouvelle tournée.

— Tu sembles abasourdi. Tu n'es pas invité ?

— Non.

— Un oubli.

— J'en doute.

— Tante Agnès redoute peut-être que tu ne te disputes avec elle puisqu'elle possède la moitié de l'entreprise. Nos tantes ne voulaient pas que tu passes la soirée à bouder et à foudroyer ton ennemie du regard. En réalité, je ne t'aurais pas invité non plus.

— Ce n'est pas la raison pour laquelle elle ne m'a pas convié. Elle veut simplement que la pauvre Mlle Jameson se retrouve seule et impuissante face à leurs attaques.

— La pauvre Mlle Jameson ? Elle est plus riche que moi !

— Ce n'est pas ce que je voulais dire.

— Quoi, alors ? Elle est fragile ? Facile à intimider ? Je n'ai rien entendu de tel à son sujet. Elle s'en sortira très bien, mieux que la plupart, sans doute. Après tout, elle doit se soucier comme d'une guigne de ce que la famille pense d'elle.

Kevin fronça les sourcils. Son cousin n'avait pas tort. Si elle tenait à être acceptée par la bonne société, elle se moquait certainement de l'opinion de la famille.

— Il aurait mieux valu que cette invitation lui parvienne après les leçons de maintien, commenta-t-il cependant. À qui puis-je m'adresser, selon toi ?

— Comment veux-tu que je le sache ?

— Tu es un homme du monde. Tu dois avoir entendu parler de professeurs de maintien, par exemple. Peut-être connais-tu quelqu'un qui a suivi des leçons ?

— J'ignore pourquoi elle t'a chargé de cette mission. À sa place, je me serais adressé à Minerva. N'est-ce pas son métier de trouver des gens ? Il lui suffirait d'envoyer quelques messages pour dénicher les personnes idéales.

Effectivement. Pourquoi Mlle Jameson ne s'était-elle pas tournée vers Minerva ? Craignait-elle d'abuser de sa gentillesse ? Ce serait compréhensible. Quant à lui, il n'aurait eu aucun scrupule à le faire.

L'institution Parker pour jeunes filles était installée dans un manoir, dans l'Essex, au bord de la route menant à Londres. L'immense bâtisse avait perdu de sa splendeur d'antan.

Dès qu'elle découvrit les lieux, Lily se mura dans le silence. Sa sœur la présenta à Mme Parker, la directrice, puis elles firent le tour des salles de classe et du réfectoire. Les élèves prenaient leur repas. Rosamund en profita pour les observer. Une employée les conduisit ensuite dans la chambre de Lily.

Rosamund entreprit de déballer ses affaires sous le regard de l'adolescente, assise sur le lit. Comme elle avait changé, au cours de l'année écoulée !

Elle avait grandi, et ses traits s'étaient adoucis. Rosamund l'imagina quelques années plus tard, avec ses cheveux blonds et bouclés.

— Je range tes chemises de nuit dans ce tiroir, expliqua-t-elle avant de s'approcher de la fenêtre. Tu as une belle vue. Les autres filles m'ont semblé gentilles.

— Elles vont dire du mal de moi, grommela Lily. Je t'ai dit que je ne voulais pas aller à l'école. Pas ici, en tout cas. Ce n'est pas un endroit pour une fille comme moi.

— C'est une école pour quiconque peut payer, répliqua Rosamund. Mme Parker sait que tu n'es pas allée très longtemps à l'école, et elle t'aidera à rattraper ton retard.

— Tu veux dire que je vais me retrouver avec des enfants, dans cette salle avec de petits pupitres ?

— Ils installeront un pupitre à ta taille.

Elle s'agenouilla devant l'adolescente et lui prit les mains.

— Si tu fournis des efforts, tu te retrouveras avec les filles de ton âge dans un an. Tu es intelligente et tu apprendras vite, j'en suis certaine.

Lily se dégagea de son étreinte et la foudroya du regard.

— J'ai mon mot à dire, non ? Il s'agit de ma vie, après tout.

— Je veux que tu apprennes à bien t'exprimer, à bien écrire, à lire mieux que moi.

— Tu veux que je prenne de grands airs comme toi ?

L'adolescente émit un grondement sceptique.

— Grâce à ces grands airs, comme tu dis, je peux vendre un chapeau pour quinze shillings. Sans cela, mes modèles ne m'en rapporteraient que trois.

— Je serai la paysanne la plus élégante d'Angleterre, c'est ça ?

— Je tiens à ce que tu sois bien plus qu'une paysanne.

— Être une paysanne n'est pas assez bien pour toi ? s'emporta la jeune fille.

Rosamund se leva.

— Ce n'est pas assez bien pour toi, Lily.

Elle posa le second sac sur le lit.

— Regarde ce que je t'ai fait faire. Quand tu viendras me rendre visite, tu pourras porter ceci.

Elle ouvrit le sac. Lily regarda à l'intérieur et afficha aussitôt une expression émerveillée. Elle prit le vêtement posé sur le dessus.

— Qu'est-ce que c'est ?

— Lève-toi, que je vérifie si la longueur est bonne.

Lily obéit. Son aînée plaqua la robe sur elle. La jeune fille contempla la superbe mousseline crème parsemée de fleurs, dont le décolleté et les manches étaient ourlés de dentelle.

— Il y a aussi une pelisse bleue assortie, poursuivit Rosamund, ravie de la réaction de sa sœur. Quand tu viendras me voir à Londres, nous irons chez la couturière.

Lily caressa le tissu.

— Elle est belle… bien plus que celle que tu portes.

— J'ai aussi commandé des robes pour moi, mais je tenais à ce que les tiennes soient terminées en priorité. Regarde, il y a des robes plus sobres pour la classe. Il manque une autre belle tenue, qui n'est pas encore terminée.

Lily examina tour à tour les tenues sobres et la mousseline crème.

— Où as-tu trouvé l'argent pour payer tout ça ? Mme Farley a dit…

— Qu'est-ce qu'elle a dit ?

Lily haussa les épaules.

— Quand elle t'a vue descendre de cette voiture, elle a fait une drôle de tête. Elle a dit : « Elle passe d'une charrette à une voiture fermée. Ta sœur a conclu un pacte avec le diable. » Et maintenant cette école de riches, cette robe…

L'expression de Mme Farley n'avait pas échappé à Rosamund. Un air soupçonneux qui s'était amplifié lorsque la jeune femme avait expliqué qu'elle venait récupérer Lily pour l'emmener dans un pensionnat.

Rosamund prit la robe et la posa de côté pour inviter sa sœur à s'asseoir près d'elle.

— Je n'ai conclu aucun pacte avec le diable. J'ai hérité d'une grosse somme d'argent. J'en suis la première étonnée, et cela change tout pour toi et moi.

Elle lui raconta la nouvelle maison, ses projets.

— J'aurais pu t'écrire, mais je préférais t'en parler de vive voix.

Lily demeurait sceptique.

— Le pacte avec le diable était plus crédible que cette histoire à dormir debout.

— C'est pourtant la vérité. Quand tu viendras me voir, je te montrerai les documents.

— Pourquoi un duc te laisserait-il cet argent après une simple conversation ? demanda l'adolescente avec une expression d'une grande maturité. Si tu étais sa femme, tu peux me le dire. Je ne te gronderai pas. Je ne te dirai pas que tu es maudite.

— Si j'avais été sa femme, je ne serais pas venue te voir à la ferme des Farley dans une charrette délabrée, l'automne dernier.

Lily parut accepter cette logique.

— Je suis donc la sœur d'une héritière. Cela me rendra la vie plus facile ici, au milieu de ces filles...

Elle se leva et prit la robe en mousseline.

— Je veux l'essayer.

7

Rosamund quitta l'atelier de l'ébéniste, Béatrice sur ses talons.

— La table que tu viens d'acheter est magnifique, commenta Béatrice. De quoi organiser un banquet !

Les rubans de son chapeau voletaient au vent.

— La salle à manger est grande, et si j'aur... si j'avais choisi une petite table, elle aurait été ridicule.

Si elle surveillait son langage depuis une semaine, il lui arrivait encore de commettre des erreurs.

— Tu auras aussi besoin d'un buffet.

— Mme Radnor en possède un très beau, orné de marqueterie. J'espère en trouver un semblable.

Béatrice prit le bras de Rosamund.

— Et si nous allions voir les grossistes ? Les filles m'ont remis une liste.

Elles passèrent une heure à faire des emplettes. Rosamund acheta des fournitures de modiste tandis que Béatrice remplissait son panier de parfums et de dentelles, sans oublier quelques dessous. Elle admirait une camisole quand Rosamund la rejoignit.

— Du linon, déclara Béatrice en caressant le fin tissu. Idéal en été. Bien mieux que le lin.

— Je te l'offre, dit Rosamund en pliant l'article.

— C'est trop !

— Elle est trop chère pour toi. Dis-moi une chose : Kevin Radnor est-il un client de la maison ?

— Tu sais bien qu'on ne révèle jamais..., fit Béatrice, les lèvres pincées.

— J'ai besoin de le savoir, et je suis prête à te corrompre en t'offrant cette camisole.

Béatrice soupira.

— Je suppose que cela ne lui fera aucun tort... Oui, c'est un client, admit-elle. En fait, c'est l'un de mes messieurs.

Elle porta son attention sur des fleurs en soie.

— Depuis combien de temps ?

— Il a commencé à venir me voir après la mort du duc. Hollinburgh appréciait l'établissement, tu ne l'ignores pas. Bref, Kevin Radnor a dit à Mme Darling qu'il voulait la même fille que son oncle, mais Marie était déjà partie, à l'époque. Il m'a interrogé sur lui ensuite. Il voulait savoir quelles filles le duc préférait. L'air de rien, il m'a interrogée sur toi. Il voulait savoir si une certaine Jameson faisait partie des filles.

— Que lui as-tu répondu ?

— J'ai dit non, parce que tu n'as pas travaillé chez nous dans le sens où il l'entendait. Je ne suis pas sûre qu'il m'ait crue. J'ai suggéré qu'il y avait peut-être autre chose, que la discrétion m'interdisait d'évoquer.

— Pourquoi ?

— Je ne voulais pas qu'il cesse de venir. Il prenait son plaisir, c'est vrai, mais ce n'était pas la véritable raison de sa présence. Il te cherchait. À présent, nous savons pourquoi ! Si j'avais su qu'il y avait tant d'argent qui t'attendait, je lui aurais avoué la vérité, quitte à...

Elle s'éloigna.

— Quitte à quoi ? insista Rosamund en la suivant.

Et ils n'avaient pas vraiment commencé à discuter de l'entreprise...

Après trois jours passés à chercher en vain des professeurs de maintien, Kevin avait ravalé sa fierté et exposé son problème à Minerva. Deux jours plus tard, la jeune femme lui avait tendu une liste de candidats intéressants. Ainsi se retrouvait-il dans la bibliothèque de la nouvelle maison de Chapel Street en compagnie des professeurs, afin de faire les présentations.

Les étagères demeuraient vides à l'exception d'une seule, sur laquelle la Bible côtoyait le roman de Walter Scott qu'il lui avait offert et un manuel de calligraphie. Vu l'état des buvards sur son secrétaire, elle avait beaucoup travaillé.

Le professeur de danse, M. Davis, ne cessait de consulter sa montre de gousset en faisant les cent pas dans la pièce. Vêtu à la dernière mode, il avait les cheveux bruns et se mouvait avec grâce.

Mme Markland, la professeure de maintien, patientait en lisant un journal trouvé sur une table. Avec ses cheveux gris dissimulés sous un chapeau à large bord, elle semblait à la fois douce et sévère.

Le spécialiste de l'élocution, M. Fitzgibbons, était un homme corpulent, au crâne dégarni et portant de petites lunettes. Il sourit à Kevin et s'approcha de lui.

— On m'a dit que cette jeune femme avait besoin de leçons de grammaire et de diction. Savez-vous de quel comté elle est originaire ?

— De l'Oxfordshire, je crois.

— Dieu soit loué ! S'il s'était agi des Cornouailles, il aurait été quasiment impossible d'effacer son accent.

— Elle a déjà fait beaucoup de progrès par elle-même en imitant les autres.

— Pour vous, peut-être. Mais j'ai la capacité de reconnaître les origines d'une personne.

— Par chance, l'objectif est de convaincre des gens qui n'ont pas votre oreille, répliqua Kevin.

Fitzgibbons fit grise mine, puis il retrouva le sourire :

— Je vous garantis qu'elle sera présentable dans quelques semaines et que, d'ici deux mois et demi, elle sera capable de faire tout ce dont vous aurez besoin.

À l'image de l'agent immobilier, cet homme avait tiré ses propres conclusions de la situation.

— Je n'ai besoin de rien. C'est Mlle Jameson qui a eu cette idée. Ah, la voici !

En la voyant, Kevin ne se sentit plus de joie. Si elle ne s'était pas absentée très longtemps, elle lui avait manqué et il était impatient de la revoir, un sentiment qu'il se reprochait car il n'était pas cohérent avec ses projets.

Elle portait une pelisse grise sur une robe en mousseline crème, une toilette très sage. Mais elle n'en était pas moins ravissante. Ces tons clairs rehaussaient même sa beauté. Du coin de l'œil, Kevin remarqua la réaction de Fitzgibbons, qui semblait subjugué.

Kevin présenta la jeune femme à ses professeurs.

— Merci à tous d'être venus.

Elle s'assit à son secrétaire et sortit une feuille de papier du tiroir.

— J'aimerais que nous décidions de nos leçons. Disons le matin, à 9 heures ? Un jour chacun.

M. Fitzgibbons hocha la tête.

— Je crois que j'aurai besoin de deux matins par semaine, déclara-t-il sans cacher qu'il l'avait jugée en quelques phrases. Le lundi et le mercredi me conviendront. Deux heures par séance. Une pour la diction, et une pour la grammaire et la syntaxe.

— Je ne peux être présente pour 9 heures, intervint Mme Markland. 11 heures au plus tôt, et encore ! Je prends le mardi, car il y a rarement des soirées le lundi. Après une réception, je me lève tard.

— Elle peut avoir le mardi si j'ai le jeudi après-midi, si possible, déclara M. Davis. Il me sera plus facile de trouver des partenaires de danse à cette heure-là. J'aurai déjà assez de mal à trouver des musiciens, alors des partenaires...

Il secoua la tête.

M. Fitzgibbons observa M. Davis :

— Newcastle ?

— Pardon ?

— Je décèle chez vous une pointe d'accent de cette ville.

M. Davis se contenta de le foudroyer du regard.

Rosamund les dévisagea tour à tour.

— Je m'excuse. J'ai commis l'erreur de penser que, comme je suis la cliente, ce serait à moi de choisir la couleur de mon chapeau.

— « Je vous présente mes excuses », corrigea M. Fitzgibbons.

Kevin eut envie de le frapper.

— Autant commencer sans attendre, se défendit le professeur.

— Vous viendrez le lundi et le mercredi à 9 heures, résuma Rosamund en prenant quelques notes. Madame Markland, le mardi à 11 heures. D'accord ? Bien.

Elle nota le rendez-vous et posa sa plume pour s'intéresser à M. Davis.

— Je regrette, mais l'après-midi ne me convient pas. J'ai beaucoup de choses à faire. Vous trouverez certainement des partenaires disposés à venir le matin.

— C'est très difficile, surtout pendant la saison et à 9 heures, pouffa-t-il comme s'il s'agissait d'une plaisanterie.

— Essayez. Je suis prête à accepter une leçon à 10 heures.

— Ce n'est pas une heure très civilisée.

— Quel dommage, fit Mlle Jameson. J'espérais qu'on se mettrait d'accord, car vous avez d'excellentes références. Toutefois, si mes conditions vous semblent inacceptables, je trouverai quelqu'un d'autre.

— Je suppose que, pour une fois, je pourrais faire une exception et venir le matin..., concéda M. Davis de mauvaise grâce.

— C'est très aimable à vous, conclut Mlle Jameson avec un sourire, en se levant. C'est réglé. Quelle chance de commencer avec vous demain, madame Markland !

Les professeurs sortirent en file indienne, puis elle referma la porte.

— Vous croyez que Mme Markland réussira à me préparer pour la soirée de votre tante en une journée ? demanda-t-elle à Kevin.

— J'en doute, car ma tante ne sera jamais satisfaite, et les autres non plus.

— Minerva m'a conseillé de décliner l'invitation.

— Elle est parfois très avisée.

Rosamund s'approcha de la fenêtre. Son visage fut aussitôt baigné de lumière, et ses lèvres parurent plus sombres que celles que Kevin embrassait dans ses rêves depuis quelques jours.

— J'avoue que j'appréhende ce dîner, mais il ne sert à rien de repousser l'échéance. Ils veulent tous me rencontrer, puisque mon héritage les prive de beaucoup d'argent. Je préfère les voir tous ensemble que d'être prise au dépourvu par une rencontre fortuite.

— C'est un point de vue.

— Minerva et Chase m'accompagneront. Je ne ferai pas mon entrée seule. Et vous ? ajouta-t-elle en baissant la tête. Serez-vous présent ?

— Naturellement. Vous aurez trois alliés.

S'il réussissait à se faire inviter.

— D'après Minerva, le duc viendra aussi et il ne permettra pas aux autres de me malmener. Sa présence me sera-t-elle utile ?

— Il est jeune, et compréhensif. C'est aussi le duc de Hollinburgh, un titre influent, y compris au sein de la famille... Parlez-moi maintenant de votre déplacement.

Elle s'assit sur le divan, bientôt imitée par Kevin.

— Lily n'était pas très enthousiaste. Elle n'avait pas envie de quitter ce qu'elle considérait comme sa maison. Elle n'a pas apprécié le pensionnat, et s'inquiète d'être victime des moqueries de ses camarades. Au moment de mon départ, toutefois, je crois qu'elle était un peu rassurée.

Elle haussa les épaules.

— Elle a grandi, reprit-elle. En six mois, elle a changé. Elle est très jolie. La robe en mousseline m'a aidée à l'amadouer. Elle l'a essayée, et je vous assure que Lily pourrait rivaliser avec n'importe quelle débutante.

« Elle ne peut être plus belle que vous », songea Kevin. Il réprima l'envie d'exprimer cette pensée à voix haute et de lui caresser la joue. Il se comportait décidément comme un imbécile !

— Et vous ? s'enquit-elle. Avez-vous consacré ces derniers jours à votre entreprise ?

— Bien sûr, mentit-il.

Il ne savait pas très bien ce qu'il avait fait, si ce n'est penser à elle.

— Je vous en parlerai après la soirée, ajouta-t-il.

— Je serais ravie d'être informée de vos progrès éventuels. Disons vendredi ? J'aimerais aussi que vous me montriez votre invention.

Cette requête le fit émerger de sa rêverie romantique. Il la dévisagea. Elle était à la fois très belle et dangereuse. Il n'aurait pas dû se laisser distraire de la raison pour laquelle il recherchait son amitié.

— Dieu que vous semblez fâché ! Vous deviez pourtant vous douter que je demanderais à la voir.

— Très bien. Vendredi.

— Vendredi matin, à moins que vous n'ayez besoin de dormir à cause d'une soirée, comme tous les résidents de Mayfair, semble-t-il.

— Je doute que la réception de tante Agnès se termine très tard.

— Vous pourriez sortir ensuite. Je croyais que les hommes de votre milieu se rendaient à trois ou quatre fêtes par nuit.

— C'est le cas de certains, mais je ne suis pas de ceux-là. Que pensez-vous de 10 heures ? Vous semblez apprécier les heures peu civilisées, et je n'y vois aucun inconvénient.

— Cela me convient. À présent, je dois me rendre chez un ébéniste pour commander d'autres meubles, à la fois pour la maison et ma boutique.

Elle le raccompagna à la porte d'entrée.

— Nous nous verrons à la réception, conclut-elle. N'oubliez pas votre épée pour me protéger.

Kevin prit son courage à deux mains et suivit le majordome vers le salon. Deux femmes patientaient, installées sur un divan. Leurs toilettes et leurs bijoux coûtaient sans doute assez d'argent pour couvrir une bonne partie de la somme dont il avait besoin.

— Quel choc ! déclara tante Agnès. N'est-ce pas, Dolorès ?

Elle pencha ses formes généreuses vers sa sœur qui, en dépit de leur ressemblance, était aussi maigre qu'elle était plantureuse.

— Et comment ! fit-elle d'une voix rauque qui contrastait avec le timbre strident d'Agnès.

Kevin voyait ses tantes comme les deux tranchants d'une même lame. Grandes, brunes aux yeux sombres, elles étaient célibataires et particulièrement exaspérantes.

— Cela doit bien faire... combien de temps, Agnès ? Je n'ai jamais pensé qu'il me rendrait visite dans mon petit cottage, mais *toi*...

Son cottage n'avait rien de petit. Ces deux-là avaient saigné l'oncle Frederick à blanc pendant des décennies à coups de rentes et d'exigences. Certaines de leur bon droit, elles présentaient leurs factures à leur frère le duc.

— Des années. Seigneur, je ne sais plus combien, fit Agnès en foudroyant son neveu du regard. Assieds-toi donc, Kevin. Je vais demander des rafraîchissements pour célébrer cet honneur rare que tu m'accordes.

Le jeune homme endura leur babillage à propos de quelque bal auquel elles brûlaient de se rendre. Enfin, un domestique leur servit du café et des biscuits.

— Êtes-vous en ville pour la saison ? demanda-t-il à Dolorès.

— Au vu du nombre de malles qu'elle a apportées, je pense que oui, même si elle affirme rester peu de temps, railla Agnès. Je lui ai dit qu'elle serait plus à l'aise si elle louait sa propre maison pour la saison. Tu ne trouves pas, Kevin ?

— Louer une demeure pour quinze jours serait jeter l'argent par les fenêtres, chère sœur. Frederick ne m'a pas légué de quoi faire de telles dépenses.

— Cela m'étonnerait que tu t'en ailles dans quinze jours. Ne me prends pas pour une idiote ! Tu vas rester la saison entière. La dernière fois, j'ai eu toutes les peines du monde à te renvoyer chez toi. Kevin, j'estime qu'elle devrait séjourner avec Hollinburgh à Whiteford House. C'est là que nous allions, du vivant de Frederick.

— Je ne suis pas certain…

— Je ne veux pas m'imposer, Agnès. Nicholas a d'autres chats à fouetter, cette saison. Il est grand temps qu'il se mette en quête d'une épouse.

— Si tu étais chez lui, tu pourrais le conseiller, insista Agnès très sérieusement. Il aura besoin de ton aide. Si tu étais sous son toit, il pourrait te consulter à propos des jeunes filles qu'il a en vue. Vraiment, Dolorès, il est de ton devoir de t'installer là-bas !

Kevin imaginait déjà la réaction de Nicholas en entendant cela.

— Je crois qu'il préférerait discuter de ces questions avec vous deux, déclara-t-il. Vous avez chacune vos informations sur les familles de la bonne société. Il vaut mieux qu'il vous consulte ensemble ici.

— Je suis d'accord, fit Dolorès. Il serait injuste de l'obliger à nous voir séparément. Il a autre chose à faire, que diable !

Agnès pinça les lèvres et foudroya Kevin du regard.

— As-tu une raison particulière de nous rendre visite, mon garçon ? Toi aussi, tu dois être occupé, avec ton *travail* et tout le reste.

Ses tantes, et la plupart des autres membres de la famille, exprimaient un certain dédain envers l'activité de Kevin.

— Il était temps que je vous rende visite, certes. Puisque je suis là, j'aimerais vous parler. Pourquoi suis-je le seul de la famille à ne pas avoir reçu d'invitation à votre dîner ? J'aurais pu croire que c'était à cause de mon travail, comme vous dites. Mais, mon associée étant l'invitée d'honneur, ce ne peut être la raison…

Agnès s'installa plus confortablement sur le divan. Son expression passa de la contrariété à la colère.

— Je pensais que tu ne voudrais pas venir, Kevin ! Cette femme est ton associée mais aussi ton ennemie, puisqu'elle détient désormais la moitié de ton entreprise, non ? Tu dois lui en vouloir, la détester, même. Je ne voulais pas d'un scandale en plein dîner.

— Jamais je ne ferais un scandale !

Agnès se mit à rire, vite imitée par sa sœur.

— Tu es drôle, fit Dolorès. Au mieux, tu bouderais dans ton coin et tu gâcherais la soirée. Au pire, tu userais de ton esprit cynique pour créer une atmosphère exécrable. Les convives seraient terriblement gênés.

Elle sous-entendait qu'il était trop grossier pour un dîner mondain…

— Je ne ferais pas une chose pareille, s'offusqua-t-il. Sachez que Mlle Jameson et moi sommes bons amis. Depuis son arrivée en ville, nous avons passé pas mal de temps ensemble.

— Bons amis ? s'étonna Agnès d'un ton strident. Mon garçon, tu n'as pas de bons amis, du moins à notre connaissance. Tu es trop… trop *toi-même* pour avoir des amis.

— C'est faux.

— Vraiment ? Cite-moi le nom d'un ami parmi les messieurs que je connais.

— Stratton.

Choquées, les deux vieilles dames eurent un mouvement de recul.

— Stratton ? Le duc de Stratton ? bredouilla Dolorès avec un regard de biais à sa sœur. J'ai peine à le croire.

— Nous sommes très bons amis.

Kevin bavardait de temps à autre avec Stratton, rien de plus. Cependant, celui-ci était si redoutable qu'elles ne risquaient pas de l'interroger sur ses amitiés.

— Eh bien, murmura Dolorès, impressionnée.

— Ça alors, souffla Agnès.

— Il organise une garden-partie chaque saison, reprit Dolorès. Y as-tu tes entrées ? J'aimerais que tu m'y fasses inviter. Il reçoit si peu.

— Je verrai ce que je peux faire, mais je ne vous promets rien, répondit Kevin, en mauvaise posture.

— Naturellement.

— Moi aussi ! s'exclama Agnès.

Kevin la dévisagea. À quelques exceptions près, les membres de sa famille n'étaient pas stupides – surtout Agnès, qui décelait une entourloupe.

— Et je t'enverrai une invitation pour le dîner, dit-elle. Je voulais simplement t'épargner. Je ne me doutais pas que tu serais déçu.

— Merci, conclut Kevin en se levant pour prendre congé.

— N'oublie pas la garden-partie ! insista Agnès, perfide.

— C'est promis.

8

Rosamund se leva. Jennifer, sa nouvelle domestique, tenait sa robe de soirée pour l'aider à s'habiller. La soie sauvage glissa le long de son corps jusqu'à ses épaules, puis la jeune femme demeura immobile, le temps que Jennifer agrafe les boutons dans son dos.

C'était la première fois que quelqu'un l'habillait. Agissait-elle comme il le fallait ? Peut-être aurait-elle dû prendre des leçons sur la façon de se comporter avec le personnel.

Jennifer était nouvelle, comme la gouvernante, la cuisinière, le valet et la femme de chambre. Ils avaient commencé dès son retour de la campagne, car les entretiens d'embauche avaient eu lieu avant son départ. Minerva avait une amie qui plaçait des domestiques, et Mme Drable lui avait envoyé d'excellents candidats. En un après-midi, elle s'était constitué le personnel nécessaire à sa grande maison.

Elle se sentait à la fois importante et dépensière. Elle aurait pu effectuer toutes ces tâches elle-même, surtout s'habiller. Cependant, Jennifer était douée pour la coiffure et savait entretenir les vêtements que lui livrait la couturière.

Elle lissa l'élégante robe en soie que Mme Tissot avait achevée juste à temps pour la soirée.

« Il faut que vous soyez à votre avantage pour entrer dans la fosse aux lions, avait déclaré Minerva. Cela retardera l'offensive de dix minutes. »

Il était manifeste qu'elle n'appréciait pas la plupart des parents de Chase. Étaient-ils vraiment si hostiles ? Après tout, elle avait surmonté son entrevue avec le père de Kevin. Et avec l'horrible Mme Radnor – Felicity, la femme de Walter. De plus, elle avait un plan. Elle comptait rester proche de Minerva, qui lui servirait de bouclier, et ne rien dire à moins que quelqu'un ne s'adresse à elle. Si elle devait s'exprimer, elle le ferait avec prudence en veillant à ne pas commettre d'impair.

— Voilà ! annonça Jennifer en inspectant l'apparence de Rosamund. Avez-vous des bijoux, que je vous aide à les mettre, madame ?

Rosamund secoua la tête.

— Ce n'est pas grave. Vous êtes aussi belle sans bijoux, qui détourneraient l'attention.

Elle prit un châle et un petit réticule.

— Voulez-vous descendre maintenant ?

— Oui. Inutile de m'accompagner dans les escaliers.

« Dans l'escalier ! » songea-t-elle en se maudissant intérieurement.

Minerva avait insisté pour qu'elle se rende chez Agnès avec Chase et elle. Celui-ci l'attendait sur le seuil. Il la confia à un valet qui l'aida à monter en voiture.

Un homme était déjà présent dans la cabine. Très séduisant, il ressemblait beaucoup à Chase, mais ses traits étaient plus doux. Un membre de la famille, à n'en pas douter.

Minerva lui présenta Nicholas, duc de Hollinburgh. Ce dernier sourit à la jeune femme tandis que Chase les rejoignait.

— Hollinburgh vous épargnera cinq minutes de combat si vous arrivez en même temps que lui, expliqua Minerva. Cela vous fait un quart d'heure de répit.

— Je m'en offusquerais si Minerva n'était pas dans le vrai, soupira Nicholas. Mon influence sur cette famille ne durera pas plus de quelques minutes, au mieux.

— Je vous en suis déjà reconnaissante, répondit Rosamund. J'cspère néanmoins que ce sera moins difficile que ce que vous envisagez.

— Je lui ai conseillé de décliner l'invitation, révéla Minerva. Je n'ai pas changé d'avis. Nous pouvons encore la ramener chez elle et prétendre qu'elle est souffrante.

— Elle a des alliés, chérie, dit Chase. Nous trois et, je l'espère, Kevin.

— Il sera présent ? fit Minerva, perplexe. Je croyais…

— Il a reçu une invitation hier, expliqua Chase. Il m'en a fait part dans un message. Naturellement, il a omis de préciser s'il avait accepté.

— J'ai l'impression que les choses se passent bien entre vous deux, mademoiselle Jameson, reprit le duc. Je vous pose la question car s'il est possible de maîtriser les autres, Kevin a tendance à parler trop franchement, parfois.

— En d'autres termes, il peut se montrer grossier, intervint Minerva.

— Nous nous entendons bien, en effet. Il m'a aidée à m'installer en ville.

Le duc hocha la tête, rassuré.

— Chase, dit-il, si Kevin est là en tant qu'ami de Mlle Jameson, nous risquons de nous retrouver à protéger la famille face à lui, au lieu de protéger Mlle Jameson face à la famille.

— Il est capable de les provoquer, admit Chase.
— Voilà qui est intéressant, commenta Minerva. La soirée risque d'être passionnante, tout compte fait.

Kevin entra dans le petit salon. L'espace d'un instant, le silence se fit et tous les regards se posèrent sur lui. Les épouses de deux des cousins exprimèrent leur déception. « Ah, ce n'est que toi », semblaient-elles dire.

La famille était réunie, à l'exception du père de Kevin et de ses oncles, qui venaient rarement en ville. En revanche, ses cousins étaient présents, fiers de leurs privilèges et de leur statut. Persuadés d'avoir été privés de leur héritage par Mlle Jameson, ils étaient venus voir celle qui, selon eux, les spoliait.

Sur le divan, les deux tantes bavardaient. Agnès lui fit signe d'approcher.

— Nous sommes en désaccord, soupira-t-elle comme si ce n'était pas une habitude. Nous nous demandons où placer Mlle Jameson.

— Je pense qu'elle est l'invitée d'honneur, expliqua Dolorès, mais Agnès veut qu'elle soit la dernière dame de la procession vers la salle à manger.

— Elle n'a pas de statut social, plaida Agnès.

— Lui avez-vous fait comprendre qu'elle était l'invitée d'honneur ? s'enquit Kevin. Nous savons tous pourquoi vous l'avez conviée. Elle est la victime du jour, en réalité.

— Je ne lui ai pas écrit qu'elle était l'invitée d'honneur, non.

— Tu l'as dit aux autres, intervint Dolorès. Tu as clairement établi que ce dîner serait l'occasion de rencontrer Mlle Jameson.

— Ce que tu peux être pénible ! gronda sa sœur. Tu prends un malin plaisir à me contrarier. Elle n'est pas l'invitée d'honneur, et elle sera en bout de file.

Dolorès haussa les épaules.

— Elle ne verra pas la différence, de toute façon, donc je n'insiste pas. Que peut savoir ce genre de femme de la préséance ?

« Rien, songea Kevin. Pour l'instant. » Un jour, Mme Markland lui en expliquerait les subtilités. Ce soir-là, Rosamund ne remarquerait pas ce type d'affront et il serait à son côté, avec Chase et Minerva. Elle serait bien protégée. Certes, son cousin Phillip ne manquerait pas de semer le trouble...

Par un étrange hasard, Phillip s'approcha à cet instant. Il était le plus jeune des cousins et, de l'avis de tous, le moins prometteur. Il arborait un gilet à rayures vertes et jaunes, à gros boutons dorés. Sa redingote était neuve et à la dernière mode. Kevin n'aimait pas ces modèles dont les manches trop ajustées entravaient les mouvements.

— Où est donc cette Mlle Jameson ? demanda-t-il si fort que Walter, l'aîné des cousins, l'entendit.

Phillip afficha un air faussement curieux :

— Il paraît qu'elle est modiste. Notre oncle a dû perdre la tête, pour léguer une fortune à une femme qui fabrique des chapeaux.

— Il aurait mieux fait de te la léguer, bien sûr, mais tu aurais déjà tout dilapidé. Cet argent ne sera peut-être pas dépensé de façon inconséquente. Au fait, ton gilet est très... intéressant.

— Il vient de chez Harrington, se rengorgea Phillip.

Kevin détestait les gens qui indiquaient d'où provenaient leurs articles de luxe. Phillip avait cette mauvaise habitude, comme si ses vêtements coûteux faisaient de lui une meilleure personne.

— J'en conclus que tu as eu de la chance au jeu, ces derniers temps.

— Naturellement !

Phillip tenait de son père son goût du jeu et son côté panier percé. En automne dernier, il s'était endetté et avait failli avoir de gros ennuis. Son salut n'était pas sans rapport avec la disparition d'une sculpture de la Renaissance à Whiteford House. Chase avait recherché le petit bronze et trouvé l'acquéreur, et sa description du vendeur correspondait en tout point à leur plus jeune cousin.

Nicholas avait décidé de passer l'éponge sur ce vol et de ne pas accuser Phillip. Il était toutefois interdit de séjour chez le duc.

— Tu n'y connais rien à la mode, s'emporta le jeune dandy. Cela fait sans doute des années que tu n'as pas eu les moyens de t'offrir un gilet neuf. Celui que tu portes est élimé.

— Au moins, il n'est pas vulgaire.

Walter s'était levé pour assister au spectacle.

— Vulgaire ? répéta Phillip en ricanant. Tu n'as aucun goût !

— On dirait un vêtement qu'achèterait un paysan qui vient en ville et qui cherche à faire bonne impression.

Phillip vit rouge.

— Tu es insupportable ! Tout le monde le pense. N'est-ce pas, Walter ?

— Oh, oui, confirma ce dernier. En revanche, Phillip, ton gilet est vulgaire, c'est indéniable.

Phillip en demeura sans voix. Vexé, il s'éloigna la tête haute.

— Ce n'était pas très gentil de ta part, dit Walter. Ni de la mienne.

Kevin acquiesça.

— Je devrais m'excuser, je sais, mais je n'en ferai rien.

Walter consulta sa montre.

— Je suppose que Mlle Jameson sera accompagnée de Chase et de Minerva, car ils ne sont pas encore arrivés non plus. Ils seront délibérément en retard afin qu'elle ne soit pas face à nous trop longtemps.

Au contraire de Phillip, Walter n'était pas stupide. Il avait beau être l'aîné des cousins, son père n'était pas l'aîné des frères de l'oncle Frederick – ce qui expliquait que Nicholas, et non Walter, ait hérité du titre de duc. Cela n'empêchait en rien celui-ci de se revendiquer chef de famille, en vain.

— D'après ma femme, elle n'est pas telle qu'on pourrait s'y attendre, déclara-t-il. Je parle de Mlle Jameson. Elles ont bavardé lorsque vous vous êtes croisés au parc. Elle serait jeune et jolie.

Kevin ne la considérait pas comme « jolie », un terme trop superficiel. Elle était bien plus que cela.

— Plutôt jolie, je suppose.

— Tu supposes ? s'étonna Walter. Je parie que tu ne vois en elle qu'un obstacle, puisqu'elle possède la moitié de ton entreprise. Ce doit être agaçant…

— Nous sommes d'accord en ce qui concerne l'entreprise. Mais l'alternative étant que toutes les personnes présentes dans cette pièce soient mes associés, j'ai de la chance d'avoir affaire à cette jeune femme docile.

C'était une fanfaronnade, car il n'avait aucune idée de la souplesse dont ferait preuve Mlle Jameson quand viendrait le moment de faire des concessions. Il avait envie de faire croire à sa famille que tout allait pour le mieux.

Walter ne masqua pas sa déception. Il se tourna vers la porte du salon.

— Ah, voici Chase !

En grande conversation, Chase et Minerva firent leur entrée. Plusieurs invités les saluèrent d'un hochement de tête, sans s'interrompre. Soudain, le silence se fit.

Nicholas apparut, Mlle Jameson à son bras. Il l'entraîna vers leur hôtesse, tante Agnès, qui trônait telle une reine lors d'une audience.

Tous les regards étaient rivés sur eux. Les femmes étaient curieuses, et les hommes abasourdis. Mlle Jameson portait une somptueuse robe de soirée. Kevin reconnut un modèle commandé chez la couturière, d'un ton lilas rehaussé de broderies crème. Le bas était ourlé de deux épaisseurs de dentelle. Sa coiffure était différente, avec des anglaises qui encadraient son visage. Elle n'arborait aucun bijou.

Kevin détourna les yeux à grand-peine pour regarder Walter, pétrifié, pendant que Nicholas présentait Mlle Jameson à sa tante Agnès. Felicity, la femme de Walter, observait la réaction de son mari d'un air pincé.

Walter dut sentir sa colère car il lui adressa un large sourire, avant de dévisager Kevin :

— Plutôt jolie ? Enfer et damnation...

Rosamund trouvait la soirée plaisante. La famille Radnor ne manquait pas de fortes personnalités, persuadées que le monde entier n'attendait que leurs opinions éclairées sur l'actualité politique et sociale. L'assemblée fut bruyante et dissipée, chacun faisant valoir ses arguments, jusqu'à ce que l'aîné des cousins, Walter, décrète la fin des hostilités.

— Assez ! lança-t-il tel un directeur d'école.

Cet ordre ne produisit aucun effet.

Rosamund s'en tint à son intention de s'exprimer succinctement et avec prudence. Les convives ne s'attendaient pas à ce qu'elle entretienne la conversation, car ils la prenaient sans doute pour une imbécile. Pour le dîner qui serait bientôt servi, Mme Markland lui avait inculqué les rudiments des bonnes manières et l'art de s'y retrouver avec les couverts.

— Nous allons passer à table ! annonça enfin lady Agnès.

— Il est temps de passer à table, renchérit Walter, comme si sa validation était nécessaire.

Les cousins de Kevin étant des hommes, dont deux autres célibataires, les dames étaient en minorité. Lorsque le cortège se forma pour gagner la salle à manger, Rosamund se retrouva en dernière position, à côté de Kevin et de Phillip.

Vu sa façon de s'habiller, celui-ci semblait se considérer comme un jeune homme au fait de la mode. Il ne pouvait s'empêcher de poser et adressait à la jeune femme des sourires charmeurs. Par deux fois, au salon, il avait essayé d'entamer avec elle une conversation.

— Ce petit dandy ne vous attirera que des ennuis, lui avait murmuré Minerva. Débauché, criblé de dettes. À la première occasion, il tentera de vous soutirer de l'argent.

À table, Rosamund se retrouva assise entre le duc et Douglas, un autre cousin. Elle n'était pas certaine d'avoir été présentée à celui-ci au salon. Elle ne se rappelait même pas l'avoir vu. Si tous les Radnor partageaient un air de famille, chacun présentait des spécificités. Chase était robuste et viril, et le duc plus fin, plus lisse. Walter était ordinaire, l'un de ces hommes qu'on a l'impression d'avoir croisés des centaines de fois. Quant à Douglas, il parvenait à passer inaperçu alors qu'il avait les yeux et les cheveux bruns des Radnor, ainsi que leur stature.

Kevin était placé hors de sa portée et de celle de leur hôtesse, qui était très proche d'elle.

— Dites-moi, chère mademoiselle Jameson, déclara-t-elle sans tarder. D'où venez-vous donc ? Je crois déceler chez vous une pointe d'accent… très subtile, toutefois.

La voix stridente d'Agnès avait résonné dans la pièce. En face d'elle, sa sœur Dolorès interrompit sa conversation avec Walter. Minerva poursuivit ses échanges avec Felicity, la jolie épouse blonde de Walter, et Chase posa une question à Phillip. Kevin, en revanche, riva les yeux sur sa tante Agnès.

— De Richmond, déclara-t-il. Vous le savez très bien.

— C'est là qu'elle vit actuellement, corrigea Agnès, mais je crois savoir qu'elle n'y est pas née. N'est-ce pas, mademoiselle Jameson ?

— Je suis native de l'Oxfordshire.

— Ah, oui ! Cela s'entend. Votre père travaillait-il dans ce comté ?

— Il était fermier, répondit prudemment la jeune femme.

— Vraiment ? C'est intéressant.

— Que serions-nous sans nos fermiers ? intervint le duc. Nous ne serions pas en train de déguster ce succulent repas, c'est certain.

Lady Agnès prit ce commentaire comme une provocation.

— Certes, Hollinburgh. Cependant, son père devait lui souhaiter un avenir meilleur, s'il l'a placée en tant qu'apprentie chez une modiste.

Rosamund se tourna vivement vers Minerva, qui lui adressa un regard de biais disant : « Ne la corrigez pas. » Rosamund n'en avait nullement l'intention. Mais personne n'aurait dû l'interroger sur ses origines. Si elle se laissait faire, Dieu seul savait jusqu'où ils iraient. Jusqu'au bordel de Mme Darling, sans doute. Elle devrait se justifier sur le temps qu'elle y avait passé, ce qui ne lui éviterait en rien leur dédain.

— Avez-vous de la famille à Londres ? enchaîna tante Agnès.

— Non. J'ai une sœur cadette qui est pensionnaire à l'institution de Mme Parker.

— J'en ai entendu parler. Y avez-vous aussi fait vos études ?

— Je n'ai pas eu cette chance.

Lady Agnès attendit la suite avec un sourire, mais Rosamund se contenta de la regarder.

— La plupart des jeunes filles ne vont pas en pension, ma tante, objecta Kevin. Cela a été votre cas.

— C'était inutile, car j'avais un bataillon de précepteurs. Dolorès et moi avons reçu notre instruction chez notre père.

— N'est-ce pas la seule salle de classe que connaissent la plupart des jeunes filles ? Oublions le passé, et parlons plutôt du présent. Les talents de modiste de Mlle Jameson sont très recherchés, dit-il. Je parlerais même d'un talent d'artiste.

— Qu'en sais-tu ? objecta Phillip. Prétendrais-tu être un expert dans ce domaine, en plus des phalènes et des moteurs ? Mademoiselle, demandez-lui de vous montrer sa collection. Ce ne sont même pas des papillons !

— Tu as raison, Phillip. Je ne prétendrais pas être un spécialiste des chapeaux pour dames. Cependant, Minerva a vu les modèles de Mlle Jameson. Qu'en as-tu pensé, Minerva ?

— Ils sont d'une grande qualité. Toutes les femmes ici présentes seraient heureuses de les porter.

— Voyez-vous cela ! fit lady Agnès, incrédule.

— Absolument, rétorqua Minerva.

— La capeline qu'elle portait au parc est l'une de ses créations, ma tante. Elle était plutôt jolie, intervint Felicity d'un ton condescendant.

Lady Dolorès posa vivement son verre de vin.

— Trêve de balivernes ! Cessez donc ces bavardages sur les capelines, les phalènes et les fermiers. Parlons de ce qui préoccupe tous les esprits.

Elle foudroya Rosamund du regard :

— Qu'avez-vous l'intention de faire de notre héritage ? Vous êtes certainement consciente qu'il nous appartient à tous !

— Tante Dolorès..., prévint le duc.

— Assez ! Elle doit savoir qu'il s'agit d'une erreur, d'une impulsion irraisonnée. Si mon frère n'avait pas connu une fin prématurée, il l'aurait réparée, c'est certain.

— Vous n'en savez rien, répliqua Chase. D'ailleurs, cela n'a aucune importance, car son testament était ainsi rédigé au moment de son décès. Au bout d'un an, il faut l'accepter.

— Je ne l'accepterai pas ! C'est trop injuste, voire pervers. Il devait s'occuper de sa famille et, au lieu de cela, cette fille de ferme, cette *modiste* hérite d'une somme faramineuse.

— Il suffit ! s'emporta le duc.

— Absolument ! renchérit Walter. Ce n'est ni le lieu ni le moment de...

— Au contraire, c'est l'occasion idéale, persista Dolorès. Si elle avait la moindre décence, elle rendrait l'argent, au moins en partie. Elle doit bien se douter que le duc n'a jamais eu l'intention de le lui léguer ! S'il n'avait pas été tué...

— Nicholas et Walter ont dit que cela suffisait et je suis de leur avis, coupa Kevin. Faudra-t-il que tout le monde vous demande de vous taire ? Vous vous égarez !

Il avait parlé si fort, et d'un ton si décidé, que lady Dolorès fut réduite au silence.

— Tante Agnès..., reprit Kevin.

— Oui, fit-elle. Dolorès, tu ne te sens pas bien. Je suis sûre que tu as besoin de t'isoler un moment.

— Allons ! Je n'ai fait que dire tout haut ce que vous autres pensez tout bas !

Sur ces mots, Dolorès se leva et foudroya Rosamund d'un regard assassin, avant de quitter la pièce.

Durant de longues secondes, les convives gardèrent les yeux rivés sur leur assiette, puis Kevin interrogea le duc sur l'un de ses chevaux de course et Minerva s'enquit auprès de l'épouse de Douglas d'une réception à laquelle elle s'était rendue. Les conversations reprirent.

— Désolé, murmura le duc à Rosamund.

— Ce n'est rien. J'ignorais que les soirées étaient aussi passionnées, dans la bonne société.

En vérité, la jeune femme était soulagée que les conversations s'écartent d'elle au lieu de devoir répondre à des attaques directes. Ces cinq minutes avaient été stupéfiantes, et elle espérait ne plus vivre une telle expérience. Si une personne de la famille était aussi furieuse, les autres pouvaient l'être également – même Kevin.

Elle comprenait l'amertume de Dolorès, mais n'aurait pas cru que la sœur d'un duc puisse avoir une attitude aussi cavalière lors d'un dîner. Hélas, cette femme semblait persuadée que sa cible ne méritait pas la moindre considération. Elle pouvait injurier la « fille de ferme » à loisir comme elle s'en prendrait à une domestique. Sa politesse était réservée aux gens bien nés.

Cependant, il était utile que Rosamund soit informée de la rancœur née de cet héritage. Elle devrait en tenir compte dans ses futurs rapports avec la famille, d'autant que Dolorès avait exprimé la même idée que Felicity au parc : le défunt duc avait été assassiné.

Et pas un seul convive n'avait contesté ce point.

Au terme du repas, ces messieurs se retirèrent pour déguster du porto. Kevin se servit généreusement, pour ne pas céder à l'envie de monter voir sa tante Dolorès. Il l'aurait volontiers étranglée.

Et ses cousins qui prétendaient que c'était lui, le malotru de la famille !

— Sacrée soirée, commenta Phillip en s'écroulant dans un fauteuil avant d'allumer un cigare. Quand je pense que j'ai failli décliner l'invitation !

— Les choses sont allées trop loin, admit Walter. Cependant...

Il n'en dit pas davantage.

— Tu ne vas pas lui trouver des excuses ? lança Kevin, qui eut envie de corriger son cousin également.

— Pas du tout. Elle a eu un comportement inadmissible et insultant. En revanche, je la comprends. Toi qui as été le plus lésé par ce maudit testament, tu le devrais aussi.

— Quelle réponse attendait-elle de Mlle Jameson ? fit Nicholas. « Vous avez raison, je ne devrais pas garder cet argent. Je vais vous le donner et vous vous le partagerez. »

— J'aurais aimé que cela se déroule ainsi, marmonna Phillip.

— Seule une idiote ferait une chose pareille. Ou une sainte, commenta Chase. Si elle était vulnérable, elle aurait pu se laisser intimider par Dolorès. Or Mlle Jameson n'a pas sourcillé !

— C'est vrai, confirma Nicholas. Je suis impressionné.

Kevin s'était cru obligé de venir à son secours, mais elle n'avait pas besoin de son aide. Il avait l'impression que si Dolorès avait continué ses attaques, Mlle Jameson serait sortie de son silence pour rétorquer, tout comme elle avait résisté face à son père.

Nicholas se lança dans une conversation avec Walter sur l'une de ses propriétés, et Phillip se servit un autre porto. Comme à son habitude, Douglas observait la scène sans un mot.

Chase se leva et vint s'installer à côté de Kevin.

— Elle va t'interroger sur la mort de l'oncle Frederick. La bévue de tante Dolorès ne lui a pas échappé.

— C'est fait. Felicity a déjà lâché le morceau au parc. Je lui ai expliqué la situation dans les grandes lignes.

— Si elle est curieuse, elle s'adressera peut-être à Minerva ou à moi-même pour en savoir plus.

— Il suffira de l'informer de la théorie officielle, celle de l'accident.

— Tu crois qu'elle l'acceptera, après les propos de tante Dolorès ?

— Je l'ignore. Pour l'heure, elle a d'autres chats à fouetter et ne s'en souciera peut-être pas.

Walter s'écoutait parler sur une nouvelle loi discutée par le Parlement. Nicholas semblait s'ennuyer à mourir, car son sourire aimable ne se reflétait pas dans son regard.

— Je crois que je vais aller détourner la conversation, dit Chase. Il ne faudrait pas qu'ils en viennent aux mains, après la petite comédie de tante Dolorès.

Il se glissa entre Walter et Nicholas et se mit à parler d'une autre proposition de loi dont Walter n'avait que faire.

Kevin les écoutait à peine. Il était tourmenté par son entreprise et une lettre qu'il venait de recevoir de France. Ce courrier était une énigme. Il était pénible de voir une porte s'ouvrir sans pouvoir la franchir...

— Quel spectacle !

C'était la voix de Douglas, qui était apparu à côté de lui comme par enchantement. Depuis combien de temps ? Il était tellement effacé qu'il était facile d'oublier son existence. Quelques années plus tôt, en arrivant à une réunion de famille, Kevin s'était assis en demandant où était Douglas, pour s'apercevoir qu'il était juste à côté de lui.

— Un spectacle qui va entrer dans la légende familiale, confirma-t-il en leur servant du porto.

— Mlle Jameson n'a même pas rougi. Elle a encaissé le coup.

— C'est vrai.

— J'imagine que cette qualité ne te facilite pas les choses. Elle possède la moitié de ton entreprise, après tout. À mon avis, tu vas avoir du mal à lui imposer tes décisions.

— Nous nous entendons plutôt bien, pour l'instant.

— Ce n'est pas pareil.

Kevin observa Douglas avec attention. Comment pouvait-on ressembler à ce point à Nicholas et être aussi... insignifiant ? Douglas venait de prononcer plus de mots que durant l'année écoulée. Même lorsque la famille s'était insurgée contre le testament de l'oncle Frederick, Douglas était resté en retrait. Comme toujours, son épouse Claudine s'était exprimée à sa place.

Ce jour-là, il affichait une mine moins impassible que de coutume.

— C'est une belle femme, déclara-t-il.

— Effectivement.

— D'une beauté saisissante, je dirais.

Kevin ne put réprimer un sourire face à l'enthousiasme peu coutumier de son cousin.

— Alors je me disais..., reprit Douglas.

Intrigué, Kevin attendit la suite.

— Je suppose que tu vas l'épouser. Encore des scènes en perspective...

— Pardon ?

— Je te comprends, car c'est le seul moyen pour toi de l'empêcher de vendre ses parts. En termes de... enfin, tu aurais pu tomber sur pire. Bien pire.

Kevin prit le temps d'assimiler la suggestion de son cousin, que nul autre n'avait eu l'idée de formuler.

— C'est une idée de ta femme ?

— Oh non ! À ses yeux, Mlle Jameson ne vaut guère mieux qu'une paysanne. J'imagine que Claudine tournerait de l'œil à cette perspective.

Comme tout le monde. Son père, ses tantes, peut-être Nicholas et Mlle Jameson elle-même.

— Merci d'avoir pensé à moi, dit Kevin. Je n'ai aucun projet de cette nature, mais je vais y réfléchir.

Douglas se leva sans un mot de plus. Kevin ajouta :

— Si tu rejoins les autres, éloigne la bouteille de porto de Phillip. Il chancelle.

9

Dolorès s'étant retirée non seulement de la salle à manger mais de la soirée en général, Rosamund n'eut pas à endurer sa présence au salon. Elle comprit vite que cela ne lui épargnerait en rien la curiosité des autres sur sa vie et sa personnalité.

Dès que ces dames furent installées, lady Agnès se pencha vers elle.

— Avez-vous réalisé le chapeau que vous portez ce soir ?

— Absolument.

— Il est attrayant. Un peu audacieux, peut-être, avec votre teint. Pourquoi n'avez-vous pas choisi une nuance de mauve plus clair pour les rubans ? Ou une couleur assortie à votre robe ?

— S'ils étaient plus clairs, ils ne seraient pas audacieux.

Agnès eut un mouvement de recul, ébranlée par toute forme d'audace.

— C'est ce qui fait la spécificité du modèle, tante Agnès, expliqua Minerva. Si les rubans étaient assortis à la robe, l'ensemble serait prévisible et terne. De plus, cette teinte de ruban fait joliment ressortir ses yeux.

— Je vois, fit Agnès en adoptant une pose de reine sur son divan. D'où m'avez-vous dit être originaire, mademoiselle Jameson ? L'Oxfordshire ?

— C'est bien cela.

— J'ai de nombreux amis dans ce comté. J'ai peut-être entendu parler de votre famille.

— C'est peu probable.

— On ne sait jamais.

— Je doute fort que ma famille ait le moindre contact avec vos amis ou votre cercle. N'oubliez pas que mon père était fermier.

— Détrompez-vous, mademoiselle Jameson, ricana lady Agnès. À la campagne, il n'est pas rare que des membres de la bonne société connaissent les fermiers de la région ou les croisent lors des événements locaux.

C'était une théorie très hasardeuse.

— Il était métayer, lady Agnès. Les différents milieux ne se mêlent pas à ce point.

Le silence se fit. Les dames échangèrent des regards. Soudain, plusieurs conversations démarrèrent. Felicity, l'épouse de Walter, décrivit à Minerva une toilette aperçue au théâtre, et lady Agnès s'adressa à Claudine, la femme de Douglas. Rosamund eut l'impression qu'elles étaient gênées. Pour elle ou à cause d'elle ? Elle n'aurait su le dire.

Minerva s'éloigna de Felicity pour la rejoindre.

— Dès qu'elles seront toutes en grande conversation, nous pourrons nous éclipser sur la terrasse. J'ai quelque chose à vous dire.

Hélas, Felicity s'approcha à son tour, décidée à s'entretenir en privé avec elle.

— J'imagine que l'éclat de Dolorès vous a étonnée, dit-elle. Je vous avais prévenue.

— Je savais que le testament avait engendré des rancœurs. C'est compréhensible.

— Je ne parle pas de cela, souffla Felicity. Mais de la mort du duc. On l'a poussé dans le vide. Tout le monde en est persuadé, malgré le résultat officiel de l'enquête. Quelqu'un…

Elle s'interrompit et baissa les yeux, comme si elle était incapable de prononcer les mots.

Minerva, qui avait fait mine de ne rien entendre, se tourna vers elle.

— Cela ne la concerne en rien, Felicity. Il n'existe aucune preuve.

— Grâce à Chase. Il était censé découvrir la vérité en enquêtant discrètement. Il n'en a rien fait, même quand je suis allée les voir, Nicholas et lui, pour leur dire…

— Ne dis pas de bêtises, coupa Minerva avec un sourire crispé. Tes révélations n'ont rien prouvé.

— Il ne se trouvait pas en France, comme il l'a prétendu. Walter est ulcéré que nul n'ait approfondi la question. De là à croire que, peut-être…

Une fois encore, elle s'interrompit au milieu d'une phrase et désigna Rosamund.

— Elle a le droit de savoir, puisqu'elle sera…

— Mademoiselle Jameson, si vous désirez en connaître davantage sur cette histoire, n'hésitez pas à m'en faire part et Chase vous expliquera ce qu'il en est, déclara Minerva. Le sujet n'est pas approprié pour une soirée.

Felicity foudroya sa cousine par alliance du regard et se leva.

— Très bien, restons-en là. Mademoiselle Jameson, quoi que vous décidiez, ne faites pas de Kevin Radnor l'héritier de votre nouvelle fortune.

Sur ces mots, elle s'éloigna, la tête haute.

— Merci de m'avoir sauvé la mise, Minerva. Mais à présent, je vais devoir vous demander des explications…

— Au moins, mes informations seront exactes. Mais plus tard. Venez, sortons sur la terrasse pour discuter de choses plus intéressantes.

La fraîcheur du soir était bienfaisante. Rosamund était heureuse de quitter les femmes de la famille Radnor un moment.

Les deux amies flânèrent vers la balustrade qui surplombait le jardin bien entretenu.

— J'ai appris autre chose concernant l'homme sur lequel vous m'avez demandé d'enquêter.

Charles. Étrangement, cela faisait plusieurs jours qu'elle n'avait pas pensé à lui.

— Il est de retour en Angleterre ?

Minerva secoua la tête.

— Son retour n'est pas prévu.

Elle se tourna vers le jardin, de sorte qu'elle ne vit pas l'expression de Rosamund, qui eut un instant pour assimiler cette nouvelle. Charles avait toujours aimé la saison mondaine. Elle s'était trompée en espérant qu'il réapparaîtrait dans la capitale. Ses rêves de retrouvailles et de romance n'étaient que chimères.

Soudain, son enthousiasme pour sa nouvelle maison retomba et ses leçons de maintien semblèrent futiles. Elle aurait pu trouver un logement trois fois moins coûteux dans un autre quartier. Une modiste n'habitait pas Chapel Street.

— Comment l'avez-vous su ? s'enquit-elle, rompant le silence.

Il lui restait un petit espoir que Minerva soit dans l'erreur.

— L'un de nos agents s'est lié d'amitié avec une domestique de la famille. Voyant que le retour de ce jeune homme n'était pas annoncé, notre agent a soutiré l'information à l'employée.

— Vous vous êtes donné beaucoup de mal. Je ne vous avais pas demandé de trouver cette information.

— Je me suis dit que vous aimeriez le savoir.

Dans ce cas, Minerva avait deviné la vérité. Pour quelle raison voudrait-elle des renseignements sur Charles, s'il ne s'agissait pas d'un ancien amoureux ?

À l'intérieur, quelqu'un se mit à jouer du piano. Les notes étouffées s'élevèrent dans la nuit.

— Merci. Je suis contente de le savoir. Je suppose que la vie parisienne est bien plus palpitante que la saison londonienne…

— Il paraît que oui, selon certains, répondit Minerva en se tournant vers elle.

Son visage n'exprimait aucune pitié, mais une bienveillance chaleureuse.

— Je crois que je vais rejoindre les autres. Et si vous profitiez de la douceur de l'air encore un petit moment ?

— Excellente idée.

Restée seule, la jeune femme fut submergée par la déception qui enflait en elle. Une profonde tristesse l'enveloppa.

Lorsque ses yeux s'embuèrent, elle s'en voulut. Son plan était toujours d'actualité. Charles finirait bien par rentrer dans son pays natal…

— Alors ? On se cache ?

La jeune femme sursauta et fit volte-face. Phillip, l'un des cousins de Kevin, gravissait les marches menant à la terrasse depuis le jardin. Il était possible de sortir depuis la salle à manger en contrebas. Le jeune homme semblait éméché.

Son visage était encore juvénile et sa tenue excentrique, un gilet criard et une redingote ajustée, était celles des dandys de la capitale.

— J'avais besoin d'air, répondit-elle.

— Je n'en doute pas, fit-il en s'approchant. J'espère qu'elles ont été polies. Ou bien cherchaient-elles à vous rabaisser davantage ?

Il afficha un sourire radieux.

— Si tante Dolorès s'est laissée aller, je doute que les autres se soient retenues.

— Elles ont été plutôt courtoises. Quant à votre tante Dolorès, elle était absente.

— Je la comprends, après cette comédie. Tant mieux. Elle est du genre à vous poser des questions gênantes, parce qu'elle est persuadée que les mondanités ne s'appliquent pas à ceux qui lui sont inférieurs.

Que répondre à ce commentaire ?

— C'est étrange que ces dames ne vous aient pas mises sur la sellette, ajouta-t-il. Nous autres avons un tas de questions à vous poser.

Il ne cessait de se dandiner et en profitait pour s'approcher d'elle. Il était ivre.

— Elles m'ont posé quelques questions. Très peu.

— Quelle négligence ! Elles sont venues pour ça, non ? Pour vous tirer les vers du nez. Elles ont peut-être été impressionnées par votre apparence. Vous ne correspondez pas à ce qu'elles attendaient. Vous ne ressemblez pas à une pauvre modiste.

— Sans doute parce que je ne suis plus pauvre.

Elle comprit aussitôt qu'elle venait de commettre une erreur.

— En effet, admit-il avec un sourire un peu méprisant. Un homme dément vous a légué une partie de sa fortune en laissant sa propre famille sans un sou.

Ses yeux se mirent à pétiller dangereusement dans la pénombre.

— En vous voyant ce soir, reprit-il, j'ai immédiatement compris. J'ai su comment vous aviez fait.

— Je n'ai rien fait.

— L'héritage a été pour vous une surprise totale ? Vous plaisantez !

Lorsqu'il se pencha vers elle, elle sentit des effluves d'alcool l'envelopper.

— Vous devez être très forte. Sans doute la prostituée la plus chère du pays. Vos talents sont certainement sans égal.

Réprimant l'envie de le gifler, elle se redressa et recula d'un pas.

— Votre abus d'alcool vous incite à parler trop librement. Il est hors de question que je reste un instant de plus ici, à subir les injures d'un homme de votre espèce.

Sur ces mots, elle tourna les talons pour regagner la maison.

Phillip la retint fermement par le bras.

— De mon espèce ? Pour qui vous prenez-vous, avec vos grands airs ? On sait tous les deux ce que vous êtes.

Il l'attira vivement à lui et l'emprisonna dans ses bras.

— J'ai bien envie d'y goûter, pour voir pourquoi mon oncle vous a favorisée à ce point...

Elle se débattit de son mieux, mais il ne relâcha pas son emprise. Elle lui ordonna de cesser et agita la tête pour éviter le baiser qu'il cherchait à lui imposer. Dès qu'il posa les mains sur ses seins, elle lui assena un coup de pied dans le tibia. Il poussa un cri strident et, avec un rire narquois, l'attrapa par les cheveux pour essayer à nouveau de l'embrasser.

D'instinct, elle se retourna et lui mordit la main. Dans un juron, il la gifla si fort que sa tête fut projetée en arrière. L'espace d'un instant, elle fut étourdie.

Mais soudain, elle se retrouva libre. Elle trébucha et s'accrocha à la balustrade. Phillip descendait précipitamment l'escalier, entraîné par le col par un autre homme.

Kevin.

Elle n'entendit pas leurs paroles. Kevin semblait furieux, et Phillip grondait méchamment. Lorsqu'ils atteignirent le bas des marches, ils n'entrèrent pas dans la salle à manger. Kevin traîna Phillip dans le jardin. Les deux silhouettes sombres disparurent parmi les arbres.

Dès le premier cri de douleur de Phillip, quatre autres hommes surgirent de la salle à manger.

Kevin assena à Phillip un coup de poing si violent que le sang gicla et coula le long de sa joue.

— Comment oses-tu t'imposer à elle de la sorte, espèce d'ordure ?

Il le frappa de plus belle et le fit tomber.

— C'est une putain, souffla Phillip. Y a rien de mal à ça.

— Je te jure que si tu répètes ce mot, je te tue !

Il releva Phillip et le frappa au ventre. Le jeune homme s'écroula de plus belle.

— Je ne te forcerai même pas à lui présenter des excuses, car rien ne pourrait excuser ton geste.

Au moment où il remettait son cousin debout pour continuer à le corriger, des pas se firent entendre.

En sentant des mains s'emparer de ses bras, il voulut se débattre.

— Calme-toi ! ordonna Nicholas.

— Jamais ! Il l'a agressée !

Ivre de rage, il chercha à se libérer de l'emprise de ses cousins.

— C'est vrai, Phillip ? demanda Nicholas.

Chase et Douglas soutenaient le jeune dandy. Chase posa un mouchoir sur son visage tuméfié.

— Ce que dit Kevin est réellement arrivé ? demanda Walter, paraphrasant les propos de Nicholas, comme à son habitude.

Tel un juge, il se tenait en retrait.

— Je lui ai juste volé un baiser, rien de plus.

Kevin se débattit.

— Enfer et damnation ! Tu lui as sauté dessus et comme elle résistait, tu l'as giflée ! Laissez-moi le corriger ! Vous n'aurez qu'à me surveiller afin que je n'aille pas trop loin.

Chase fixa froidement Phillip.

— C'est vrai ? Ce ne serait pas la première fois.

Walter observait tour à tour ses cousins.

— Quoi qu'il se soit produit, il n'est pas bon d'en venir aux mains dans le jardin de tante Agnès, à proximité des dames. Vous n'avez qu'à vous retrouver sur un ring de boxe pour en découdre.

— Je préfère l'affronter en duel ! tonna Kevin.

— Je ne me bats pas pour une putain ! protesta Phillip.

Kevin se libéra de l'emprise de Nicholas.

— Je t'ai prévenu que je te tuerais si tu...

Chase l'attrapa par le col, le temps que Nicholas l'immobilise.

— Emmène-le, ordonna Chase. Douglas, ramène ta femme et Felicity. Walter, fais monter Phillip dans ta voiture. Nicholas et moi nous occuperons de Kevin. Dépêchez-vous !

— Ma voiture ? protesta Walter. Mais... il saigne !

Nicholas le foudroya du regard.

— Allez, viens, Phillip, soupira Walter. Essaie juste de ne pas mettre du sang partout.

Ils avancèrent en file indienne, Kevin sous la surveillance étroite de Chase et de Nicholas.

Ils entendirent du bruit provenant du salon, puis de la terrasse. Kevin imagina Rosamund sous les regards de mépris ou de compassion, selon la personne. Seule Minerva la soutiendrait, sans doute.

Après le départ de Phillip, Kevin se calma un peu. Ses cousins attendaient en silence qu'il se ressaisisse.

— Il l'a vraiment battue ? s'enquit Nicholas.

— Oui. J'étais dans l'escalier. Elle l'avait repoussé et il l'a giflée au point de l'étourdir. Il a frappé si fort qu'elle doit avoir une trace.

— Je n'avais même pas remarqué qu'il avait quitté la salle à manger. Je l'ai vu écroulé dans un coin, endormi.

— Je l'ai vu s'éclipser, admit Kevin. J'ai pensé qu'il était malade. Je ne l'ai suivi que pour échapper au discours assommant de Walter sur la politique. J'ai soudain entendu du bruit et je les ai aperçus sur la terrasse, tous les deux.

Il sentit la colère monter à nouveau.

— Il faut être fou pour importuner une femme sur une terrasse, au vu de tous, commenta Nicholas.

— Même quand il n'est pas saoul, il peut être téméraire, renchérit Chase. Quelqu'un jouait du piano. Il pensait sans doute que personne n'entendrait ses appels. Nicholas, je crois Kevin. Minerva a subi le même sort et échappé de peu au pire.

— Un tel comportement ne peut être justifié par l'alcool, affirma Nicholas. Chase, raccompagnons cette malheureuse à la maison.

Les trois cousins se dirigèrent vers la terrasse. Au clair de lune, ils décelèrent deux silhouettes, celles de Minerva et de Rosamund.

— Laissez-moi lui parler un instant, déclara Kevin. Attendez-la dans l'entrée. Je reviendrai avec elle.

Sur la terrasse, Rosamund se tenait en retrait. Minerva s'approcha des cousins.

— Une sale affaire. Elle n'a rien dit, murmura-t-elle. Agnès s'est retirée et les autres sont partis. Que s'est-il passé ?

— Viens avec moi, ma chérie, répondit Chase. Tu l'attendras en bas pour la raccompagner dans notre voiture. Nicholas et moi rentrerons de notre côté.

Dès qu'ils furent tous partis, Kevin se tourna vers Rosamund, qui semblait repliée sur elle-même. Il percevait son humiliation avec la même intensité que s'il avait été la victime.

— Tout le monde s'en est allé. Ne vous inquiétez pas, Minerva va vous raccompagner.

— Je n'ai rien fait de mal, souffla-t-elle.

— Naturellement. Personne...

— Ils vont devoir choisir entre croire un membre de la famille et une femme qui ne sait pas rester à sa place. La honte retombera sur moi.

— Les gens discerneront le vrai du faux. Vous a-t-il fait mal ?

Elle porta une main à sa joue meurtrie et hocha la tête.

— Et vous, vous l'avez frappé ?

— Oui, répondit-il en effleurant le visage de la jeune femme du bout des doigts.

La rage de Kevin décupla. Dieu merci, Phillip n'était plus là...

— Merci de l'avoir arrêté, dit Rosamund. J'aurais dû le faire moi-même, j'aurais dû deviner ses intentions, j'aurais dû me battre, crier, sans me soucier de l'endroit où je me trouve ou de mes hôtes. J'aurais dû...

Elle s'interrompit pour étouffer un sanglot.

Kevin prit son visage entre ses mains et plongea dans son regard.

— C'est le dernier endroit où une femme devrait redouter d'être agressée. Ne vous en veuillez pas de ne pas avoir anticipé ses intentions. Le fautif, c'est lui. Si vous revoyez mes tantes ou les épouses de mes cousins – ce que je ne vous souhaite pas, car elles sont insupportables –, comportez-vous comme ce soir. Soyez fière et superbe, et faites comme si de rien n'était.

Les yeux de la jeune femme s'embuèrent de larmes, qui les firent pétiller de mille feux. Jamais elle n'avait semblé aussi vulnérable.

Il ne lui demanda pas de ne pas pleurer car elle avait de bonnes raisons de fondre en larmes, après cette agression à la fois physique et verbale. Son assaillant s'était permis de la traiter de putain car, selon lui, elle ne méritait aucun égard du fait de ses origines sociales. Kevin ne pouvait lui demander de réprimer ses émotions.

Lorsqu'il la prit dans ses bras, ce ne fut pas pour s'imposer à elle, mais par besoin de la réconforter.

Loin de le repousser, elle posa la tête sur son épaule, puis leva les yeux vers les siens.

Kevin réprima à grand-peine son envie de l'embrasser. Ce soir, elle méritait mieux de sa part.

Pourquoi avait-elle accepté cette longue étreinte ? Peut-être était-ce la puissance de ses bras, son côté protecteur et attentionné... ou sa gratitude envers lui. C'était la première fois que quelqu'un prenait ainsi sa défense.

Cette intimité lui plut davantage qu'elle ne l'aurait imaginé. La chaleur de son contact éveillait en elle un mélange de soulagement et de trouble. Mais il fallait que cela cesse, pour ne pas créer de malentendu. Les hommes se méprenaient souvent et Phillip n'était que le dernier d'une longue liste, même s'il était aussi le pire.

Fière et superbe. Dans les bras de Kevin, Rosamund se sentait fière et superbe, en effet, et non plus souillée, humiliée, comme quelques minutes plus tôt.

Leur proximité n'était pourtant pas simple. Kevin était un homme, et elle percevait son désir charnel. L'atmosphère n'était plus seulement au réconfort.

Une nouvelle énergie émanait de lui et elle sentit son propre corps s'éveiller. Elle s'attarda encore un instant contre lui, puis elle releva la tête.

Il riva ses yeux sombres aux siens. Comme souvent, ses pensées étaient insondables. Son beau visage finement ciselé était si proche...

Au lieu de l'embrasser, il la relâcha.

— Allons rejoindre Minerva, dit-il.

10

Le message arriva de bon matin. Après une nuit tourmentée, Kevin n'était pas d'humeur à apprécier son contenu :

Whiteford House. 9 heures. Hollinburgh.

Nicholas utilisait son titre avec le reste de la famille, mais jamais avec Kevin ou Chase. Cette convocation lapidaire ne fit qu'empirer son humeur morose. Il n'avait pas de temps à consacrer à Nicholas, ce jour-là. Il avait autre chose à faire. À 10 heures, il avait rendez-vous avec Rosamund, à moins qu'elle ne soit trop bouleversée par sa mésaventure de la veille. Auparavant, il avait plusieurs décisions à prendre et un projet à établir pour les mettre en œuvre.

Cependant, il céda et se rendit à Whiteford House, dans Park Lane. Alors qu'il confiait son cheval à un garçon d'écurie, Chase arriva à son tour.

— Toi aussi ? fit-il en mettant pied à terre. Ce doit être important pour qu'il nous fasse venir si tôt.

— Je l'espère. Nous sommes censés nous prosterner devant lui, sans doute.

— Je constate que ton humeur ne s'est pas améliorée depuis hier soir.

Ils suivirent le majordome vers l'appartement ducal. Kevin ne parvenait pas à chasser la soirée de la veille de son esprit.

— Mlle Jameson a-t-elle trouvé un peu de soutien auprès de Minerva ? demanda-t-il à Chase.

— D'après ce que j'ai entendu, elle est rentrée chez elle rassurée. Je soupçonne Minerva d'avoir été dans une plus grande détresse encore que Mlle Jameson, lorsqu'elles se sont séparées. À son retour chez nous, elle était fâchée et affligée à la fois.

— Elle t'a fait des remontrances ?

— Elle veut la peau de Phillip, répondit Chase en ralentissant le pas pour laisser le majordome s'éloigner. Je regrette que les autres aient été présents. Sinon, je te l'aurais livré en pâture.

Sur le palier menant à l'appartement, ils durent se frayer un chemin parmi des vases précieux exposés sur des colonnes, en équilibre précaire.

— Je pensais qu'il vendrait ces maudits vases pour se débarrasser de la collection de notre oncle, commenta Kevin.

Chase passa prudemment entre les vases.

— Il a vite compris qu'ils constituaient une barrière contre les intrusions de tante Agnès. Elle n'hésiterait pas à s'imposer, même s'il ne souhaitait aucune visite. Or sa corpulence ne se prête pas à ces délicates porcelaines.

Kevin emprunta un autre chemin pour passer devant une coupe chinoise qu'il admirait particulièrement. Les deux cousins se retrouvèrent face à la porte. Le majordome les introduisit.

Nicholas les attendait dans son antichambre. Depuis qu'il avait hérité de la maison, il n'avait effectué aucun changement. Le même fauteuil trônait près de la fenêtre. Nicholas aimait s'y installer pour lire. Le divan en velours bleu, les sièges capitonnés...

Dans son antre, il recevait ses amis et les membres de la famille qu'il supportait.

À l'entrée de ses cousins, il regardait par la fenêtre donnant sur Park Lane.

— Merci d'être venus, leur dit-il.

— Il est tôt, se plaignit Kevin. Comment se fait-il que *Hollinburgh* soit déjà levé et habillé ?

— L'honneur de la famille est en jeu, donc l'honneur de Hollinburgh.

Kevin s'en étonna, car Nicholas n'appréciait pas particulièrement les devoirs d'un duc.

— Je suis sur le point de prendre une décision, annonça-t-il. J'ai simplement besoin de votre avis.

— Bon sang, tu vas te marier ! maugréa Kevin. Qui est l'heureuse élue ?

— À t'entendre, le mariage serait une catastrophe, intervint Chase.

— Bien sûr que non. Je suis très heureux pour toi, Hollinburgh. Qui est la future duchesse ?

— Tu as l'intention de m'appeler ainsi pour de bon ?

— J'ai été convoqué par Hollinburgh, répliqua Kevin.

— Je ne parlais pas du titre, mais de ta façon moqueuse de le prononcer.

— Moqueur, moi ? Jamais !

Ils éclatèrent de rire.

— Chez toi, la moquerie est une seconde nature, renchérit Chase. Bon, quelle est cette décision, Nicholas ? Je doute qu'il s'agisse d'une fiancée, car tu n'as pas exprimé d'intérêt pour la moindre jeune fille à marier cette saison.

— L'une d'elles l'a peut-être pris dans ses filets, hasarda Kevin.

— Cela n'a rien à voir avec le mariage, assura le duc. J'ai longtemps cru que Phillip finirait par trouver le droit chemin en mûrissant. Hélas, je me trompais. Je lui ai souvent trouvé des excuses, car son père exerçait une mauvaise influence sur lui et sa mère... Enfin, bref. Après la scène d'hier soir, je suis arrivé à la conclusion qu'il est la brebis galeuse de la famille, une branche mal formée de notre arbre généalogique. J'ai bien envie de scier cette branche.

Kevin ne masqua pas sa stupeur. Nicholas avait endossé le rôle de duc avec réticence. Jamais il ne l'avait vu faire à ce point preuve d'autorité.

— Tu es sûr ? demanda Chase.

— Non. D'où votre présence.

— Je ne suis pas certain de pouvoir t'être utile, marmonna Chase.

— Tu peux m'expliquer ce que tu voulais dire, hier soir, en affirmant que ce n'était pas la première fois ?

Chase semblait hésitant. Au bout d'un long moment, il soupira.

— Lors de la réunion de famille organisée ici après la mort de l'oncle Frederick, j'ai surpris Phillip en train d'importuner Minerva dans la bibliothèque. Elle travaillait en tant que domestique, afin de mener une enquête discrète. Il l'avait acculée près de la cheminée.

— Elle enquêtait sur *nous* ? s'inquiéta Kevin.

— Ce qui compte, c'est qu'il l'importunait et... (Chase se raidit, tel le militaire qu'il avait été.) Il la retenait par le bras et lui promettait bien pire, affirmant que nul ne la croirait si elle osait se plaindre. Je l'ai empêché de continuer, bien sûr. Heureusement.

— Phillip profite donc de son statut pour tourmenter les femmes, conclut Nicholas. Et il persiste face à un refus. Trop paresseux pour chercher à séduire, il se contente d'assaillir ses proies en vertu de son rang. Je parie qu'il a fait bien plus de mal que nous l'imaginons.

Kevin était tourmenté par un détail.

— Chase, qu'insinuais-tu en disant « heureusement » ?

— Il n'a pas vu que Minerva s'était emparée d'un tisonnier qu'elle tenait dans son dos. On peut dire que je l'ai sauvé de Minerva, et non le contraire.

— Dommage.

Chase ignora ce commentaire.

— Quelles sont tes intentions, Nicholas ?

— Je ne le recevrai plus, et quand j'en informerai le reste de la famille, il sera banni de chez eux aussi.

— La nouvelle va se répandre et il ne pourra plus aller nulle part, ajouta Kevin.

— Je ferai aussi savoir qu'il n'a rien à attendre des siens, à commencer par moi-même. Je vais modifier mon testament afin qu'il n'hérite de rien, si tant est qu'il y ait quelque chose à partager. Si l'une de nos tantes décide de lui céder quelque chose, de son vivant ou après sa mort, tant pis pour elle. Alors je vous pose la question : me trouvez-vous trop sévère ?

— Tu vas l'anéantir socialement et financièrement, dit Kevin. En revanche, tu épargneras bien des malheurs à de nombreuses personnes.

— Les usuriers vont peut-être le laisser tomber quand ils sauront que la famille ne le couvre plus, ajouta Chase.

— Je vais lui ordonner d'envoyer des excuses écrites à Mlle Jameson. Je doute qu'il le fasse…

— Quelqu'un doit le faire à sa place, intervint Chase. Au nom de toute la famille.

— Je le ferai, promit Kevin. Elle n'est aucunement responsable de la situation.

— Notre tante lui doit des excuses, en tant qu'hôtesse ayant imposé cet importun, affirma Chase.

Kevin n'imaginait pas lady Agnès présentant des excuses à qui que ce soit, surtout pas à la fille d'un paysan.

— Je suppose que je pourrais lui écrire pour lui dire que des excuses sont de mise, selon moi, se résigna Nicholas.

— Je doute qu'une lettre l'influence, objecta Chase.

— Autrement dit, je vais devoir lui rendre visite... Seigneur !

Rosamund posa les présentoirs en métal sur le meuble en acajou qu'elle avait acheté. Il était bien plus beau que le comptoir qu'elle avait eu l'intention de commander et était moins imposant.

Ces présentoirs étaient destinés à ses chapeaux et capelines. D'autres iraient dans la vitrine. Il ne lui manquait plus que quelques chaises et une petite table. Au contraire de sa boutique de Richmond, elle entendait créer un petit salon à l'abri des regards des passants.

Elle alla se poster à l'extérieur. À cette heure de la journée, les badauds étaient rares, notamment les clientes potentielles. Plusieurs dames marchant dans Oxford Street regardèrent cependant son étalage.

Il était déjà 9 h 15. Elle espérait honorer son rendez-vous avec Kevin, ce jour-là. Hélas, elle risquait d'être en retard.

L'évocation de ce rendez-vous raviva le souvenir de Phillip.

Elle avait beau y réfléchir, elle ne voyait pas ce qu'elle avait fait pour mériter un tel traitement. Sa conscience tranquille n'atténuait en rien son humiliation et les offenses subies.

Elle se réjouissait que Kevin ait corrigé ce goujat. Elle était à la fois reconnaissante et soulagée, car il ne la croyait pas responsable. En revanche, la famille Radnor l'incriminerait sans doute.

Elle revit Kevin venant à la rescousse. Il s'était excusé de la conduite de son cousin. Après le départ des autres, la jeune femme avait failli s'effondrer. Elle ressentait encore la chaleur des bras du jeune homme, qui était un véritable ami.

Mais, en réalité, cette étreinte dépassait les limites de l'amitié. À quoi bon se mentir ? Après l'agression qu'elle venait de subir, elle n'aurait peut-être pas dû se laisser aller dans les bras de Kevin, mais elle y avait trouvé un tel réconfort...

Soudain, elle aperçut une charrette qui s'arrêtait et se précipita.

— Madame Ingram ! Bienvenue ! lança-t-elle à la dame frêle entre deux âges qui était assise à côté de l'homme qui conduisait.

Il mit pied à terre et aida Mme Ingram à descendre. Celle-ci embrassa Rosamund.

— Votre emplacement est excellent, à proximité d'une grande rue commerçante, dit-elle.

— J'ai aussi le premier étage. Vous pourrez y loger, si vous voulez. Ou bien habiter chez moi.

— Je serai très bien là-haut. Ce sera plus facile d'être juste au-dessus de la boutique.

Le conducteur de la charrette les suivit à l'intérieur, pour y déposer une grande caisse en bois.

— J'ai les capelines que vous m'avez demandé d'apporter, annonça Mme Ingram. Elles sont dans cette caisse. Il en reste beaucoup à Richmond. La nouvelle gérante est parfaite.

— Vous êtes sûre que Mme Hutton saura gérer la boutique ?

Mme Ingram serait quant à elle responsable de la boutique de Londres.

— Elle est très compétente. Elle a travaillé pendant cinq ans pour un monsieur de Bristol qui était si paresseux qu'elle devait se charger de tout à sa place. Au moins, il lui a rédigé d'excellentes références. Elle fera l'affaire.

Mme Ingram examina un présentoir.

— Je suppose que vous irez le constater de vos propres yeux sans tarder. Si elle ne vous convient pas, nous trouverons quelqu'un d'autre.

L'homme porta deux malles et une autre caisse dans la boutique. Après son départ, Mme Ingram ouvrit une malle pleine de coiffes.

— Vous ne me les avez pas demandées, mais nous en avons en grande quantité. La plupart sont ouvragées ou ornées de dentelle.

— Vous êtes plus avisée que moi.

— À Richmond, ces coiffes se vendent comme des petits pains. Il en sera peut-être de même ici.

Mme Ingram se dirigea vers le fond du magasin.

— Il faudra que vous alliez voir les grossistes pour acheter du tissu, des rubans et autres fournitures, déclara Rosamund. J'aimerais que vous commenciez dès que possible.

— J'aurai besoin d'une jeune fille.

— Engagez celle qui vous conviendra. J'ai confiance en votre jugement, car vous avez choisi la dernière apprentie.

Mme Ingram l'observa d'un regard perçant.

— Comptez-vous me raconter d'où vient cette ecchymose sur votre joue ? fit-elle en pinçant les lèvres. Il me semble que cet héritage devrait vous protéger, non vous attirer des ennuis…

— Cela se voit beaucoup ? fit la jeune femme en portant une main à son visage.

— Oui, répondit Mme Ingram en ouvrant sa seconde malle. Tenez…

Elle sortit un petit coffre en bois dont elle souleva le couvercle.

— Ce baume masquera la trace. Approchez, que je vous badigeonne.

Le produit ressemblait plus à de la peinture qu'à un baume, mais Rosamund laissa faire les doigts agiles de Mme Ingram.

— Vous utilisez vous-même ce baume ?

— De temps à autre, même si cela ne sert pas à grand-chose contre les outrages du temps... Voilà ! Évitez le soleil ou la lumière forte, néanmoins.

Rosamund chercha sa montre dans sa poche. Il était presque 10 heures.

— En allant chez les grossistes, pourrez-vous m'acheter un peu de ce baume ? Voici ma carte avec mon adresse, pour la facturation. J'ai ouvert des comptes chez la plupart des grossistes. Je vous remets aussi un peu d'argent pour les fiacres.

Mme Ingram empocha le tout.

— Eh bien ! Des comptes chez les grossistes, les transports remboursés... les choses ont changé depuis l'époque de Richmond !

Il était bien plus de dix heures. Posté derrière une fenêtre de la bibliothèque, Kevin surveillait la rue. Elle ne viendrait sans doute pas, pas après la soirée de la veille. Et pourtant, il s'était préparé à sa visite, au cas où. Mlle Jameson devait être de celles qui ne ratent jamais un rendez-vous sans prévenir.

Pourvu qu'elle vienne... Ils avaient des décisions à prendre sans tarder.

Ne tenant plus en place, il se mit à arpenter la pièce. Si elle ne venait pas, il irait se dépenser dans la salle d'escrime ou sur un ring de boxe. Un peu de sport lui permettrait de défouler la tension qui le tenaillait.

En entendant une voiture, il se précipita vers la fenêtre. Dès que le véhicule ralentit, il fila dans l'entrée alors que le majordome ouvrait la porte. Mlle Jameson regardait par la vitre du fiacre.

Le majordome se hâta de l'aider à descendre. Elle prit le temps de lisser le bas de sa robe.

Elle avait tenté de dissimuler son ecchymose. Dans la grisaille ambiante, celle-ci pouvait passer inaperçue si l'on n'était pas au courant de l'agression. Ce triste spectacle attisa la colère de Kevin contre Phillip.

— Soyez la bienvenue, dit-il. Nous avons à parler.

— Absolument. Il est grand temps que vous me montriez votre fameuse invention.

— Bien sûr. Auparavant, j'ai commandé du café. Depuis la terrasse, la vue sur le jardin est magnifique. Sortons quelques minutes.

— Je n'ai pas besoin de café. Je m'affaire depuis 8 heures ce matin. Cependant, je vous tiendrai compagnie. Je suppose que vous venez de vous lever...

Kevin l'emmena vers la salle de petit déjeuner où la table était dressée pour son père.

— Souhaitez-vous quand même une tasse ?

— Non, merci. Mais si vous n'avez pas encore déjeuné...

— Moi aussi, je me suis levé de bonne heure, assura-t-il en ouvrant la porte donnant sur la terrasse. Mais je prendrai un café.

Une table était dressée à l'extrémité. Kevin n'avait aucune envie que son père les dérange, au cas où il émergerait avant midi. Dès qu'il eut invité la jeune femme à s'asseoir, une domestique se présenta avec une cafetière.

Il observa Rosamund. Sous le ciel chargé, sa peau avait une luminescence particulière. Elle évoquait une statue de marbre pâle, présentant des ombres subtiles sous la bouche et le nez.

Elle porta la main à sa joue tuméfiée.

— On m'a donné une sorte de peinture pour dissimuler la trace. Étant donné votre regard appuyé, j'ai l'impression que c'est raté.

— Je ne fixais pas votre ecchymose. Sachez que personne ne se douterait de son existence.

— Dans ce cas, pourquoi me regardez-vous ainsi ?

— Parce que j'ai quelque chose de très important à vous dire, et je me demande comment vous allez réagir.

Il perçut de la curiosité dans ses yeux.

— Souhaiteriez-vous avoir un autre associé ? s'enquit-elle.

— Pas du tout. Pourquoi cette question ?

— Je me suis dit qu'un associé possédant une usine nous serait utile, expliqua-t-elle en haussant les épaules.

— Non. Nous devons réfléchir à *votre* statut d'associée.

Son regard impassible le déstabilisa bien plus qu'il ne voulait l'admettre. Pragmatique, Mlle Jameson n'avait pas imaginé l'idée qu'il était sur le point de lui exposer.

Pas une seconde.

La jeune femme percevait chez Kevin une certaine tension qu'elle ne s'expliquait pas. Pourvu qu'il ne lui demande pas de signer ce document ridicule qui lui accordait le contrôle total de l'entreprise. S'il le faisait, elle vendrait ses parts en dépit de l'amitié qui les liait.

Chez cet homme d'ordinaire sûr de lui, elle sentait un doute.

— Expliquez-moi donc ce que vous avez en tête, dit-elle pour l'encourager à parler.

— D'accord, fit-il en se penchant vers elle. J'envisage de renforcer notre association.

— Vous avez une autre entreprise ?

Il esquissa un sourire.

— Voyez-vous, nous sommes liés par cette entreprise. Nos vies sont entrelacées, pour ainsi dire.

— Seulement si je ne vends pas mes parts, lui rappela-t-elle.

Elle décela une lueur étrange dans les yeux de Kevin.

— Il me semble que, étant ainsi liés, nous devrions franchir l'étape suivante, reprit-il.

— L'étape suivante ?

— Oui. Nous devrions nous marier.

Elle entendit ces mots sans assimiler immédiatement leur sens. Elle se contenta de le regarder fixement.

— C'est logique, si l'on y réfléchit bien, ajouta-t-il.

Seigneur, il ne plaisantait pas...

Elle réprima le rire nerveux qui menaçait de lui échapper. Jamais elle ne se serait attendue à une telle proposition de la part de cet homme ! Et de cette façon-là... C'était comme s'il lui proposait une promenade au parc.

— Si c'est à cause d'hier soir, ne vous donnez pas la peine de me demander en mariage, répondit-elle.

— Je ne cherche pas à racheter le comportement de Phillip. Ni à réagir après notre courte étreinte, même si...

Le regard de Kevin se fit brûlant, au point de la troubler.

— Même si cette étreinte n'était pas uniquement destinée à vous réconforter. Ne me dites pas que ma proposition vous surprend.

Elle tenta de se ressaisir.

— Cette étreinte ne m'a pas surprise, au contraire de votre proposition. Les hommes de votre rang n'épousent pas les femmes du mien.

Cette vérité paraissait indiscutable. Elle ajouta :

— Ils embrassent les femmes de mon rang, mais ne les épousent pas.

— Et pourtant, c'est bien le mariage que je vous offre.

Que dire ? Elle ne pouvait lui révéler qu'elle avait un rêve qui excluait un tel mariage, malgré l'attrait qu'elle trouvait parfois à cet homme. Elle voulait revoir Charles et faire renaître leur amour.

Elle songea à d'autres raisons de refuser d'épouser Kevin. Un homme qui affirmait ne jamais être amoureux ne pouvait être un bon mari, en dépit des avantages d'une telle union. Des souvenirs de la soirée de la veille remontèrent, notamment les propos de Felicity sur la mort suspecte du duc. Si ses insinuations étaient fondées…

De plus, il ignorait certaines choses sur elle. Il ne se rendait pas compte qu'elle ne ferait pas une épouse convenable. Elle avait été domestique dans la maison close de Mme Darling. Quelqu'un risquait un jour de la reconnaître.

— Vous ne cherchez qu'à mettre la main sur mes parts de l'entreprise, comme lorsque vous avez tenté de me faire signer cette procuration.

— C'est l'une de mes motivations, oui. Ma raison principale.

Quelle franchise ! Il ne cherchait même pas à la flatter ou à jouer sur les sentiments. Kevin Radnor était honnête.

— L'autre raison doit être le reste de mon héritage, supposa-t-elle.

Il secoua la tête.

— À long terme, je n'ai pas besoin de votre argent. Pour l'heure, je n'ai pas des milliers de livres en banque, certes, mais j'hériterai de mon père.

— Il me semble en pleine forme. De plus, si vous épousez une fille de paysan, il vous déshéritera.

— Il ne peut me priver de la totalité de ses biens. Ne vous inquiétez pas pour votre argent. Si vous le souhaitez, nous établirons un contrat qui m'interdira l'accès à vos fonds.

— Cela va de soi.

Même Charles devrait signer un tel contrat de mariage. Aucun homme ne mettrait la main sur sa fortune.

— J'ai l'impression que vous pensez que je serais le seul à bénéficier de ce mariage, dit Kevin.

— Vous avez tout à y gagner, contrairement à moi.

— Vous voulez être une lady, pour vous et pour votre sœur. Je vous procure ce statut, ce que peu d'hommes sont en mesure de faire.

Je veux être une lady afin que Charles puisse m'épouser.

En revanche, il avait raison à propos de Lily. Maudit soit-il. Mais elle ne devait pas se laisser convaincre.

— Votre propre famille vous reproche vos passions, dit-elle, ravie d'avoir trouvé un argument. Je ne suis pas certaine que votre réputation suffise à faire de moi une lady.

— Je suis le petit-fils d'un duc. Rien ne changera ma lignée et mon sang. Vous qui vous targuez d'être pragmatique, voilà un argument concret.

— Un peu trop, peut-être. Vous ne souhaitez pas m'épouser. Vous voulez épouser la moitié d'une entreprise. Et vous êtes si arrogant que vous n'envisagez même pas l'échec de votre projet. Vous vous retrouveriez alors prisonnier d'un mariage de raison.

— L'alliance de cette invention et du moteur à vapeur sera une réussite, c'est une certitude.

— Pas si je suis bâillonnée par ce mariage.

— Vous croyez que votre jugement sur les questions techniques est essentiel au succès de l'entreprise ? railla-t-il. Nous ne parlons pas de capelines !

— Le véritable potentiel de votre invention réside dans sa fabrication et son application. Dans ce domaine, mon avis est nécessaire.

— Seigneur, vous êtes impossible !

Kevin se leva et s'éloigna, les mains sur les hanches, les yeux vers le ciel. Il cherchait à maîtriser sa colère. Elle profita de cet instant de répit pour se ressaisir.

— Vous vous entêtez, déclara-t-il. Pensez à vos objectifs et à vos ambitions pour votre sœur.

Elle ne pouvait nier que ce mariage avec Kevin serait une garantie pour Lily. Il lui offrait son statut, son sang. Un gentleman fortuné tel que Charles ne pouvait rivaliser avec le petit-fils et cousin d'un duc. Si la bonne société reprochait à Rosamund ses origines, beaucoup la toléreraient ne serait-ce que pour approcher Hollinburgh.

La plupart des femmes dans sa situation n'hésiteraient pas à saisir l'occasion. Mais le visage de Charles ne cessait de ressurgir dans son esprit. Elle refusait d'enterrer cet amour et de renoncer à ce qui était peut-être encore à sa portée.

Elle parla lentement, pour ne pas se laisser troubler par sa confusion.

— Votre proposition est très généreuse, je l'admets. Toutefois, j'estime que nous devrions rester associés. Si nous étions mariés, nos querelles seraient incessantes à propos de cette entreprise, notamment parce que ma voix compterait peu en tant qu'épouse. Je vous remercie, néanmoins.

Il ne réagit pas, ne l'invita pas à réfléchir, n'invoqua pas d'autres arguments.

— À présent, conclut la jeune femme en se levant, montrez-moi votre fameuse invention.

Elle avait décliné sa proposition, qui l'avait surprise, voire choquée. Très vite, elle s'était ressaisie et avait refusé franchement.

Quelle mouche l'avait piquée ? songea-t-il. En vérité, elle avait plus à gagner que lui à ce mariage. Son ascension sociale serait assurée, alors qu'il risquait de perdre le contrôle de son entreprise, en fin de compte.

En dépit de toute logique et de ses propres intérêts, elle l'avait rejeté.

Il devait accepter sa décision. Il ne pouvait lui promettre un amour éternel, ni lui avouer son attirance pour elle, au risque de la fâcher. Que dire ? « Ce ne serait pas un mariage d'amour mais je vous désire ardemment. Permettez-moi de vous donner du plaisir, et vous ne regretterez pas de m'avoir épousé... »

Alors qu'ils regagnaient la maison, le père du jeune homme apparut dans la salle à manger.

— Ah ! Mademoiselle Jameson ! s'exclama-t-il en guise de bienvenue.

— Pas maintenant, maugréa Kevin en entraînant la jeune femme vers l'escalier.

— Je vous remercie, monsieur..., commença-t-elle.

— Nous n'avons pas le temps.

Son père était la dernière personne qu'il voulait voir en cet instant, après l'échec cuisant de la première demande en mariage de sa vie. Un refus de la part d'une fille de paysan !

Il se ressaisit en se disant que son humiliation s'atténuerait en quelques jours. Sans doute même serait-il soulagé.

Il la fit monter vers ses appartements.

— L'engin se trouve dans mes quartiers. Si j'avais su que vous voudriez le voir aujourd'hui, je l'aurais fait installer et allumer dans le jardin.

— Cela m'aiderait à comprendre ?

— Une démonstration est toujours utile, mais je pense que vous saisirez mes explications.

L'antichambre lui servait de bureau. Les rideaux d'une fenêtre étaient tirés. Kevin les ouvrit pour laisser entrer la lumière.

En se retournant, il vit Mlle Jameson river les yeux sur le moteur à vapeur miniature posé sur une table.

— C'est vous qui l'avez fabriqué ? s'enquit-elle, curieuse.

— En partie, oui. Le reste a été réalisé selon mes instructions. Il est à l'échelle et constitué des mêmes matériaux qu'un moteur normal.

— Il fonctionne ?

— Oui. C'est un modèle simple, de ceux qui servent à pomper l'eau dans les mines.

Au fil de ses explications, il désigna les différentes pièces.

— Le carburant brûle ici, la vapeur se forme ici et actionne ces pistons. La pompe se met en marche. La vapeur est extrêmement puissante quand elle est compressée.

— Quelle pièce avez-vous inventée ?

— Elle n'est pas ici.

La jeune femme fit un pas en arrière.

— C'est bien beau, tout cela, mais n'espérez pas m'impressionner au point de me faire oublier ce que je suis venue voir.

Face à ce ton pincé, Kevin ouvrit un tiroir et en sortit un cylindre en métal, qu'il posa sur la table.

— La voici. Elle est à l'échelle de cette maquette. Et voilà le format normal.

Il lui montra un cylindre plus grand.

— Je ne cherchais pas à vous la cacher. Je pensais que vous voudriez voir le moteur d'abord, précisa-t-il.

— À quoi sert cet objet ? s'enquit la jeune femme en soupesant la version réduite.

— Il permet de réguler l'émission de vapeur selon les besoins.

Il se lança dans une description détaillée de son fonctionnement et de son intérêt pour les moteurs. Elle s'intéressait à son discours et fronçait les sourcils quand un détail lui échappait.

Voyant qu'elle ne bâillait pas d'ennui au bout de cinq minutes, il se plongea dans les détails mécaniques.

Si Kevin Radnor ne tombait pas amoureux des femmes, il se passionnait d'évidence pour son invention. Il avait accédé à sa demande d'explications en parsemant sa démonstration de longues digressions.

Elle avait presque tout compris. Il avait au moins réussi à la convaincre de l'utilité de son entreprise et du potentiel de cette innovation.

Durant ce discours, il ne l'avait pas quittée des yeux. Lorsqu'il évoquait sa passion, il était un autre homme, et elle s'était sentie très proche de lui. Car elle avait ressenti le même enthousiasme en ouvrant sa boutique de modiste à Richmond. Rien d'autre n'avait eu d'importance. Elle avait travaillé sans relâche et réalisé un excellent chiffre dès le premier jour.

Kevin s'était consacré corps et âme à son projet. À cause de lui, il avait même demandé une femme peu convenable en mariage. Il avait de la suite dans les idées !

À l'issue de son monologue, elle intervint :

— Quelle est cette autre amélioration que vous envisagez ?

— Elle se fixe ici et ajoute une jauge qui permet de mesurer précisément la pression.

Rosamund n'osa pas lui demander comment, de peur d'y passer la journée entière.

— Donc, il s'agit d'une amélioration qui n'est pas nécessaire ?

— Elle n'est pas essentielle, en effet.

— Je pense que si vous ne pouvez la mettre en place au cours du mois prochain, nous devrons avancer sans.

Le silence se fit. Kevin observait sa machine. Elle se prépara à s'entendre dire qu'il n'avait que faire de l'opinion d'une modiste sur une question aussi importante.

— Nous sommes d'accord, déclara-t-il enfin. Je fais encore une tentative, puis je laisserai tomber si ça n'est pas concluant.

Sa réaction la surprit. Il enchaîna :

— Je me rendrai donc en France par le bateau de lundi. Je rencontrerai un collègue pour voir s'il accepte de me céder le brevet de la jauge qu'il a inventée.

— En France ? répéta-t-elle. Où cela ?

— À Paris.

D'après Minerva, Charles vivait à Paris. Elle eut toutes les peines du monde à masquer son enthousiasme.

— En cas d'accord, vous aurez besoin de ma signature.

— Je comptais vous faire signer les papiers avant mon départ et les emporter.

— Et si un changement quelconque était nécessaire ?

— Eh bien, je ferais rédiger un autre contrat et je le rapporterais signé pour vous le faire contresigner.

Rosamund fit mine de réfléchir.

— Il vaudrait mieux que je vous accompagne à Paris afin de régler la question une fois pour toutes. Ne prenons pas le risque qu'un éventuel accord tombe à l'eau. Je viens avec vous.

— Et vos leçons ? Votre boutique ? répliqua Kevin d'un air soupçonneux.

— J'informerai mes professeurs que mes leçons attendront. Mme Ingram est venue de Richmond et tiendra seule la boutique le temps qu'il faudra.

— Voyager ensemble ne serait pas convenable, mademoiselle Jameson.

— Nous ne voyagerons pas ensemble. Nous voyagerons en même temps, mais chacun de son côté. Il n'y a rien de mal à prendre le même bateau et à séjourner dans des auberges voisines.

Au-delà de ses doutes, Kevin semblait amusé.

— Il serait plus sage de partir avec une dame de compagnie ou une domestique, objecta-t-il.

— Balivernes ! Je ne suis plus une enfant. De plus, ce n'est pas à vous d'en décider. Le moment est bien choisi. J'aurai l'occasion de découvrir les derniers modèles parisiens qui m'inspireront d'autres chapeaux. Je comptais de toute façon me rendre à Paris cet été. Cependant, la saison est idéale et je ne serai pas totalement seule.

— Ce déplacement est inutile, mais... ne serait-ce que pour éviter une querelle, j'accepte.

— Ne serait-ce que pour éviter une querelle, j'éviterai de vous signaler que vous n'êtes pas décisionnaire en ce qui concerne mes déplacements.

Soulagée, elle jeta un dernier coup d'œil au moteur à vapeur miniature, rêvant à ses retrouvailles imminentes avec Charles. Elle brûlait désormais de se retrouver seule avec ses souvenirs et ses projets.

— Je vais vous laisser. J'ai beaucoup à faire d'ici lundi, annonça-t-elle.

Il la raccompagna, et ils patientèrent sous le porche en attendant un fiacre.

— Je descendrai à l'hôtel du Louvre, expliqua-t-il. Il est très prisé des Anglais. Cela dit, il y en a bien d'autres. Minerva vous conseillera.

Rosamund émergea de sa rêverie pour observer Kevin, dont la conduite était irréprochable, compte tenu du début de leur entretien. Il n'avait rien trahi de sa contrariété face à son refus de l'épouser.

— Je suis désolée d'avoir mal réagi à votre demande.

Il se contenta d'un hochement de tête.

Lorsqu'elle fut montée dans la cabine, elle se pencha par la fenêtre :

— Une question me taraude, monsieur Radnor. Vous m'avez confié que votre proposition de mariage était motivée en partie par votre désir de sauver l'entreprise. Quelle était l'autre raison ?

Il s'approcha du véhicule et elle plongea dans son regard, incapable de s'en détourner.

— Le mariage était une façon honorable de vous attirer dans mon lit. À présent, il ne me reste plus d'alternative.

Le fiacre s'ébranla, la laissant bouche bée.

11

— Qu'en pensez-vous ? demanda Mme Ingram.

Rosamund et elle étaient en train de déballer des fournitures et des rubans, sans oublier des fleurs en soie. Une autre commande recelait un assortiment de plumes d'autruche. Rosamund vérifiait qu'il ne manquait aucune marchandise sur le bon de livraison du grossiste.

— Placez les rubans sur l'étagère du fond, dit-elle. Les fournitures iront dans l'atelier.

Mme Ingram emporta le tout, pendant que Rosamund inspectait la boutique. La veille, elle y avait passé l'après-midi, après son entrevue avec M. Radnor. Dès l'aube, les deux femmes étaient venues réceptionner un lit et des meubles destinés à l'appartement de l'étage.

Durant une semaine ou deux, Mme Ingram serait seule responsable en l'absence de Rosamund.

La vitrine présentait déjà quelques capelines sur leurs présentoirs. Une enseigne temporaire indiquait la maison Jameson, et une devanture avait été commandée. Rosamund avait agrémenté la vitrine de rubans et de fleurs en soie, et déjà, plusieurs dames avaient jeté un coup d'œil aux modèles.

Cet intérêt confortait la jeune femme dans l'idée qu'une vitrine donnant sur la rue était un atout, d'autant qu'il restait un petit salon à l'étage pour les clientes souhaitant un peu d'intimité.

Une nouvelle charrette s'arrêta devant la boutique.

— J'espère que ce sont les formes à chapeau et le bougran, dit Mme Ingram en émergeant de l'atelier. Il ne sert à rien de présenter ces planches si nous n'avons pas de quoi réaliser les chapeaux.

Deux hommes entrèrent, chargés de rouleaux et de cartons. Mme Ingram les orienta vers l'atelier.

— Après les livraisons de lundi, nous serons fin prêtes, commenta-t-elle.

— Je vous fais confiance.

— Quand vous serez à Paris, ouvrez l'œil. N'oubliez pas de réaliser quelques croquis. Nous sommes capables de faire aussi bien.

— Je veillerai à mémoriser les moindres détails.

Elle baissa les yeux vers son tablier et sa vieille robe usée, qui étaient maculés de poussière. La tenue de Mme Ingram était tout aussi misérable. Elle se promit de lui faire réaliser quelques toilettes. Il fallait que sa vendeuse soit élégante pour accueillir les clientes de Mayfair.

Après le départ des livreurs, Rosamund compléta sa vitrine. En ajoutant une plume d'autruche, elle vit une voiture s'arrêter dans Oxford Street. Minerva en descendit et se dirigea vers la boutique.

— Je vous ai écrit que je passerais vous voir demain, déclara Rosamund sur le seuil.

— Vous m'avez aussi écrit que vous n'étiez pas libre aujourd'hui à cause de votre travail ici. J'ai donc décidé de venir et de visiter votre boutique, si cela vous convient.

— Volontiers ! Ce n'est pas terminé, loin de là...

Minerva ralentit le pas en posant les yeux sur la joue meurtrie de la jeune femme. La crème teintée ne masquait pas grand-chose, hélas.

— Le scélérat, commenta Minerva.

Rosamund lui présenta Mme Ingram et lui fit faire le tour des lieux, terminant la visite par l'atelier.

— Un jour, j'aimerais vous voir à l'œuvre. J'envie les personnes créatives comme vous. Vous vouliez de nouveau faire appel à mes services d'enquêtrice ? En quoi puis-je vous aider ?

— Suivez-moi.

Elle l'entraîna vers le premier étage, dans l'appartement qu'elle aménageait pour Mme Ingram. Elles s'attablèrent au fond du salon.

— Savez-vous où réside Charles à Paris ?

Minerva ouvrit son réticule.

— Je me doutais que vous me poseriez la question. Voici son adresse.

Elle lui tendit une feuille de papier.

— Avez-vous décidé de lui écrire ? ajouta Minerva.

Ce simple bout de papier fit battre le cœur de Rosamund à tout rompre.

— J'ai décidé de me rendre à Paris et de profiter de ce séjour pour le voir.

— Quelle chance vous avez ! Mais peut-être devriez-vous lui écrire dès votre arrivée à Paris, au lieu de le prendre par surprise…

Rosamund observa l'adresse, puis plongea dans le regard de Minerva.

— C'est une erreur, selon vous ?

— Je passe mon temps à retrouver des amis, des amants, des parents disparus. Les retrouvailles ne se déroulent pas toujours comme l'espèrent les clients. Les gens changent avec le temps. Voyagerez-vous seule ?

Charles aurait-il beaucoup changé ? Et s'il l'avait oubliée ? Elle refusait de le croire. Leur amour n'était pas commun, mais il était très profond.

— Je voyagerai de façon indépendante, et M. Radnor se déplacera en même temps que moi. Il sera en mesure de m'aider en cas de besoin. Quant à moi, je serai là pour signer des documents éventuels.

Minerva arqua les sourcils.

— Jenny, votre femme de chambre, sera avec vous ?

— Je lui ai demandé de rester ici pour aider Mme Ingram au magasin. Je pourrai engager une cameriste à l'hôtel. M. Radnor m'a recommandé l'hôtel du Louvre. Vous connaissez ?

— C'est un excellent établissement. Je vous enverrai quelques autres noms d'hôtels dès demain, ainsi que des adresses de boutiques que j'ai repérées lors de mon séjour à Paris avec Chase, à l'automne dernier. Je joindrai des lettres d'introduction pour quelques amis, en cas de besoin. Quand partez-vous ?

— Lundi.

— Déjà ? Êtes-vous au moins remise de ce qu'il s'est passé l'autre soir ?

— Je préfère ne plus y penser. Néanmoins, j'ai entendu des propos qui me font réfléchir. Pas de la part de Phillip, mais des autres. Au sujet de mon... bienfaiteur. Pouvez-vous me les expliquer ? S'il ne s'agit pas d'un secret, bien sûr.

Minerva se replia derrière un sourire prudent.

— Je peux vous dire qu'il est tombé du parapet de sa maison de campagne. L'affaire a été classée comme un accident.

— Certains ne croient pas à cette thèse. Lady Dolorès, par exemple.

— En effet.

— Croient-ils que quelqu'un l'a tué ?

— Certains, oui.

— Certains me soupçonnent-ils de meurtre ? fit Rosamund, la gorge nouée. Avec cet héritage, je...

— Nul n'a de quoi douter de vous. Vous étiez à Richmond, donc les ragots éventuels ne doivent pas vous toucher.

Minerva sourit de plus belle.

— Bon, je vais vous laisser. En faisant vos bagages, n'oubliez pas d'emporter vos plus belles tenues. Vous irez peut-être au théâtre ou à l'opéra, ou encore dîner dans un grand restaurant.

Rosamund la raccompagna à sa voiture, puis elle alla prêter main-forte à Mme Ingram. La conversation avec Minerva la hantait. Son amie avait coupé court à ses questions sur la mort du duc.

12

— Quelle splendeur ! fit Marguerite en caressant la robe de soirée en soie lilas.

Rosamund ne comprenait pas très bien ce que lui racontait la jeune cameriste que lui avait attribuée l'hôtel.

— Très... joli, bredouilla la jeune Française en anglais.

Marguerite s'affairait à déballer les affaires de Rosamund, ce qui prendrait un certain temps. N'ayant jamais voyagé à l'étranger, la jeune femme avait fini par suivre le conseil de Minerva en emportant toutes ses toilettes neuves et bon nombre d'anciennes robes.

Sa chambre n'était pas très spacieuse, mais elle la trouvait luxueuse. Lumineuse, dotée d'un haut plafond orné d'opulentes moulures, elle comprenait un petit salon attenant et un balcon donnant sur le parc voisin.

Elle sortit pour contempler la vue. Les promeneurs étaient aussi nombreux qu'à Londres.

— C'est le jardin des Tuileries, là où l'on va pour voir et être vu.

Kevin venait d'émerger d'une chambre dont le balcon était proche du sien. Rosamund ignorait qu'ils étaient voisins. Il s'était entretenu avec la direction de l'hôtel, puis il avait disparu pendant qu'un bagagiste escortait la jeune femme vers ses quartiers.

— Vous avez également une suite ? lui demanda-t-elle.

— Non. Je n'en ai pas besoin.

— Moi non plus.

— Certains soirs, vous voudrez peut-être dîner seule. Les Français sont très tolérants et leurs restaurants sont sans égal. Cependant, en général, une femme ne s'attable pas seule. En revanche, rien ne vous empêche de commander un repas depuis votre petit salon.

— C'est gentil d'y avoir pensé. J'ignorais que vous aviez tout organisé pour moi.

— Un petit salon peut s'avérer utile pour avoir un peu d'intimité...

Un peu d'intimité ? Le cœur de la jeune femme s'emballa dans un mélange d'inquiétude et d'excitation, ce qui n'avait aucun sens.

Elle n'avait pas oublié les paroles de Kevin quand elle avait quitté sa maison à Londres. Lorsqu'un homme déclarait son intention de séduire une femme, celle-ci ne devait pas l'ignorer. Quant à partir en voyage avec lui, c'était de la folie pure. Et si elle était en danger ?

Cela dit, ses réactions étaient peut-être compréhensibles face à cet homme séduisant...

Durant le trajet, il était souvent resté plongé dans ses pensées. Dans ces moments-là, elle l'avait observé à la dérobée. Avait-il prononcé ces paroles pour la provoquer ? Pour se venger de son refus de l'épouser ? À plusieurs reprises, il avait posé sur elle un regard intense, comme s'il devinait ses pensées et cherchait à la troubler.

Elle était demeurée sur ses gardes jusqu'à Douvres, même si elle ne pouvait ignorer sa présence, face à elle dans la voiture. À tout moment, elle s'attendait à un geste déplacé. En vérité, la seule perspective de ce voyage l'avait exaltée.

Elle s'en voulait de cette attirance. Dans ces moments-là, elle pensait à Charles. Sur le pont du bateau, alors qu'elle contemplait l'horizon, M. Radnor était venu se poster à côté d'elle. Puis, sur la route menant à Paris, elle avait senti qu'il cherchait à la séduire.

Kevin lui avait demandé si elle souhaitait bénéficier d'une voiture individuelle, mais elle avait répondu que cela aurait été de l'argent gaspillé. Au bout d'une heure, elle avait compris pourquoi il n'était pas convenable pour une femme de voyager seule avec un homme. Même une cabine spacieuse devenait intime. Les jambes de Kevin frôlaient les siennes en permanence. À chaque virage, elle était projetée vers lui. Il semblait envahir l'espace de sa carrure.

Il avait alors émergé des pensées qui visiblement le tourmentaient pour concentrer son attention sur elle. En temps normal, cette insistance aurait été déconcertante. Dans cet espace réduit, elle était implacable.

— Quel âge avez-vous ? avait-il soudain demandé. Je vous donne vingt-deux ans.

— Vous vous trompez. J'en ai presque vingt-quatre.

Il fronça légèrement les sourcils.

— Dans ce cas, vous êtes autonome depuis longtemps.

Sa curiosité était un peu agaçante.

— J'étais domestique jusqu'à récemment, dit-elle en foudroyant ses jambes encombrantes du regard.

Voulez-vous bien ôter votre genou ? Je me rends compte que ces cabines ne sont pas conçues pour un homme aussi grand que vous, mais tout de même...

Avec l'esquisse d'un sourire, il se recroquevilla.

— Dans combien de temps serons-nous à Paris ? s'enquit-elle.

— Nous arriverons dans la soirée... Donc vous étiez domestique, puis vous avez ouvert votre boutique de modiste à Richmond ?

Elle l'entendait presque faire des calculs.

— Entre les deux, j'ai travaillé chez un chapelier dans la City.

— Donc, vous êtes autonome depuis environ deux ans.

Si elle avait su que Paris se trouvait à une journée de voyage de la côte, elle aurait loué son propre véhicule pour échapper à cet interrogatoire.

— Pourquoi ces questions ? Vous redoutez qu'un chasseur de dot ne me tourne la tête parce que je n'aurais pas assez d'expérience ?

— Les hommes intéressés par votre argent se moqueront de votre âge. Vous auriez soixante ans, ils seraient aussi empressés.

Peut-être s'ennuyait-il... Il semblait être à court d'idées géniales à creuser. Voyant qu'il ne disait plus rien, elle se remit à penser à Charles et à leurs retrouvailles, après toutes ces années. Il avait sans doute un peu vieilli, mais il ne pouvait avoir beaucoup changé. Il la prendrait dans ses bras et l'embrasserait avec fougue, puis il rirait de bonheur. Elle voyait déjà son sourire, ses yeux pétillants...

— Je me demande si vous êtes innocente.

Cet aveu brutal l'extirpa de ses pensées romantiques.

— Si je suis... *quoi* ?

— Vous vouliez savoir pourquoi je vous interrogeais sur votre indépendance. Je vous l'explique.

Il posa sur elle un regard impassible.

— Alors ? insista-t-il. L'êtes-vous ?

— Je comprends pourquoi votre famille vous trouve insupportable. Votre question est odieuse. Déplacée !

— C'est une question très simple, pourtant. Le fait qu'il existe des sujets qu'un homme ne peut aborder avec une femme est ridicule. D'où viennent ces maudites règles ? Sans doute de femmes telles que mes tantes.

— Ou de femmes comme moi, qui trouvent vos questions trop personnelles.

— Vous pensez que votre réponse risque de vous montrer sous un jour défavorable ? En vérité, vous venez de confirmer ma théorie, et non de modifier l'opinion que j'ai de vous.

Il croisa les bras et ferma les yeux, sans doute pour se replonger dans sa méditation.

— Je n'ai en rien confirmé votre théorie car je n'ai pas répondu à votre question, protesta Rosamund.

— Bien sûr que si.

Il entrouvrit les yeux pour l'observer.

— Si vous étiez encore innocente, vous me l'auriez dit. Vous auriez été choquée que je puisse poser la question car vous n'êtes pas mariée. Vous m'auriez reproché de suggérer une telle ignominie. Vous auriez crié au scandale, vous auriez exigé que je poursuive le trajet en compagnie du cocher.

La jeune femme s'empourpra. Soudain, il se redressa pour se pencher vers elle :

— Je vous le répète, cela ne change en rien ce que je pense de vous. Ma conclusion est logique et fondée sur votre personnalité, votre attitude, mais on ne sait jamais...

— Je n'ai que faire des conclusions que vous tirez de cette conversation étrange.

— Pas tant que cela, dit-il en la regardant droit dans les yeux. Une femme d'expérience n'est en rien énigmatique, alors qu'une innocente... je ne saurais qu'en faire...

Sur son balcon, Kevin contempla les Tuileries, un sourire au coin des lèvres.

— Nous verrons bientôt M. Forestier. Il y aura des décisions importantes à prendre. Mais ces négociations ne doivent pas avoir lieu en public.

— Naturellement. Pour ma part, j'ai beaucoup de choses à faire. Je veux voir les meilleures boutiques et observer les dernières modes. J'imagine que personne ne parle anglais, ici ?

Comme tout Britannique bien né, Kevin maîtrisait la langue de Molière. La jeune femme était fascinée par son débit fluide en français.

— Je vais avoir du mal à me débrouiller, conclut-elle en croisant les bras pour se réchauffer.

Le soleil se couchait, et il faisait un peu frais.

— Je vous escorterai où vous voudrez, afin que vous ne vous perdiez pas.

Elle ne pouvait lui demander de l'accompagner chez Charles. En revanche, si elle passait une première journée à sillonner la ville en sa compagnie, elle demanderait ensuite à la réception qu'on lui trouve une voiture.

— Et si vous visitiez le Palais-Royal ? suggéra-t-il. Le quartier compte des boutiques de qualité. Pour l'heure, joignez-vous donc à moi pour le dîner. Je vous décrirai les différents mets.

Elle opina et regagna sa suite. En quoi des mets avaient-ils besoin de descriptions ?

Mlle Jameson avait beau affirmer qu'ils voyageaient chacun de leur côté, il n'en était rien. Kevin y avait veillé.

Il était de son devoir de gentleman d'assurer sa sécurité. Pour ce faire, ils avaient partagé une voiture et il avait surveillé ses déplacements à bord du bateau.

À présent, il devait lui servir d'ange gardien à cause de son ignorance de la langue et des coutumes locales.

Il aurait pu dire à la direction de l'hôtel de ne pas se méprendre sur la nature de ses relations avec la jeune femme. Il aurait pu préciser que leurs chambres n'avaient pas à être voisines, car Mlle Jameson n'était qu'une amie. Il aurait pu clarifier la situation.

Mais cette méprise l'arrangeait.

En tenue de soirée, il se présenta à la porte de sa suite. La jeune camériste lui ouvrit, une jolie brune qui l'introduisit dans le petit salon. Rosamund l'attendait.

Elle était ravissante, dans la robe de soirée en soie lilas qu'elle portait lors du dîner chez tante Agnès. Ses cheveux blonds étaient rehaussés d'un bijou surmonté d'une plume colorée. Quelques mèches encadraient son visage.

Kevin lui offrit son bras.

— Et si nous dînions à l'hôtel, ce soir ?

En descendant les marches, elle admira l'escalier majestueux et les moulures.

— J'ai l'impression que ce repas sera différent de ce que l'on sert dans les auberges.

— Ou à la table de ma tante. Cependant, on trouve des cuisiniers français à Londres. Chez mon cousin Nicholas, par exemple.

— La nourriture est donc si différente ?

— Par certains aspects, oui.

Ils s'attablèrent dans la salle à manger. Rosamund admira les verres en cristal, les fleurs, l'argenterie. Un couvert l'intrigua particulièrement.

— Qu'est-ce que c'est ?

— Je vous montrerai.

Il commanda une bouteille de champagne. Ils rirent de bon cœur lorsqu'elle s'étonna de l'effet des bulles. Ensuite, il lui fit servir des escargots.

— Qu'est-ce que c'est ? répéta-t-elle en les observant d'un air méfiant.

Elle prit sa fourchette pour goûter un mollusque.

— Cela se mange avec cet ustensile qui vous intriguait tant.

— De quoi s'agit-il, au juste ?

— De gastéropodes, dont l'un des noms savants est *Cornu aspersum*, répondit Kevin en portant l'un d'eux à sa bouche. Les fameux escargots.

— Chez nous, on n'en mange pas, fit-elle avec une moue de dégoût. On dirait des limaces dans une coquille.

Elle se mit à piquer un escargot de sa fourchette comme pour s'assurer qu'il ne bougeait plus.

— Les Romains de l'Antiquité en consommaient déjà. Il en existe même des élevages. Goûtez donc ! Je vous promets qu'ils n'ont rien de visqueux.

— Le faut-il vraiment ?

Il haussa une épaule.

— Rien ne vous y oblige. Cela demande un peu de courage, la première fois...

La jeune femme sortit un gastéropode de sa coquille et l'examina.

— Si je suis malade, ce sera de votre faute, car vous avez sous-entendu que je serais lâche de ne pas goûter ces créatures. Servez-moi un peu de champagne pour faire passer...

Il obéit, puis la regarda rassembler son courage. D'une bouchée, elle engloutit un escargot et le mâcha trois fois avant de l'avaler à l'aide d'une gorgée de champagne.

— Ce n'était pas plaisant, commenta-t-elle. Sans saveur et d'une texture étrange.

— On y prend goût.

La jeune femme préféra de loin la sole meunière.

— Vous devez venir souvent en France pour connaître à ce point cette gastronomie ?

— Assez souvent, oui.

— Avez-vous voyagé dans d'autres pays ?

— Après la victoire sur Napoléon, j'ai fait un tour d'Europe, comme la plupart des jeunes gens de mon âge... enfin, les garçons de mon milieu.

— Je n'ai visité que quelques régions anglaises, et encore. Mon village, Londres et Richmond. Je suis allée une fois à Brighton. C'est tout aussi bien. Les gens de votre rang parlent plusieurs langues, alors que je ne connais pas parfaitement la mienne.

Elle afficha une moue désabusée.

— Il n'est pas indispensable de parler plusieurs langues pour voyager, assura-t-il. Cela vous plairait ?

Cette question étonna la jeune femme.

— Je n'y ai jamais réfléchi. C'était tellement improbable... Néanmoins, je pense que cela me tenterait, un jour. Il est intéressant de découvrir d'autres lieux, d'autres coutumes. Même des escargots au dîner.

Que ressentirait-il s'il revoyait les sites visités dans sa jeunesse en compagnie de Rosamund ? Il l'imaginait sous le soleil grec ou égyptien, foulant les pavés de Florence. Il se voyait lui faire l'amour sur une terrasse de Positano, se baigner avec elle dans le lac de Côme...

Rosamund posa ses couverts.

— J'espère que vous n'avez rien commandé d'autre. Je n'ai plus faim. J'ai besoin de marcher un peu.

— Je vous accompagne. Allons faire un tour au bord de la Seine.

Le temps qu'elle monte chercher un châle, il commanda un fiacre et vérifia son courrier à la réception. Il avait reçu une lettre dont il prit connaissance. Il l'empocha au moment où la jeune femme le rejoignit. Elle était superbe avec sa capeline dont le bord ondulait autour de son visage, orné d'un plissé crème qui rehaussait son regard.

Son long châle assorti au chapeau lui couvrait les épaules. Il était trop fin pour la réchauffer, alors qu'il faisait frais.

— J'aurais volontiers mis une pelisse, mais aucune des miennes ne s'accorde avec cette robe.

— Ce sera suffisant, mentit-il en lui offrant son bras.

Paris était animé, même à cette heure tardive. Ils étaient loin d'être les seuls à flâner sur les quais de Seine.

— Ce fleuve sent plus mauvais que le nôtre, déclara Rosamund.

— C'est une grande ville et la Seine coule moins vite que la Tamise, qui bénéficie des marées.

Les réverbères illuminaient les bâtiments.

— Ces éclairages à huile sont conçus pour refléter la lumière sur un fond argenté, un système un peu rudimentaire mais très efficace.

— On se croirait un peu dans la City de Londres, avec un mélange de bâtiments somptueux et de vieilles maisons plus petites.

— Vous en verrez bientôt de très somptueux.

Sur la rive opposée se dressait une structure rappelant un château fort. Fascinée, Rosamund ne vit la cathédrale que lorsqu'elle se retrouva sur le parvis.

— Vous n'avez peut-être pas remarqué que nous avons emprunté un pont et que nous nous trouvons sur une île, déclara Kevin. Le cœur de Paris.

Il lui narra l'histoire de Notre-Dame, puis ils se remirent en route vers la Seine.

— J'ai reçu une lettre de M. Forestier, annonça-t-il tandis qu'ils contemplaient les eaux noires depuis un autre pont. Il propose un entretien demain, un dîner de bonne heure. Vous êtes invitée.

— Je ne comprendrai pas un mot de votre conversation. Que vais-je faire ?

— Vous serez jolie.

Elle se tourna vers lui, sans pouvoir déchiffrer son expression.

— Vous voulez que je détourne son attention afin de l'amadouer, c'est cela ?

— Vous serez là en tant qu'associée, dont l'aval est nécessaire. Si vous l'éblouissez au point de lui faire perdre ses moyens, ce ne sera ni votre faute ni la mienne.

— Je doute qu'il perde ses moyens ! s'esclaffa-t-elle. Sans doute est-il comme vous, trop absorbé par la science et les machines pour se laisser distraire par une femme.

Elle le sentit se crisper, puis il riva ses yeux sur elle, sombres et pétillants.

— C'est ce que vous pensez de moi ? Aurais-je été trop subtil ?

Le ton de sa voix déstabilisa la jeune femme.

— Vous n'êtes pas subtil, et vous m'avez dit que vous ne vous amourachiez jamais.

— Sans doute.

Il semblait plus proche d'elle, alors qu'il n'avait pas bougé. S'il la dominait de sa hauteur, elle ne se sentait en rien menacée. Un trouble étrange s'empara d'elle et son cœur s'emballa.

Dès qu'il posa une main sur sa joue, elle fut envahie d'une onde de chaleur qui se propagea dans tout son corps.

Les pensées de la jeune femme s'envolèrent. Abasourdie, elle avait le souffle court. Kevin prit son visage entre ses mains, puis il se pencha vers elle mais s'arrêta, comme s'il attendait quelque chose.

Enfin, il l'embrassa.

Ce baiser était en suspens depuis leur départ de Londres, de sorte qu'une forme de soulagement s'empara de la jeune femme. En revanche, elle n'imaginait pas réagir de la sorte. Toute raison l'abandonna. Elle accepta ses baisers langoureux d'abord, puis fougueux et passionnés. Séduite par la force de Kevin, elle se laissa aller à une excitation sensuelle qu'elle n'avait pas connue depuis longtemps. Le désir l'engloutit. Kevin mettait de l'intensité dans ce baiser, la même intensité qu'elle voyait parfois dans son regard.

En dépit de son trouble, elle releva la façon dont ses bras l'enlaçaient, le parfum qui émanait de lui, la façon dont sa langue faisait naître en elle de doux frissons, la pression de ses mains sur ses hanches, dans son dos. Lorsqu'il se mit à déposer un chapelet de petits baisers fébriles dans son cou, elle pencha la tête pour mieux s'offrir. Les frissons se multiplièrent. Ses seins se dressèrent et son ventre appela d'autres caresses…

Entendant des murmures tout proches, la jeune femme cria en pensée à ces importuns de s'éloigner. Ce qu'ils firent. Sans doute des passants qui se moquaient des amoureux de la nuit. Une chance, car elle ne voulait pas que cela cesse.

Elle se lova contre Kevin, qui s'interrompit pour la serrer dans ses bras, les lèvres sur son front. Il la caressa d'abord doucement du bout des doigts. Rosamund ne put réprimer une plainte sensuelle.

Devinant sa supplique, il glissa une main entre ses cuisses, par-dessus ses vêtements, et exerça une délicieuse pression.

Haletante, elle se cambra pour intensifier ce contact et accepter ce qu'il lui offrait, l'esquisse d'un plaisir. Ses caresses ne firent qu'éveiller une plus grande exigence. Soudain, Kevin ôta sa main et enroula les bras autour de la jeune femme.

Ils demeurèrent ainsi enlacés. Rosamund s'efforçait de retrouver ses esprits et de renoncer à aller plus loin. Elle observa le fleuve, les lumières de la ville, la balustrade contre sa hanche. Elle ignora le sentiment de culpabilité qui pointait dans un recoin de son esprit. Elle ne voulait rien regretter – pas encore – et profiter du bonheur sensuel qui pouvait naître entre un homme et une femme.

Dès qu'ils atteignirent l'extrémité du pont, Kevin comprit qu'elle ne l'accueillerait pas cette nuit-là dans son lit. Il ne lui proposa donc pas de poursuivre cette soirée à l'hôtel, alors qu'il en mourait d'envie.

Il l'embrassa et la fit monter dans un fiacre, car il voulait rentrer à pied.

Très vite, il s'en voulut de ce geste honorable. Il regrettait de ne pas avoir cédé à ses pulsions pour la faire sienne sur ce pont. Elle l'avait quasiment imploré. Les badauds ne s'en seraient guère offusqués. Pourquoi s'était-il comporté en gentleman ? Soulever sa robe et sa cuisse en public aurait été un manque de respect flagrant. Un comportement déplacé envers une femme décente.

L'était-elle vraiment ? Les femmes décentes avaient-elles coutume de se donner à un homme dans les parcs et sur les ponts ?

Il fit de nombreux détours, le temps de retrouver le contrôle de son corps et de son esprit. Pour ce faire, il se rappela que Rosamund constituait un obstacle. Cette femme entêtée n'était qu'une source d'ennuis. Hélas, en même temps il entendait ses soupirs, sentait son parfum… Il la voyait nue, offerte, haletante. Elle était si passionnée…

Ce désir était pour lui un enfer, mais le feu de la passion brûlait en lui. Impossible de l'éteindre.

Il mit presque une heure à se libérer du sort qu'elle lui avait jeté. Devant l'hôtel, il leva les yeux vers la fenêtre de sa chambre. Ressentait-elle la même frustration que lui, en cet instant ? Apparemment, elle était couchée, car la pièce était plongée dans le noir.

Pourvu qu'elle dorme bien ! Il savait, pour sa part, qu'il ne fermerait pas l'œil de la nuit.

13

Rosamund examina les plumes d'autruche disposées sur une table, dans l'arrière-boutique de M. Benoît. Certaines étaient teintées. Les Londoniennes apprécieraient-elles ces couleurs vives en automne et en hiver ?

Le vieux chapelier ne cessait de lui proposer des articles, plus étonnants les uns que les autres. Chaque fois que leurs regards se croisaient, il lui souriait. Il semblait deviner qu'elle n'hésiterait pas longtemps.

Elle avait trouvé cette boutique en se renseignant auprès d'une couturière recommandée par Minerva. Elles avaient réussi à communiquer malgré la barrière de la langue. Le commerçant fournissait les meilleures maisons de la ville.

Heureusement, il parlait anglais, car la jeune femme était seule. Kevin était sorti de bon matin. Dans un message, il expliquait qu'il avait des rendez-vous et qu'il passerait la chercher en fin de journée pour leur entrevue avec M. Forestier. Elle avait été soulagée de ne pas avoir à l'affronter tout de suite. Ils ne pourraient faire comme s'il ne s'était rien passé.

En sélectionnant quelques plumes, Rosamund y songeait encore. À quoi pensait-elle donc pour agir de la sorte, la veille ? « À ton plaisir », lui répondit sa petite voix intérieure, celle qui ne se trouvait aucune excuse et ne mentait jamais.

Elle était seule depuis trop longtemps. Depuis des années, seules ses propres mains la touchaient. Si elle était aussi vulnérable face au charme de Kevin, c'était parce qu'elle était frustrée. Et elle n'était pas si vulnérable, car elle avait su repousser d'autres hommes.

Elle s'en voulait de s'être laissée aller avec Kevin alors qu'elle allait bientôt revoir Charles. Elle était restée sage, s'était réservée pour lui. Ce moment d'égarement semblait déplacé. *Pourtant, ce n'est pas à Charles que tu pensais, sur ce pont...*

Elle s'efforça de revenir aux plumes et en sélectionna trois. Puis elle effleura un galon ourlé de perles minuscules, qui serait superbe sur un chapeau. Elle l'ajouta au reste de ses achats.

M. Benoît réapparut à son côté, portant un petit carton plat.

— Je prends tout cela, monsieur.

— Excellent choix ! Regardez ceci. La pièce est arrivée hier. Je ne vends pas de tissu normalement, mais...

La boîte contenait un coupon de soie verte. Rosamund s'émerveilla de sa finesse et de son brillant. Un gros-de-naples somptueux.

— Quel est son prix ?

Il le lui indiqua. Elle s'esclaffa. Jamais elle ne pourrait vendre un chapeau assez cher pour couvrir l'achat de ce tissu !

— Je vous le propose à moitié prix, dit M. Benoît avec un sourire. Parce que vous êtes très belle. Vous pourriez réaliser un chapeau pour vous-même et le porter quand vous reviendrez à Paris et dans ma modeste boutique...

— Si je découvre d'autres boutiques aussi merveilleuses que la vôtre, je suis certaine de revenir.

— Ah ! Dans ce cas, je vais vous indiquer quelques bonnes adresses. Vous trouverez peut-être de belles étoffes. Moins belles que celle-ci, bien sûr.

— Naturellement.

Elle quitta les lieux avec une liste de commerces et la promesse d'une livraison de ses achats à son hôtel. En passant près des jardins du Palais-Royal, elle décida de s'asseoir sur un banc.

Elle sortit un plan de Paris de son réticule et l'ouvrit à la page qu'elle avait marquée. Un cercle tracé au crayon entourait l'adresse de Charles.

Le lendemain, elle lui rendrait visite. Il était grand temps qu'elle le revoie.

En attendant l'heure d'aller chercher Rosamund pour leur rendez-vous, Kevin buvait du whisky. Il passa en revue ses précédentes entrevues avec Henri Forestier. Si ses chances de décrocher un accord étaient minces, il était déterminé à essayer. En cas d'échec, il poursuivrait son projet comme convenu à Londres.

Le problème, c'était que Rosamund s'était insinuée dans son esprit, avec les fantasmes les plus sulfureux. Son désir menaçait de le submerger. En consultant sa montre, il constata qu'il avait consacré bien trop de temps à sa rêverie érotique. Il enfila sa redingote et, quelques minutes plus tard, frappa à la porte voisine de la sienne.

La caméristе le fit entrer et le laissa dans le petit salon. Il entendit des murmures dans l'antichambre, puis la domestique réapparut, suivie de Rosamund.

Dès que Kevin posa les yeux sur elle, les fantasmes revinrent à la charge. La jeune femme portait la robe en soie rouge qu'elle avait commandée chez Mme Tissot. Sa famille se moquait de lui à cause de son manque d'intérêt pour la mode, mais il savait que ce modèle était du dernier chic. La taille un peu basse flattait sa poitrine généreuse, et son décolleté plongeant était audacieux. Le bas de la robe était un peu évasé et plus fluide que les modèles traditionnels.

Et surtout, cette robe n'était pas couverte d'ornements, de fanfreluches et de dentelles, à part quelques touches de dentelle fine. C'était Rosamund elle-même qui embellissait la toilette.

La camériste avait relevé ses cheveux blonds, que rehaussaient de petites perles.

— Cela ne convient pas ? fit-elle en prenant son réticule assorti. Vous m'aviez prévenue que le rouge était un pari risqué, et vous semblez réprobateur...

Réprobateur ? Il brûlait d'envie de la faire sienne sur-le-champ !

— Elle est... ravissante. Vous êtes superbe. Je vais sans doute devoir vous protéger des assauts de M. Forestier.

Elle rougit.

— Du moment que je ne vous fais pas honte. Vous préféreriez certainement que je ne vienne pas à ce dîner.

— C'est faux. Descendons. Une voiture nous attend.

La camériste posa un châle en soie rouge foncé sur ses épaules, puis Kevin lui offrit son bras.

Comment diable allait-il survivre à ce rendez-vous professionnel en présence de la délicieuse Rosamund ?

La voiture passa devant le Louvre et le Palais-Royal, avant de mettre le cap vers la Seine. Lorsqu'ils franchirent le pont où ils s'étaient embrassés la veille, la jeune femme fut troublée.

— J'ai découvert une excellente mercerie, aujourd'hui, déclara-t-elle, de peur que Kevin ne pense à la même chose qu'elle. Elle propose de magnifiques plumes colorées.

— Rouges ?

— Oui, mais pas seulement. Le mercier a aussi accepté de me vendre une pièce de soie qu'il venait de recevoir. J'ai l'intention d'en faire un chapeau pour Minerva. Elle a été si généreuse de son temps et de ses conseils ! Je tiens à la remercier à ma façon.

— Veillez à ce qu'il soit spectaculaire. Elle aime vos créations pour cela.

Il semblait distrait, l'esprit ailleurs. Sans doute pensait-il à M. Forestier.

Pourvu que ce rendez-vous se déroule au mieux ! Dans le cas contraire, ils n'auraient plus qu'à regagner Londres.

Il avait la mine soucieuse, le regard lointain. Soudain, il se tourna vers elle.

— Il y a une question qui me taraude.

— Laquelle ?

— Hier soir, si j'avais frappé à votre porte en rentrant à l'hôtel, m'auriez-vous laissé entrer ?

Quelle question ! Elle manipula son réticule pour ne pas croiser son regard. Il attendait patiemment sa réponse.

Elle renonça à se murer dans le silence.

— Non.

Une réponse sèche. Désagréable.

— Ce n'est pas parce que je n'ai pas..., marmonna-t-elle. Enfin, il était sans doute évident que je...

— Oui.

Le ton était tout aussi lapidaire.

— Quand il est manifeste qu'un homme et une femme se désirent, il se passe généralement quelque chose, dit-il. D'où ma question.

Il était plus à l'aise qu'elle, car il avait certainement l'expérience de ce type de conversation. Elle n'en avait aucune.

Elle faillit lui parler de Charles, mais cela n'expliquerait nullement son comportement sur le pont. Elle n'y comprenait plus rien.

— Vous n'avez pas frappé à ma porte, n'est-ce pas ? Peut-être pour la raison qui m'aurait empêchée de vous inviter à entrer.

— Quelle raison ?

— Si j'ai refusé d'être votre épouse, je ne veux pas être votre maîtresse non plus.

— Si seulement c'était aussi simple...

La voiture ralentit. Le soleil se couchait. Kevin se pencha vers elle. Son visage se retrouva dans l'ombre de la cabine.

— Si vous veniez frapper à ma porte, reprit-il, je vous promets que je vous inviterais à entrer.

Ils descendirent enfin et, côte à côte, se dirigèrent vers le lieu de rendez-vous.

Dans le restaurant, de nombreux couples étaient attablés. M. Forestier avait réservé un salon privé pour leur repas d'affaires. La fenêtre donnait sur l'île de la Cité et l'abside de Notre-Dame. Rosamund alla admirer la vue de plus près, dans la lumière dorée de cette fin de journée.

M. Forestier s'approcha de la jeune femme pour lui désigner divers édifices. Il lui sourit, la flatta, sous l'œil de Kevin qui ne savait qu'en penser.

Il lui avait présenté Rosamund comme son associée. Manifestement, Forestier avait eu le coup de foudre. Il avait adressé à Kevin un regard interrogateur, plein de complicité masculine. Kevin lui avait répondu de façon aussi éloquente. *Non, elle n'est pas ma maîtresse.* Cette honnêteté était tout à son honneur, car il avait eu envie de lui dire : « Si vous la touchez, je vous provoque en duel. »

À présent, Forestier profitait de la situation. Les femmes devaient trouver ce brun ténébreux d'une trentaine d'années fort séduisant. Rosamund ne faisait rien pour l'encourager. Kevin n'était toutefois pas certain qu'elle se rendait compte que leur hôte flirtait outrageusement. Peut-être n'y voyait-elle que de la courtoisie.

Le directeur du restaurant se présenta sur le seuil. Forestier s'entretint un instant avec lui. Rosamund en profita pour se rapprocher de Kevin.

— J'ignore à quoi je m'attendais, au juste, mais pas à un homme aussi jeune. Il ne manque pas de charme, je suppose. Pourquoi n'a-t-il pas emmené sa femme ?

— J'ignorais qu'il était marié.

— Je lui ai posé la question de façon indirecte. Quand il m'a désigné une école, je lui ai demandé si ses enfants la fréquentaient. Il m'a répondu qu'ils étaient inscrits dans un autre établissement, proche de l'université.

— Il y enseigne. Vous savez, les hommes mariés ayant une maîtresse ne sont pas rares, ici.

— Comme chez nous.

— Les Français sont moins discrets.

— Il paraît qu'en Angleterre, la discrétion est un phénomène récent, persista la jeune femme. Ah, le revoici. Quand parlerons-nous de son invention ?

— Quand il le décidera. Après le repas, je suppose.

Celui-ci fut succulent. Rosamund goûta les plats sans demander de quoi il s'agissait. Elle accorda toute son attention à M. Forestier. Kevin comprit vite que non seulement elle était consciente des manigances de leur hôte, mais elle faisait mine d'en être flattée.

Ce qui était peut-être réellement le cas.

La jalousie qui couvait en lui depuis le début de la soirée se mua en colère. Kevin aurait dû la présenter comme sa maîtresse !

Au moment du digestif, Forestier semblait ravi de profiter de la compagnie d'une femme charmante, quitte à oublier les affaires. Kevin perçut l'impatience de Rosamund, qui finit par se lever.

— Le vin m'a fatiguée. Monsieur Radnor, voulez-vous me raccompagner à la voiture ? Vous reviendrez ensuite discuter avec notre hôte.

Elle adressa à Forestier un sourire éblouissant.

— Je n'oublierai pas de sitôt cette soirée. Ce fut une expérience des plus merveilleuses, pour mon premier séjour à Paris.

Forestier semblait attristé de la voir partir. Kevin l'escorta dans la salle, puis vers la voiture.

— Si j'étais restée, il n'aurait jamais parlé travail, déclara-t-elle. Ça m'agace qu'il refuse de le faire en présence d'une femme, d'autant qu'il s'agit aussi de mes affaires. Mais mieux vaut que je me retire afin que vous progressiez.

— Je vous raconterai tout demain, promit-il tandis qu'elle s'installait dans la cabine.

— En fin d'après-midi, alors. J'ai à faire auparavant. J'espère que vous conclurez un accord, ce soir.

La voiture s'ébranla.

Rosamund se trouvait à bord du fiacre que lui avait appelé le concierge de l'hôtel. La rue où habitait

Charles semblait assez huppée, à l'instar de celles de Mayfair. L'architecture était différente, bien sûr, notamment la forme des toitures et des fenêtres.

Après l'arrêt du fiacre, elle s'attarda si longtemps que le cocher s'inquiéta et lui demanda si tout allait bien. Elle avait les yeux rivés sur la porte, espérant qu'elle s'ouvre et que Charles apparaisse comme par magie sur le seuil. Ce serait tellement plus facile si elle pouvait le croiser sur le trottoir !

Enfin, elle prit son courage à deux mains et tapa sur la vitre pour demander au cocher de l'aider à descendre. Elle s'assura que son chapeau n'était pas de travers et, l'estomac noué, se dirigea vers la porte.

Un vieil homme ouvrit. Elle lui tendit une carte et demanda à voir Charles Copley. Elle imaginait déjà son étonnement. Il serait surpris qu'elle possède une carte de visite et une adresse aussi prestigieuse.

Elle attendit des pas précipités et l'apparition de Charles, fou de bonheur. Elle avait vécu cette scène tant de fois dans ses rêves ! Elle était si soulagée d'être au bout du tunnel qu'elle en eut les larmes aux yeux.

Il y eut un bruit de pas, lents et mesurés. Le majordome lui fit signe de le suivre.

Ils traversèrent une salle à manger et franchirent plusieurs portes, avant de sortir dans le jardin.

— Veuillez patienter sur le banc de pierre, au fond.

Elle longea l'allée et s'assit. De son poste, elle ne voyait pas bien la maison. Enfin, elle aperçut une chevelure brune et bouclée, puis les yeux gris de l'homme qu'elle aimait.

Charles. Les yeux embués de larmes, elle sourit. Elle ne prit pas la peine de les essuyer, car c'étaient des larmes de joie.

Il lui rendit son sourire. Il avait les traits plus fermes. Un jeune homme changeait en cinq ans. La dernière fois qu'elle l'avait vu, il n'avait que dix-huit ans. Il arborait une coiffure moderne, et la coupe de sa redingote faisait fureur à Paris. Son regard autrefois pétillant et espiègle était plus mûr.

— Rosamund.

Elle réalisa qu'il se tenait immobile devant elle depuis un moment.

— Tu dois être surpris, dit-elle en réprimant son envie de se jeter à son cou.

— Je suis abasourdi. Que fais-tu ici ?

Le doute s'insinua en elle.

— Je séjourne à Paris et j'ai décidé de venir te voir. Cela fait si longtemps.

— Très longtemps, admit-il. J'ai failli ne pas te reconnaître.

— Je ne peux avoir changé à ce point !

— Pas vraiment. Toujours aussi ravissante, constata-t-il en détaillant sa silhouette. Tu as réussi, dans la vie.

— Oui, à ma grande surprise.

Il semblait jauger le prix de son ensemble. Elle ne put ignorer sa réserve. Il ne débordait pas de joie.

Il baissa les yeux vers sa carte de visite.

— Tu habites à cette adresse ?

— Oui. J'ai une maison à Londres.

— Vraiment ?

— C'est chez toi, ici ? demanda-t-elle à son tour.

— En réalité, je n'ai qu'un appartement. Il me convient.

— Mieux que la demeure de tes parents à Londres ?

— Bien mieux. Nos relations sont plus sereines depuis que je vis ici, loin d'eux.

— Tu as l'intention de rester à Paris toute ta vie ?

Charles ne la croyait pas. Il croyait qu'un homme l'entretenait. Pour lui, Kevin n'était que le dernier en date d'une série de protecteurs.

Rosamund ferma les yeux pour tenter de maîtriser la rage qui montait en elle. Le cœur brisé, elle lui rendit son mouchoir.

— Rien ne t'obligeait à me séduire, à me compromettre. Pourquoi l'as-tu fait si tu ne m'aimais pas ?

— Tu n'es pas idiote, Rosamund. Tu sais très bien pourquoi. Tu étais jolie, pétillante et douce. Moi, j'avais des ardeurs. Cependant…

Il effleura la joue de la jeune femme de ses doigts.

— La jolie jeune fille est devenue une femme superbe. Si j'avais su que tu évoluerais ainsi, je t'aurais peut-être cherchée, avant que ce Radnor te trouve.

Une fois de plus, il l'injuriait. *Si j'avais su que tu te vendrais à un homme, j'aurais songé à acheter tes faveurs.*

Elle le dévisagea comme si elle cherchait le Charles de ses souvenirs. L'homme qui se tenait devant elle n'avait jamais ressenti l'amour qu'il exprimait dans ses rêves.

Il fallait qu'elle s'en aille au plus vite, avant de perdre la raison.

— Je vais te laisser. Je suis désolée de t'avoir dérangé.

Elle s'éloigna en s'efforçant de rester digne, de ne pas montrer son humiliation et la tristesse qui menaçait de l'engloutir.

— Au moins jusqu'à la mort de mon père. J'aime Paris. Quant à savoir si je l'apprécierai autant quand je serai plus vieux... Qu'as-tu fait après qu'ils t'ont mise à la porte ? Je me suis toujours senti coupable.

— J'ai trouvé un poste dans une autre maison.

— Sans références ?

— On trouve toujours, à condition d'accepter d'être mal payé.

Charles fronça les sourcils.

— Moi qui m'inquiétais à l'idée que tu tombes entre les griffes d'hommes mal intentionnés...

Son ton réprobateur vint à bout de l'enthousiasme de la jeune femme.

— Tu veux dire d'hommes tels que toi, Charles ?

Il parut surpris.

— Je l'ai bien cherché, je suppose, marmonna-t-il. Mais tu étais plus que consentante.

— Nous étions amoureux. C'est différent.

— Un jeune homme est toujours amoureux quand la fille est jolie. Je suppose que tu l'as compris, à présent.

Le cœur gros, Rosamund eut toutes les peines du monde à masquer sa douleur. Comme c'était cruel !

— Tu es venue avec ta sœur ?

— Non. Lily est en pension.

— Tu ne peux voyager seule.

— En fait, si.

— J'en doute.

Elle s'approcha de lui. Il était resté en retrait, comme pour pouvoir fuir en cas de besoin. Qu'est-ce qui l'avait alarmé, au départ ? Qu'elle lui ait amené un bâtard ? Qu'elle soit venue lui soutirer de l'argent ? Il ne semblait pas ravi de sa présence, en tout cas.

Ce n'étaient pas les retrouvailles dont elle avait rêvé, loin de là, ni l'homme qu'elle croyait connaître.

Face à sa froideur, son indifférence, elle sentit son rêve s'envoler.

Un jeune homme est toujours amoureux quand la fille est jolie.

Quelle idiote elle avait été de venir le voir ! Et de penser que ce qu'ils avaient partagé était de l'amour. Elle n'avait été qu'une servante consentante et jolie.

Le cœur brisé, elle avait le souffle court. Elle avait envie de s'écrouler à terre et de pleurer à chaudes larmes, mais elle parvint à rester digne pour s'exprimer avec assurance :

— Je voyage indépendamment avec l'aide d'un ami qui connaît bien Paris, de sorte que je ne suis pas perdue dans ce pays étranger.

— Un ami parisien ? Je le connais peut-être.

— Il n'habite pas cette ville. C'est un ami londonien.

Elle hésita, mais elle voulait montrer à Charles son ascension sociale :

— Il s'agit de M. Kevin Radnor. Il vient souvent à Paris. Tu as pu le croiser.

— Radnor ?

Son étonnement consola un peu la jeune femme. La douleur était toujours présente, mais son sursaut d'orgueil l'apaisait.

— La famille de Hollinburgh ? reprit-il.

— Son cousin. J'ai eu le plaisir de rencontrer le duc, et je connais assez bien les Radnor.

Charles sourit. L'espace d'un instant, elle revit le jeune homme d'autrefois.

— Tu as gravi les échelons de la société, Rosamund. Des séjours à Paris, une sœur en pension, une adresse prestigieuse… Je croyais que tu venais me reprocher notre liaison. En fait, elle a été un point de départ pour toi.

— Ce n'est pas ce que tu crois.

Je suis venue parce que je t'aimais et que je vis avec ces souvenirs depuis cinq ans. Ce qu'elle ne pouvait exprimer à voix haute, car il venait de lui faire comprendre que son rêve ne reposait sur rien.

Comment avait-elle pu se mentir aussi longtemps ? Quand ils étaient amants, elle était ignorante, ce qui n'était plus le cas. Elle connaissait les hommes, désormais. Il n'avait pas cherché à la revoir alors qu'il était facile de la retrouver.

Quelle idiote !

— C'est exactement ce que je crois, insista-t-il avec dédain. Au moins, tu es entretenue et il semble que tu aies trouvé un arrangement lucratif. En tout cas, je ne crains pas que tu te donnes à des hommes sous les ponts. Je me réjouis de ta bonne fortune. Si tu es habile, tu pourrais même séduire le duc lui-même.

Ces paroles furent pour elle autant de coups plus violents les uns que les autres. Les émotions prirent le dessus, au détriment de sa fierté.

— Tu es odieux ! s'exclama-t-elle. Il n'y a eu que toi. Personne d'autre. Pendant des années, je t'ai attendu. Tu avais promis de revenir me chercher et que nous serions ensemble. Je t'ai cru. Je t'ai cherché, et voilà que tu m'injuries !

— Baisse d'un ton et ressaisis-toi. Tu devais te douter que je ne viendrais pas te chercher. Tout était fini au moment où je suis monté dans cette voiture, ce jour-là. Ma famille ne t'aurait jamais acceptée. Même avec cette tenue élégante.

Il sortit un mouchoir qu'il lui tendit.

— Tu es odieux, répéta-t-elle en se tapotant les yeux.

— Désolé. Tu es mieux avec Radnor qu'avec moi. Je ne pourrais te payer une maison dans Chapel Street.

Charles ne la croyait pas. Il croyait qu'un homme l'entretenait. Pour lui, Kevin n'était que le dernier en date d'une série de protecteurs.

Rosamund ferma les yeux pour tenter de maîtriser la rage qui montait en elle. Le cœur brisé, elle lui rendit son mouchoir.

— Rien ne t'obligeait à me séduire, à me compromettre. Pourquoi l'as-tu fait si tu ne m'aimais pas ?

— Tu n'es pas idiote, Rosamund. Tu sais très bien pourquoi. Tu étais jolie, pétillante et douce. Moi, j'avais des ardeurs. Cependant...

Il effleura la joue de la jeune femme de ses doigts.

— La jolie jeune fille est devenue une femme superbe. Si j'avais su que tu évoluerais ainsi, je t'aurais peut-être cherchée, avant que ce Radnor te trouve.

Une fois de plus, il l'injuriait. *Si j'avais su que tu te vendrais à un homme, j'aurais songé à acheter tes faveurs.*

Elle le dévisagea comme si elle cherchait le Charles de ses souvenirs. L'homme qui se tenait devant elle n'avait jamais ressenti l'amour qu'il exprimait dans ses rêves.

Il fallait qu'elle s'en aille au plus vite, avant de perdre la raison.

— Je vais te laisser. Je suis désolée de t'avoir dérangé.

Elle s'éloigna en s'efforçant de rester digne, de ne pas montrer son humiliation et la tristesse qui menaçait de l'engloutir.

14

Un grand fracas vint interrompre le rêve de Kevin. Il se réveilla en sursaut, les yeux rivés sur le mur de sa chambre. Le bruit provenait de la suite de Rosamund.

Un nouveau bruit. Des bris de verre ou de porcelaine. Puis plus rien.

Kevin se leva du fauteuil dans lequel il s'était assoupi en attendant le retour de la jeune femme. Il voulait lui raconter la suite de son entrevue avec Forestier. À en juger par la lumière faiblissante, il avait dormi jusqu'à la fin de l'après-midi.

Soudain, il perçut une longue plainte de douleur qui l'alarma. Et si elle était blessée ?

Il frappa à la porte de Rosamund. Pas de réponse. Il attendit, guettant un bruit de pas, mais il n'y eut que le silence.

Se serait-il mépris ? Il regagna sa propre chambre et colla une oreille au mur. Au moment où il allait conclure à une hallucination auditive due à son réveil brutal, il entendit un sanglot, suivi d'un juron.

Puisqu'elle n'avait pas ouvert la porte, elle souhaitait rester seule, sans doute... Tant pis !

Il sortit sur le balcon et enjamba la balustrade pour sauter sur celui de la jeune femme. Par la fenêtre, il la vit assise sur le divan, le visage dans les mains. Elle se balançait d'avant en arrière.

Cette fois, Kevin ne prit pas la peine de frapper et actionna la poignée de la porte-fenêtre. Aussitôt, la jeune femme se crispa. Elle posa les mains sur ses genoux, sans se redresser ni le regarder.

— Seriez-vous souffrante ? Blessée, peut-être ?

Elle parvint à se ressaisir un peu et se tint plus droite. Elle s'essuya les yeux avec le mouchoir qu'elle tenait dans son poing serré.

— Je n'ai subi aucune blessure physique, souffla-t-elle. Je n'ai pas eu d'accident de fiacre, je n'ai pas été agressée par un voleur. Je suis en deuil. Je pleure quelqu'un… ou plutôt, quelque chose. Ne vous inquiétez pas.

Elle semblait dévastée de tristesse. Son expression brisa le cœur de Kevin.

— Au contraire, je suis inquiet. Auriez-vous reçu une mauvaise nouvelle de chez vous ? Votre sœur ? Une amie ?

Elle secoua la tête et, enfin, posa les yeux sur lui. Elle le fixa comme pour jauger la confiance qu'elle pouvait lui accorder. Elle s'adossa plus confortablement sur le divan et poussa un long soupir.

— Aujourd'hui, j'ai découvert qu'une histoire qui me tenait particulièrement à cœur n'était qu'un mensonge, une illusion…

Elle eut un geste désabusé. Kevin s'assit à côté d'elle.

— Dans ce cas, vous avez le droit de pleurer tout votre saoul.

Il posa le bras sur le dossier du divan, derrière elle.

— Si vous avez besoin d'une épaule réconfortante…

Elle n'hésita qu'une fraction de seconde, avant de se blottir contre lui.

Ils demeurèrent silencieux un long moment, ainsi enlacés. Il sentait le souffle de ses soupirs dans son oreille. Dehors, le soleil se couchait, baignant la ville

d'une lumière dorée. Une douce brise entrait par la porte-fenêtre.

— Merci, dit enfin Rosamund.

Kevin n'était pas réputé pour son tact, mais il savait qu'il valait mieux ne rien dire et la laisser parler si elle le souhaitait.

— En arrivant à Londres, commença-t-elle, je suis entrée comme domestique chez un gentleman. Je venais de la campagne et n'étais pas à la hauteur, donc il me payait moins. J'avais besoin de travailler, alors je m'en contentais. J'ai commencé dans les cuisines et, au bout de quelques mois, je suis devenue femme de chambre. Je me sentais chanceuse car c'était une maison somptueuse.

— Vous valiez sans doute deux fois ce que l'on vous payait.

— Au moins, je gagnais ma vie. Un jour, j'ai commis l'erreur de tomber amoureuse du fils de la famille. Nous sommes devenus amants.

— Ses parents l'ont découvert ?

Elle hocha la tête.

— Et votre patron vous a mise à la porte.

— En pleine nuit, et sans références.

— Et le fils ?

— Ses parents l'ont envoyé faire le tour de l'Europe.

Elle se rapprocha un peu et s'exprima d'une voix plus assurée :

— Nous nous étions juré un amour éternel. Il m'a promis de venir me chercher, et je l'ai cru.

— Vous étiez jeune.

— Tout à l'heure, j'y croyais encore. Quelle idiote ! Mes illusions étaient puériles.

— J'espère que vous ne vous en voulez pas. Ce type n'était qu'un scélérat.

— Je ne regrette pas d'être tombée amoureuse, à l'époque, ni de l'avoir cru. Je m'en veux de ne pas

avoir compris la vérité pendant cinq longues années, de m'être accrochée à un rêve dérisoire. J'aurais dû me ressaisir plus tôt. Je ne suis pas aussi stupide, normalement.

Indiquez-moi son nom, que j'aille le corriger. Cela ne servirait à rien mais il y prendrait un certain plaisir.

— L'avez-vous revu aujourd'hui ? Est-ce la raison de votre tristesse ?

— Hélas oui. J'ai chargé Minerva de le retrouver. Si j'ai tenu à venir à Paris, c'était pour le revoir. Les retrouvailles ne se sont pas déroulées comme je l'espérais, admit-elle avec un petit rire amer. Minerva m'avait pourtant mise en garde. Je ne l'ai pas écoutée. J'étais tellement certaine...

La voyant sur le point de céder de nouveau au chagrin, il l'embrassa sur la joue.

— Je suis désolé que vous ayez subi une telle déception.

— C'est le moins que l'on puisse dire, répondit-elle en se tournant vers lui. Il a vu que je portais un ensemble de qualité et a remarqué mon adresse sur ma carte de visite. Il a découvert que vous étiez mon ami, que je m'exprimais mieux, et que Lily était en pension. Toutes ces choses qui, j'en étais persuadée, me rendraient digne de lui, il les a prises pour des signes de... de...

— Il vous l'a dit ?

Elle hocha la tête et posa à nouveau la tête sur son épaule.

— Je ne connais pas cet homme et je le méprise déjà, avoua Kevin.

Il était incapable de garder le silence face à l'affront qu'elle avait enduré. Il enchaîna :

— Pas seulement parce qu'il vous a fait pleurer, ce qui est déjà grave. Excusez ma franchise, mais c'est une crapule ! Il a séduit une innocente qui travaillait

pour sa famille, lui a tourné la tête en lui faisant de belles promesses et l'a abandonnée après l'avoir compromise. Il n'a pas pris de vos nouvelles par la suite, et quand vous vous présentez chez lui, pleine d'espoir, il vous insulte !

Au milieu de cette tirade, elle s'était tournée vers lui. À son tour, elle déposa un baiser sur la joue de Kevin.

— Vous n'avez aucune raison de vous emporter contre lui. Vous ne le connaissez pas.

— Eh bien, donnez-moi son nom.

— Pourquoi ?

— Je vais le provoquer en duel.

— Pas question ! C'est trop dangereux.

— Pas pour moi.

— Qu'en savez-vous ?

— Les hommes de son espèce sont trop paresseux et arrogants pour s'entraîner assidûment. Pour ma part, j'ai passé de nombreuses heures à perfectionner mon adresse à l'épée comme au pistolet. Ne vous inquiétez pas, ajouta-t-il face à son visage soudain devenu pâle, je ne le tuerai pas. Quel est son nom ?

— Non, non et non !

Elle lui donna une tape sur l'épaule.

— Je suis touchée que vous vouliez défendre mon honneur, mais vous n'en ferez rien. Je n'aurais pas dû me confier à vous. Oubliez ce projet !

Sa colère remit les idées de Kevin en place. Il ferma les yeux et pensa à autre chose. À elle.

— C'est mieux, commenta Rosamund d'un ton presque joyeux.

Les yeux toujours fermés, il entrevit la robe en soie rouge de la veille.

— Lui avez-vous parlé de votre héritage ?

— Non.

— Tant mieux. Il vous aurait menti et vous aurait juré un amour absolu.

— Et je l'aurais cru, car c'était ce que je voulais entendre. Je ne lui ai rien dit car j'avais peur qu'il ne pense que le défunt duc et moi… Il a pensé ce genre de choses, de toute façon.

Kevin rouvrit les yeux pour la dévisager.

— Vous êtes belle et désirable, et intelligente, Rosamund. Il ne vous mérite pas. C'est une bonne chose que vous soyez débarrassée de lui.

— Vous promettez de ne pas le provoquer en duel ?

— Si vous insistez…

Il déposa un baiser sur son front pour la rassurer. Elle afficha une expression de surprise. Se sentait-elle indigne d'un homme, quel qu'il soit ? Il maudit ce scélérat.

Il avait une furieuse envie de l'embrasser sur la joue. Puis sur les lèvres. De l'attirer vers lui et prendre son visage entre ses mains pour prolonger le baiser, encore et encore.

En gentleman, Kevin se leva et retourna sur le balcon pour gagner sa chambre.

Rosamund passa le reste de la soirée seule dans sa suite. Elle fit monter un repas et demanda à sa camériste de la laisser.

Les pensées se bousculaient dans son esprit. Elle n'avait plus besoin de cette grande maison, désormais. Elle pouvait aussi se dispenser de ses leçons de maintien. Son projet visait à impressionner Charles. Comme tout cela lui semblait stupide !

Elle eut beau se concentrer sur l'avenir de ses deux boutiques, l'humiliation que lui avait infligée Charles persistait. Il l'avait ridiculisée et souillée à la fois. Si Phillip Radnor l'avait agressée physiquement,

Charles l'avait blessée par ses mots et son comportement.

Dans son lit, elle demeura allongée, incapable de trouver le sommeil. Elle venait de perdre une partie de son âme et n'était plus certaine de savoir qui elle était vraiment.

Si seulement elle n'avait pas recherché Charles ! Elle aurait pu continuer à vivre dans son rêve, profiter de ce séjour à Paris. Elle aurait pu s'enthousiasmer des changements qui intervenaient dans son existence. Sans penser au-delà.

Elle avait laissé la porte-fenêtre ouverte, pour profiter de la fraîcheur de la nuit. Elle entendit soudain son voisin fermer sa propre porte-fenêtre.

Kevin.

Il s'était montré très gentil. Il avait perdu une journée entière à guetter son retour, puis il l'avait réconfortée, lui qui semblait indifférent aux convenances.

Il avait trouvé les mots pour la consoler. « Vous êtes belle et désirable, et intelligente, Rosamund. Il ne vous mérite pas. »

Ces compliments étaient sincères, elle le savait, car il n'était pas homme à mentir dans ces circonstances. Elle se mit à réfléchir à ce séjour à Paris, les attentions de M. Forestier, l'achat de fournitures pour ses boutiques, les baisers échangés sur le pont dans la pénombre...

Elle avait ressenti de la joie et du plaisir, et s'était sentie vivre enfin. Elle n'avait pas voulu aller plus loin, de peur de trahir Charles. Mais maintenant...

Soudain, elle prit une décision. Elle se leva, enfila un peignoir et quitta sa suite pour frapper à la porte voisine...

N'entendant plus de plaintes ou de sanglots provenant de chez Rosamund, Kevin se coucha. Le lendemain matin, il parlerait à la jeune femme de son échange avec Forestier. Certaines questions devaient être réglées sans tarder. C'était une étape critique pour son entreprise.

Il dressa l'oreille. S'était-il retiré trop vite ? Elle avait semblé se sentir un peu mieux. Mais il avait dû partir avant de se comporter comme le dernier des butors.

Il était en chemise quand il entendit des coups frappés à sa porte. Son valet, sans doute. Il alla ouvrir pour rappeler à l'employé qu'il n'avait plus besoin de lui jusqu'au lendemain.

Rosamund se tenait sur le seuil, vêtue d'un peignoir. Ses cheveux bouclés cascadaient sur ses épaules. Kevin sentit sa gorge se nouer.

— Vous avez dit que vous m'ouvririez votre porte..., déclara-t-elle.

Il s'effaça pour lui permettre d'entrer. À la lueur de la lampe, ses cheveux scintillaient d'éclats dorés.

Elle fit le tour de la pièce, en effleurant les meubles de ses doigts graciles. Il aurait pu l'admirer pendant des heures...

— Vous êtes trop triste pour dormir ? Avez-vous besoin de vous changer les idées ?

Il restait près de la porte, adossé au chambranle, de peur de s'approcher trop vite.

— Je suppose que je serai un peu triste pendant un certain temps, mais je suis surtout en colère.

— Excellente réaction. Je suppose que vous êtes furieuse contre lui et non contre vous-même.

Elle s'arrêta près de la porte-fenêtre donnant sur le balcon.

— Je le crois, oui. Je dois tourner la page. J'ai perdu assez de temps à cause de ce rêve puéril.

L'atmosphère était chargée de non-dits et d'un désir grandissant. Ils se dévisagèrent longuement. Kevin n'osait exprimer son attirance, par peur d'être rejeté.

— Je me demandais si, peut-être, nous pourrions nous embrasser à nouveau..., proposa-t-elle enfin avec un sourire hésitant.

Il n'en fallut pas davantage. Kevin s'avança, la prit dans ses bras et l'embrassa avec fougue. Sa conscience ne le tourmenta pas longtemps.

— Si je suis parti tout à l'heure, c'était pour éviter de profiter de la situation, expliqua-t-il. Je ne peux vous promettre d'être sage, cette fois.

— Je ne veux pas que vous soyez sage.

Il lui saisit le menton pour mieux la dévisager au clair de lune. Son désir était si intense qu'il avait envie de se jeter sur elle.

— Allez-vous faire comme si j'étais votre ancien amant ?

— Je suis venue parce que je n'ai pas pensé à lui, sur le pont. Pas une seconde. Pourrions-nous renouveler l'expérience ?

— Si vous êtes certaine de vouloir de moi, oui. Le plaisir est un domaine qui m'est devenu familier.

Elle se hissa sur la pointe des pieds pour l'embrasser.

— Je m'en doutais. Quand un sujet vous captive, vous ne faites pas les choses à moitié.

Il dégrafa un premier bouton de son peignoir.

— Je vous préviens : ce soir, pas de demi-mesures.

Elle n'exprima aucune objection.

Rosamund découvrit que le plaisir était capable d'effacer le reste, de surpasser la peur et le chagrin. À chaque bouton qu'il dégrafait, l'excitation montait et emportait une partie du monde extérieur.

Dès que le peignoir chuta à ses pieds, elle se lova dans ses bras puissants. Sa chaleur, ses attentions vinrent à bout de ses émotions de la journée. Très vite, elle retrouva sa fougue et répondit à ses baisers comme sur le pont, l'autre soir.

Il se montra prudent, pour ne pas la brusquer. Alors elle lui prit la nuque et l'embrassa de plus belle. De sa langue, elle joua avec la sienne dans un duel sensuel, empli d'une passion partagée.

Il déposa de petits baisers brûlants dans son cou tout en explorant ses courbes de ses mains fébriles. Le moindre contact était un délice décuplé, surtout lorsqu'il se mit à lui pétrir un sein. Sa chemise de nuit n'était pas un obstacle à ses attentions. D'ailleurs, elle rejoignit vite le peignoir sur le sol. La paume de Kevin était divine sur sa peau. Plus rien n'existait que leurs corps et ces sensations uniques, étourdissantes.

Deux bras la soulevèrent. Elle se sentit flotter dans les airs, puis il la déposa sur le lit. Ses mamelons dressés par le désir étaient presque douloureux.

— Vous n'êtes pas consciente de votre beauté, souffla-t-il. C'est charmant...

Il se pencha pour titiller un téton à petits coups de langue. Rosamund en eut le souffle coupé, puis elle se mit à trembler de tous ses membres. Il continua à la tourmenter, explorant chaque parcelle de peau de ses mains expertes.

Enfin, il s'aventura entre ses cuisses. Elle était consciente que ces attentions devaient être réciproques. Lorsqu'elle tendit une main pour le caresser à son tour, il saisit ses poignets et les leva au-dessus de sa tête.

— Une autre fois, murmura-t-il.

Elle se retrouva vulnérable et pantelante. De sa bouche, il l'invita à s'abandonner, ce qu'elle fit avec joie. Le désir, le plaisir régnaient désormais.

Soudain, tous ses sens se concentrèrent en un lieu, son bouton de rose qu'il stimula au point qu'elle agita les jambes. Il les immobilisa à l'aide des siennes et l'embrassa sur la joue, sans cesser de faire monter le plaisir. Elle était presque en larmes et, tout à coup, une onde extraordinaire explosa en elle, la laissant pantelante.

Enfin, Kevin s'allongea sur elle et la pénétra. Dès qu'il relâcha ses poignets, elle agrippa ses hanches. La sensation de son sexe en elle lui procurait une sensation de plénitude, délicieuse conclusion à ce moment partagé...

— Si tu as froid, je peux allumer du feu.

La brise provenant du balcon était plus fraîche. Il se garda de fermer la porte-fenêtre, car il appréciait le contraste de l'air sur sa peau brûlante.

Rosamund se lova contre lui, sous les couvertures.

— C'est bien comme ça...

Il l'enlaça.

— Tu préfères que je parte ? s'enquit-elle d'une voix étouffée contre son corps.

— Je préfère que tu restes.

D'abord, il avait envie de contempler son visage, encore et encore. Elle semblait apaisée, sereine. Repue. Il en était ravi car s'il connaissait le plaisir féminin, il n'avait jamais eu de partenaire telle que Rosamund. Kevin avait tout appris dans les bordels parisiens et londoniens. C'était la première fois qu'il venait à Paris sans se rendre dans les meilleures maisons closes de la Ville lumière, un passe-temps qu'il appréciait toujours.

Savourant la sensation de leurs corps nus enlacés, il se demanda si tout cela était nouveau pour elle. Ce scélérat s'était peut-être contenté de la prendre dans un couloir, contre un mur. En tant que domestique, elle ne pouvait se présenter dans sa chambre à coucher, et encore moins s'attarder au lit avec lui ensuite.

Elle se redressa et posa le menton sur le torse de Kevin pour plonger dans son regard.

— Tu ne m'as pas encore relaté ta conversation avec M. Forestier après mon départ du restaurant.

— Ça peut attendre demain matin.

— Tu mens mal. Je vois dans tes yeux que les nouvelles ne sont pas bonnes.

— Mais non ! Le moment est mal choisi pour parler travail, voilà tout.

Elle rit doucement et plaqua un baiser sur son torse.

— Tu es charmant, à ta façon un peu étrange. Tu dois pourtant savoir que si tu as besoin de mon accord pour l'entreprise, il n'y a pas de meilleur moment.

— Il n'y a rien à accepter. Donc…

Il haussa les épaules. La jeune femme fronça les sourcils.

Il la fit pivoter pour la coucher sur le dos et fit glisser les couvertures pour contempler ses seins. Dès qu'il caressa la peau laiteuse, la mine soucieuse de Rosamund se transforma.

— Le rendez-vous n'a rien donné de plus que les autres fois – avec deux changements, qui ne sont pas dans mon… dans notre intérêt.

— Lesquels ?

— Il est désormais question de dix mille livres pour céder son brevet. Quelqu'un d'autre est prêt, paraît-il, à payer cette somme à la fin de la semaine.

— Quel voleur !

Il caressa distraitement son sein.

— Bref, l'affaire ne se fera pas. Nous continuerons sans lui.

Elle ne semblait plus l'écouter. Les yeux fermés, elle savourait le plaisir qu'il lui procurait. Elle se cambra pour mieux s'offrir. Kevin se pencha afin de lui donner un petit coup de langue.

— De combien disposes-tu ? demanda-t-elle soudain, dans un souffle.

Il dut se concentrer pour répondre à cette question inattendue.

— Trois mille immédiatement. Cinq mille en juin, quand je toucherai les intérêts d'un placement.

Pour l'heure, cela ne lui servait à rien. Il aspira un mamelon entre ses lèvres tout en titillant l'autre de ses doigts. Sa verge durcissait un peu plus à chaque soupir de la jeune femme.

— Je possède... le reste de la somme. Nous pourrions...

Elle s'était exprimée entre deux plaintes rauques. Quand il assimila enfin le sens de ses paroles, il la dévisagea avec stupeur.

Elle garda les yeux fermés, mais esquissa un sourire.

— Ne t'arrête pas. Pas de demi-mesures, c'est toi qui l'as dit.

Il l'attira en position assise, afin de voir le plaisir que lui procuraient ses caresses. L'excitation adoucissait ses traits, que masquaient en partie ses cheveux. Puis elle se figea, les lèvres entrouvertes, les paupières mi-closes.

Il approcha son visage de ses seins, puis il la tourmenta des mains et de la bouche jusqu'à ce qu'elle se mette à trembler. Lorsqu'il glissa enfin les doigts entre ses cuisses, elle ne put réprimer un cri. N'y tenant plus, il la prit par les hanches et la pénétra lentement pour les libérer de cette délicieuse torture.

Il la fit basculer sur lui.

— C'est mon tour ? demanda-t-elle, taquine.

Il sourit.

— Je suis à ta merci.

Elle entama un mouvement de va-et-vient sensuel.

— C'est différent… et merveilleux.

— Elles le sont toutes.

— Quoi donc ?

— Les diverses positions. Chacune a ses avantages.

Elle effectua un mouvement ascendant et, au moment de redescendre, se déplaça légèrement pour accentuer le contact velouté de sa verge en elle.

— Tu aimes ça… je le sens, fit-elle, curieuse de mener d'autres expériences.

Il se retint pour lui permettre de s'amuser encore, mais il était sur le point d'exploser. Par chance, elle était aussi impatiente que lui d'atteindre l'extase. Rosamund ferma les yeux et fut secouée de spasmes de plus en plus intenses. Elle rejeta la tête en arrière en poussant un cri rauque, le souffle court.

Kevin glissa une main entre eux pour stimuler son bouton de rose. Elle perdit alors tout contrôle. Dans un dernier tremblement, elle s'abandonna à la jouissance.

Enfin, il l'attira dans ses bras et lui agrippa les hanches pour prendre le relais. Après quelques coups de boutoir puissants, il déversa en elle sa semence, ivre de bonheur.

15

Rosamund descendit l'escalier. Elle avait rendez-vous avec Kevin dans le jardin de l'hôtel pour le petit déjeuner.

Elle avait fini par sombrer dans un sommeil bienfaisant et, à son réveil, elle était une autre femme. En se préparant, elle n'avait guère pensé à Charles. La douleur sourde qu'éveillait son souvenir s'atténuait.

Elle ne se sentait en rien coupable de son inconstance ou de son libertinage avec Kevin, une expérience fascinante et très agréable. Il lui avait montré le chemin alors qu'elle était perdue. Comment pourrait-on lui reprocher d'avoir cherché refuge dans ses bras ?

La question était de savoir si elle devait recommencer.

Entre les murs couverts de lierre, quelques tables étaient installées, ornées de bouquets de fleurs. Elle n'imaginait pas de cadre plus bucolique.

Kevin buvait un café. Rosamund hésita : que dire au lendemain d'une telle nuit ?

En la voyant, il se leva. Il était resté le même, à part la chaleur de son sourire et son regard qui dénotait leur intimité nouvelle. Il passa commande auprès du serveur. Très vite, la jeune femme vit arriver du thé, des tartines et des petits gâteaux.

— Nous devons parler de M. Forestier, déclara-t-elle. Tu me l'avais promis.

— D'abord, parlons de cette nuit.

— Je me demandais justement comment aborder le sujet, avoua-t-elle.

— Je suppose que des remerciements sont de mise.

— Ah bon ? Alors merci.

Elle l'observa par-dessus sa tasse de thé. Il était hilare.

— C'est au gentleman de remercier, Rosamund, pas à la dame.

— Ah…

— Merci pour cette nuit merveilleuse, incomparable.

— Eh bien moi, je te remercie quand même, car je ne t'ai guère laissé le choix.

— Je comprends que tu aies eu besoin de te changer les idées. As-tu trouvé une forme de consolation ?

Elle sourit.

— Oh oui !

— Si tu souhaites renouveler l'expérience, n'hésite pas à me le faire savoir, surtout.

Il souhaitait partager d'autres nuits avec elle…

— Je n'y manquerai pas. À présent, venons-en à M. Forestier. Hier, en te parlant de participer au financement, j'étais sincère. Je suis ton associée, après tout.

— Tu es absolument certaine de ta décision, maintenant que tu as les idées claires ? Hier soir, tu étais troublée…

Elle le fusilla du regard.

— Quelle suffisance, Kevin ! Douterais-tu de mes capacités mentales ?

— J'étais en train de te titiller les seins, souffla-t-il en se penchant vers elle.

Elle soupira.

— Ce qui était fort agréable, je l'admets. Mais j'étais encore en état de raisonner.

— Si tu souhaites investir de l'argent, je ne m'en plaindrai pas. Comment vois-tu la suite ?

— Il nous faut dix mille livres d'ici la fin de la semaine...

— Je n'ai pas à lui remettre la somme. Il suffit de signer les documents et de lui garantir un paiement rapide.

— Tu veux dire que nous ne sommes pas obligés de rentrer au plus vite à la maison pour remplir une malle de lingots et revenir ensuite ? railla-t-elle. Quelle chance !

— Je voulais être certain que tu avais bien compris, se justifia Kevin d'un air prudent.

Elle acquiesça en signe d'apaisement.

— Tu as bien fait. Bref, dès notre retour à Londres, je verserai sept mille livres et toi, trois mille. Ensuite, en juin, tu me rembourseras deux mille et nous serons à égalité.

Elle mordit dans une madeleine.

— Ou si tu préfères, reprit-elle, tu garderas les deux mille livres et je serai majoritaire.

La pâtisserie avait une saveur de fleur d'oranger. C'était pour elle à la fois original et délicieux.

Kevin affichait cet air agacé qu'elle lui connaissait.

— Rosamund, si tu penses que je vais te permettre d'être majoritaire dans notre entreprise, même temporairement, tu te méprends.

— Comme tu voudras. À présent, tu peux faire part à M. Forestier de notre décision. Quant à moi, je vais faire quelques emplettes.

— Il voudra peut-être te voir. Tu lui as beaucoup plu, tu sais.

— Il me verra lors de la signature des documents. S'il nous rejette, il ne me verra plus.

Le serveur vint remplir sa tasse de thé. Elle en profita pour choisir une viennoiserie.

— Que voulais-tu dire exactement en qualifiant notre nuit d'incomparable ? reprit-elle.

— Pardon ?

— Tu as qualifié notre nuit d'incomparable.

— Eh bien, c'était une nuit sans pareille...

— Je connais la signification de l'adjectif « incomparable », Kevin !

— Je m'en doute. Eh bien, je voulais dire...

Il parut soudain mal à l'aise, ce qui ne lui était pas coutumier.

— Disons que je n'ai pas l'habitude de passer la nuit avec une amante.

Rosamund dégusta une bouchée de croissant, qu'elle trouva succulent. Une véritable révélation. Quel dommage qu'on n'en trouve pas à Londres !

— Tu n'as pas l'habitude de passer une nuit entière avec une femme, ou bien d'avoir une amante ?

— Les deux, avoua-t-il en évitant son regard.

— C'est sans doute parce que tu ne tombes jamais amoureux. Tu préfères les bordels, qui présentent aussi l'avantage de te permettre d'étudier l'art des ébats sexuels.

Le silence de Kevin était éloquent.

Se rendrait-il dans l'une des maisons closes parisiennes, ce soir-là ? Elles étaient *incomparables*, d'après la légende...

— Mademoiselle n'est pas avec vous aujourd'hui ? s'étonna M. Forestier dans son bureau, à l'université.

— Elle passe l'après-midi à faire des emplettes au Palais-Royal. Elle m'a chargé de vous dire qu'elle sera ravie de vous revoir à l'occasion de la signature de notre accord.

— Avons-nous conclu un accord ?

— Absolument. Nous vous verserons dix mille livres en échange d'une licence exclusive, comme vous le souhaitiez.

Ils étaient installés dans deux fauteuils, devant la cheminée. Les fenêtres étaient ouvertes et, dans la cour, les étudiants discutaient avec vivacité. Forestier fronça les sourcils.

— Je ne pensais pas que vous trouveriez les fonds, admit-il enfin. J'aurais dû me montrer plus explicite durant le dîner. Mais cette demoiselle... comment dire ?

— Elle vous a distrait.

Elle vous a ensorcelé, vous a fait perdre la tête.

Il regretta de ne pas avoir insisté pour que Rosamund soit présente. Elle aurait pu convaincre Forestier de conclure ce maudit accord.

— Voyez-vous, l'autre personne m'a proposé davantage.

— Combien ?

— Il ne s'agit pas d'argent. La somme est toujours de dix mille livres.

— Alors de quoi s'agit-il ?

— De parts de son entreprise. Elles n'auront de valeur que si celle-ci prospère. Pouvez-vous me proposer la même chose ? Ce serait pour moi l'occasion de profiter du succès de mon invention.

Kevin eut toutes les peines du monde à dissimuler son agacement. Forestier voulait des parts de l'entreprise !

Rosamund aurait-elle la même réaction que lui ? Ou bien trouverait-elle ce changement de dernière minute acceptable ?

Tel était le problème quand on avait un associé à parts égales. Il avait oublié ce détail. Parce qu'elle l'avait ensorcelé, lui aussi.

— Je vous demande un délai de vingt-quatre heures, dit-il à Forestier. Je dois réfléchir à cet élément nouveau.

Rosamund flânait le long des galeries du Palais-Royal, admirant les vitrines des perruquiers, marchandes de mode, vendeurs d'estampes, libraires et autres cabinets de lecture. Elle était satisfaite de ses achats, de superbes étoffes et des fournitures qui seraient livrées à l'hôtel, sans oublier un rouleau de bougran d'une qualité supérieure à ce qu'elle pourrait trouver à Londres.

Mieux encore : elle avait réalisé de nombreux croquis – ce qui n'était pas chose facile, car Kevin l'avait prévenue qu'une femme respectable ne s'asseyait pas seule à la terrasse d'un café. Chaque fois qu'elle remarquait un modèle intéressant, elle s'installait sur un banc pour le dessiner avant que son souvenir s'efface.

Elle s'arrêta devant une boutique de chapeaux et de châles. N'osant pas sortir son calepin et son crayon, elle mémorisa les modèles dans leurs moindres détails.

Le commerçant vint réorganiser sa vitrine en adressant des œillades méfiantes à la jeune femme, qu'il soupçonnait manifestement de vouloir lui voler ses idées.

C'était absurde. Il exposait ses modèles à la vue de tous. Dans les parcs, les restaurants, de nombreuses clientes arboraient ses créations. De toute façon, elle ne reproduisait jamais un chapeau à l'identique. Elle s'en inspirait, c'est tout.

Agacée par ces regards noirs, elle entra dans la boutique. Le commerçant s'agita davantage. Elle avisa un chapeau en soie vert pâle au plissé unique.

Si seulement cet homme pouvait s'éloigner pour qu'elle l'examine !

— J'aimerais essayer celui-ci, dit-elle en désignant le chapeau.

Il parut rassuré par sa requête, et par le fait qu'elle ne maîtrisait pas la langue française. Il l'invita à s'asseoir et plaça le chapeau sur sa tête afin qu'elle observe son reflet dans le miroir.

— Il est un peu petit. En combien de temps pouvez-vous en réaliser un à ma taille ?

Il ne semblait pas la comprendre. Elle reformula sa demande, sans plus de succès. Soudain, une voix masculine s'éleva derrière elle. Celle de Kevin, qui s'entretint un instant avec le commerçant.

— Il peut retoucher celui-ci et le faire livrer à l'hôtel ce soir, expliqua-t-il. Est-ce possible, selon toi ?

— Bien sûr. Demande-lui le prix, s'il te plaît.

Les deux hommes discutèrent. Le commerçant remit un bout de papier à la jeune femme.

— Cela fait environ deux livres, précisa Kevin.

Rosamund sortit son crayon, raya la somme et en inscrivit une autre.

— Dis-lui que s'il le retouche, il peut étirer la paille, ce qui reviendra moins cher.

Kevin traduisit pour le commerçant.

L'homme étudia la proposition et protesta vivement. Rosamund en profita pour examiner le chapeau de plus près. Au terme de bien des palabres et des soupirs, l'homme griffonna une somme comprenant une remise de vingt-cinq pour cent. La jeune femme ôta le chapeau et le lui rendit avec un sourire. Avant qu'elle puisse prendre les choses en main, Kevin avait réglé l'achat et indiqué le nom de l'hôtel. Elle remit sa capeline et quitta la boutique.

— T'aurais-je mis dans l'embarras ? s'enquit-elle.

— Pas trop.

— J'imagine que cela ne se fait pas, dans un établissement aussi prestigieux.

— Je doute que tu sois la première à demander un rabais.

— J'espère que les Anglais fortunés ne marchandent pas. À quoi bon prendre une boutique près d'Oxford Street, sinon ? Dans cette galerie, les vitrines sont très grandes et d'une seule pièce. Comment est-ce possible sans meneaux ?

— Il suffit de réaliser un cylindre en verre et de le découper en longueur avant de l'aplanir encore chaud. Certains édifices londoniens en sont désormais dotés.

Elle le dévisagea.

— Tu connais un tas de choses originales et intéressantes... Pourrais-je obtenir ce type de vitrine ?

— C'est un procédé très coûteux et parfois fragile. Selon moi, ce serait trop cher pour ta boutique. Tu as réalisé suffisamment de croquis, ou veux-tu continuer ?

— Je crois que j'ai terminé.

Avant de regagner l'hôtel, ils se promenèrent dans le jardin des Tuileries. Kevin l'entraîna vers un banc.

— Il faut qu'on parle.

— J'ai l'impression que ton entrevue avec M. Forestier ne s'est pas très bien déroulée.

— Il a formulé une exigence.

— Il ne s'agit pas de moi, j'espère...

Kevin se mit à rire.

— Tu semblais pourtant ne pas te rendre compte qu'il flirtait outrageusement, l'autre soir.

— Il était plus sage de faire semblant. C'est une excellente stratégie. Sinon, j'aurais eu le choix entre flirter en retour et me mettre en colère.

— Rassure-toi, tu ne fais pas partie du prix à payer. Mais il réclame des parts de notre entreprise. Il tient à tirer profit d'un succès éventuel.

Rosamund réfléchit à cet élément imprévu.

— C'est assez compréhensible. À sa place, je le souhaiterais aussi.

— Mais c'est quasiment hors de question, donc nous allons devoir retourner bredouilles à Londres. J'aimerais bien savoir qui est ce concurrent, et quel est son projet.

— Selon toi, même si nous lui accordons un petit pourcentage des parts, il tentera de prendre le contrôle, c'est cela ?

— Oui.

— Si toi et moi étions en désaccord sur un point, il aurait le dernier mot. Il prendrait parti pour l'un ou l'autre.

— Même un pourcentage minime lui accorderait une influence primordiale.

— Je vois. Un accord est donc impossible.

Se rappelant qu'il avait dit « quasiment » hors de question, elle le dévisagea :

— Veux-tu émerger un instant de tes pensées pour m'expliquer quelle solution tu envisages ? Car je sais que tu as une idée en tête, même si tu ne me le dis pas.

— Sa part n'aurait de poids que si nous possédons chacun un montant égal. Sinon, il n'exercerait aucune influence.

— Mais celui qui renoncerait à la totalité de sa part serait à la merci de l'autre.

— Je le suppose...

— Laisse-moi deviner : le *quasiment* hors de question n'est valable que si c'est moi qui renonce à une partie de ma moitié ? dit-elle.

— Je ne peux pas céder une partie de *ma* moitié.

— Je ne vois pas pourquoi.

— En cas de désaccord, je serais systématiquement désavantagé. Forestier aurait tendance à se rallier à toi.

— Qu'en sais-tu ? Pas forcément.

— Rosamund, ce n'est pas moi qu'il veut mettre dans son lit. Il serait prêt à tout s'il avait l'espoir de te conquérir.

Quelle réflexion étrange !

— Comment oses-tu suggérer que j'utiliserais cet argument pour obtenir gain de cause lors d'une décision à prendre ? Je n'use jamais de mes charmes à ces fins ! s'offusqua-t-elle.

Il la prit par les épaules.

— Je te demande pardon. Je me suis mal exprimé. Tu n'aurais pas besoin d'user de tes charmes pour le convaincre.

Cette étreinte discrète était agréable. Elle se rapprocha de lui.

— Si tu as raison, ce ne serait pas juste. Nous sommes vraiment dans une impasse.

— De toute évidence, concéda-t-il.

Il l'embrassa avec une telle tendresse qu'elle oublia M. Forestier un instant. Puis :

— À moins que...

— Oui ? fit-il en déposant un baiser derrière son oreille.

— Et si nous ne lui accordions pas un pourcentage de l'entreprise mais lui proposions ceci : attendre d'avoir connu le succès pour lui verser un pourcentage des bénéfices ? Ainsi, il n'aurait aucun pouvoir de décision, aucune part, mais il profiterait quand même de notre réussite.

Il l'attira contre lui, sa tête sur son épaule.

— Il serait contraint de nous croire sur parole lors de la reddition des comptes. Je doute qu'il nous fasse confiance.

— Nous le laisserions vérifier.

Le silence s'installa entre eux, le temps pour Kevin de réfléchir. La jeune femme savoura la chaleur de ses bras dans la douceur printanière.

— Ce serait comme travailler à la pièce, déclara-t-il enfin. Dès que nous réaliserons des profits, il recevra une petite partie. Je vais devoir calculer ce qu'on peut lui verser et rien ne dit qu'il acceptera ta solution, mais c'est une excellente idée.

Elle se réjouit qu'il le reconnaisse.

— Si tu trouves un moyen de la mettre en œuvre, je suis sûre qu'il acceptera.

Il lui adressa un clin d'œil.

— Mets ta robe en soie rouge, et il sera convaincu.

Dès leur retour à l'hôtel, Kevin se procura du papier. Dans sa chambre, il ôta son manteau et posa deux lampes sur le petit secrétaire avant de s'asseoir. Il prit sa plume et se lança dans de savants calculs qui l'absorbèrent totalement. La jeune femme s'éclipsa et ferma la porte car, dans sa précipitation, il avait omis de le faire.

Quand vint l'heure du repas, elle voulut lui demander s'il souhaitait dîner au restaurant de l'hôtel. Au moment où elle allait frapper, un employé apparut avec un plateau. Kevin le fit entrer, tandis que la jeune femme regagnait sa suite où elle dîna seule.

Après avoir contemplé le coucher du soleil sur son balcon, elle décida d'aller voir où en étaient les calculs de Kevin. Elle entra sans frapper.

Il ne s'en rendit même pas compte, tant il était concentré sur une pile de feuilles de papier couvertes de chiffres et de formules.

— Alors ? fit-elle. As-tu trouvé une solution ?

Surpris, Kevin leva la tête.

— Je crois, oui. Et je pense que nous pourrons utiliser le contrat que j'ai apporté en ajoutant un article, comme un codicille sur un testament. Cela ne change en rien l'accord d'origine. Je dois encore rédiger l'article, ce qui ne sera pas long. Une heure, tout au plus.

— Dans ce cas, je te dis à demain.

Il ne répondit pas.

De retour dans sa chambre, la jeune femme appela sa caméριste car elle voulait prendre un bain. Une bonne nuit de sommeil lui ferait le plus grand bien. Kevin plaisantait-il en évoquant la robe en soie rouge ? Il voulait certainement que ces documents soient signés le lendemain.

Pourvu que M. Forestier accepte les termes de cet accord ! Elle aimait Paris, mais il était temps pour elle de rentrer à Londres.

— Viens voir. Dis-moi ce que tu penses de cette projection sur les bénéfices éventuels de l'entreprise ! lança Kevin en brandissant une feuille de papier. En tant que gentleman, je suppose que ma parole devrait suffire, mais j'ai rédigé ce texte car il voudra certainement du concret…

Se rendant compte qu'elle n'était pas là, il baissa le bras. Où diable était-elle passée ? Il se dirigea vers la porte de la chambre car il tenait à avoir l'avis de Rosamund.

En ouvrant, il faillit bousculer un domestique portant deux seaux d'eau. Trois autres le suivaient. La caméριste les fit entrer dans la suite de la jeune femme.

Quelle heure indue pour prendre un bain ! Ne comprenait-elle pas qu'ils devaient régler ce problème dans la soirée ? Il relut le paragraphe en essayant de se mettre à la place de la jeune femme. Son esprit pragmatique le trouverait-il suffisant ?

Lui-même en était satisfait, mais...

Il n'avait pas envie d'attendre une nuit entière pour rédiger le texte définitif. Déterminé, il entra en trombe.

— Monsieur ! s'exclama la caméristе avant de se poster devant Rosamund.

Seulement vêtue de ses bas et de sa camisole, la jeune femme se pencha sur le côté. Un baquet en cuivre était posé devant la cheminée.

— Il faut que tu lises ceci, dit-il.

— Cela peut attendre, non ? fit Rosamund.

— Non.

Elle tendit la main pour prendre la feuille de papier et s'approcha du feu pour la lire, révélant ses épaules nacrées, l'arrondi d'un sein et d'une hanche.

— Nous ne pouvons faire mieux, décréta-t-elle après avoir pris connaissance du texte. C'est une offre généreuse, car tu lui permets de consulter les comptes au moindre doute de sa part.

— Tu signerais ?

— Moi ?

— Si tu étais à sa place, ce document te conviendrait-il ?

Contrariée, la caméristе entreprit d'ôter les épingles des cheveux de Rosamund. Les mèches blondes cascadèrent sur ses épaules.

— Je signerais, oui, déclara-t-elle en lui rendant le texte. Mais pas à cause de cet article. Je signerais parce que tu as été honnête, jusqu'à présent.

La caméristе trempa une main dans l'eau et fusilla Kevin du regard.

— Laissez-nous, lui ordonna-t-il.

— Mais...

Curieuse, Rosamund croisa le regard de Kevin et posa une main sur le bras de la jeune fille.

— Oui, laissez-nous, je vous prie.

— Je peux prendre mon bain ? demanda-t-elle après le départ de la domestique.

— Bien sûr, répondit-il en s'installant dans un fauteuil. Je te regarde.

La jeune femme était troublée à l'idée d'être observée pendant qu'elle se déshabillait. Elle ôta les dernières épingles de sa chevelure et posa un pied sur le bord du baquet pour enlever un bas.

— D'abord le reste, fit Kevin, dont la voix résonna dans la pénombre.

Elle hésita, à la fois intimidée et enhardie par le désir qui montait en elle. Dès que la camisole glissa à terre, elle se retrouva entièrement nue à l'exception de ses bas.

Kevin ne dit plus rien. Un peu frémissante, elle fit glisser un bas le long d'une jambe, puis l'autre. Avant même qu'elle ait terminé, il apparut derrière elle pour lui caresser les hanches. Il la maintint dans cette position, penchée en avant sur sa jambe, et explora d'une main son dos, ses fesses. Il déposa des baisers brûlants sur sa nuque, ses épaules.

Il la laissa alors se redresser et l'enlaça par-derrière. Ses mains se posèrent sur ses seins dont il titilla les mamelons. Chaque caresse envoyait une onde de plaisir dans son corps. Ses lèvres tracèrent un sillon torride dans son cou. Au gré des sensations qui s'emparaient d'elle, elle perdit peu à peu le contrôle.

La main de Kevin s'aventura plus bas pour la caresser, l'explorer, au point qu'elle chancela et dut s'appuyer contre lui pour savourer cette délicieuse torture. Le désir pulsait entre ses cuisses, chassant toute pensée. Ses plaintes rauques se muèrent en suppliques.

Il l'incita à se pencher en avant sur le divan. Elle se retrouva le visage enfoncé dans un coussin. Elle sentait l'accoudoir contre son ventre.

L'esprit en émoi, elle regarda par-dessus son épaule. Debout derrière elle, torse nu, il croisa son regard. Les flammes de la cheminée dessinaient des ombres sur sa peau.

— Oui, souffla-t-il. Je veux voir ton visage.

Le sexe de la jeune femme pulsa de plus belle, appelant son partenaire. Mais il se contenta de la caresser jusqu'à ce qu'elle tremble de désir, les fesses dressées.

Dès qu'elle sentit son membre en elle, elle poussa un cri. Le premier coup de reins de Kevin provoqua une longue plainte. « Encore une position différente, et aussi magique », songea-t-elle confusément. Haletante, elle savoura son va-et-vient sensuel qui l'emportait vers l'extase, jusqu'au scintillement final.

— Au moins, tu n'as pas menti : je prends un bain, s'amusa Rosamund, immergée dans l'eau tiède tandis qu'il la savonnait.

— J'ai du mal à ne pas poser les mains sur toi. Autant qu'elles se rendent utiles.

En la voyant en partie dévêtue, il avait oublié Forestier, le contrat, et même l'entreprise. Et au moment où elle s'était penchée pour enlever ses bas, il avait perdu la raison. Il avait bien failli la faire sienne brutalement. Il ne regrettait pas d'avoir été patient, car le plaisir de la jeune femme avait décuplé le sien.

Le désir de Rosamund, son regard brûlant, son impatience étaient des exemplaires parfaits d'art érotique.

— La caméariste sera folle de rage en voyant ce que tu as fait de mes cheveux. Tu aurais dû me laisser faire.

— Je suis là pour te servir, milady.

Il savonna une jambe fuselée, son joli pied. Si elle n'était pas encore mariée, c'était sans doute à cause de sa dévotion à ce scélérat. Il était redevable à cette ordure, d'une certaine façon.

Une ordure qui n'était plus un obstacle, désormais.

— J'imagine que tu as rencontré un tas d'hommes tels que Forestier, dit-il. Des types qui t'ont courtisée.

— Je ne m'en rendais pas toujours compte, répondit-elle en haussant les épaules.

— Tu n'as jamais été tentée de renoncer à ton amant pour…

— Tu ne sembles pas comprendre comment les choses se passent, dans mon milieu. On travaille dur. Même si un homme était assez insistant pour que je le remarque, je n'avais guère le temps de céder à la tentation.

Kevin s'en voulut de sa bêtise. Elle n'avait rien d'une oisive à qui l'on contait fleurette le temps d'une promenade au parc. Enfin, elle pouvait se le permettre, à présent.

Cette perspective lui déplaisait. Elle n'était pas simplement une héritière. C'était aussi une très belle femme. Il ne pourrait la surveiller en permanence. Ces dernières semaines, elle avait été accaparée par son installation et ses rêves de retrouvailles. Les choses allaient bientôt changer.

Il se glissa derrière elle et savonna ses seins, son torse.

— Quand nous serons de retour à Londres, j'aimerais que cela continue.

— Tu veux me faire prendre mon bain ? railla-t-elle.

— Oui, mais pas seulement.

Il vit ses mamelons se dresser sous ses doigts.

— J'entrevois certaines difficultés, dit-elle. Pas toi ?

— Pas du tout. Il faudra faire preuve d'une certaine discrétion, bien sûr…

— Je n'ai aucune expérience de ce genre.

— Ce ne sera pas très compliqué.

Elle se mit à rire.

— Je te reconnais bien là ! Je doute qu'il existe des manuels sur la question.

— Je demanderai conseil à Nicholas et Chase, qui m'indiqueront les limites à ne pas franchir.

Soudain, elle eut l'air pensive – ce qui ne pouvait être de bon augure. Ces liaisons se terminaient rarement bien pour les femmes, et elle était assez intelligente pour s'en rendre compte.

Il entreprit de la rincer, tout en l'embrassant dans le cou.

— Ce n'est pas ainsi que je me vois… en tant que maîtresse.

— Une héritière n'est pas une maîtresse, ni une femme entretenue. Elle est une amante, éventuellement, ou une épouse.

Il l'embrassa sur les lèvres.

— Je t'ai déjà demandée en mariage, mais tu as refusé. Je pense que c'était à cause de ton ancien amant. Peut-être changeras-tu d'avis à présent ?

Elle ne dit pas non d'emblée. Elle n'aurait pu le faire, d'ailleurs, car il l'embrassait à perdre haleine.

— Il faut que j'y réfléchisse, déclara-t-elle ensuite. Je tiens à une conversation franche sur ce qu'un mariage impliquerait pour nous deux et pour l'entreprise.

Il se leva et prit une serviette.

— Réfléchis aussi longtemps que tu le voudras. Allez, debout !

Elle se leva telle Vénus sortant des eaux, le corps luisant. Il l'enveloppa d'une serviette et la porta dans la chambre.

Rosamund entrouvrit les yeux et observa son propre corps. Elle avait les jambes repliées comme il le lui avait demandé, et était exposée de la plus scandaleuse des façons.

Kevin était appuyé sur ses bras tendus, laissant un espace entre eux. Elle vit son membre dressé juste au-dessus d'elle.

Il commença à la pénétrer, mais s'arrêta aussitôt. Sa chair palpitante enveloppa la verge, brûlante de désir. Il savait jouer avec ses sens.

Dans cette posture, elle ne pouvait même pas le caresser. Elle ne pouvait que regarder, constater comme il la dominait de son corps musclé. Il était étonnamment musclé pour un savant fou, toujours perdu dans ses pensées. Visiblement, il imposait la même discipline à son corps qu'à son esprit.

Il s'insinua encore et s'immobilisa.

Il plongea dans son regard. Plus rien n'existait qu'eux. Enfin, il la pénétra pour de bon, lentement. Surmontant son impatience, la jeune femme accepta cette plénitude. Il avança, encore et encore, jusqu'à ce qu'elle le supplie.

Elle se cambra pour essayer de l'engloutir. Il l'embrassa sur la joue et lui parla, puis il la toucha différemment et, soudain, elle poussa un cri de plaisir tandis que le monde autour d'elle se désintégrait dans un flot de lumière.

— Si j'acceptais le mariage de raison que tu m'as proposé, il y a au moins un aspect qui ne serait pas trop pénible.

Ce murmure fit émerger Kevin du sommeil qui commençait à l'emporter. Sa réaction l'enchanta.

C'était étrange. Un mariage de raison était fondé sur des motifs concrets, d'ordre financier en général. Ce serait le cas pour eux. Il l'épouserait afin qu'elle ne puisse pas se marier avec un autre homme qui risquerait de s'ingérer dans l'entreprise. Et elle l'épouserait pour gravir les échelons de la société.

Et pourtant, il ressentait une satisfaction inexplicable, sans doute due à la perspective d'une vie sexuelle épanouie. Oh, bien sûr, il pouvait trouver le plaisir charnel n'importe où. Les prostituées possédaient une expérience dont Rosamund ne pouvait se vanter. En revanche, elles n'offraient pas un élément que la jeune femme lui apportait.

— Ça, je peux te le promettre, répliqua-t-il au bout d'un long moment.

— Je te croyais endormi.

— Non. Je savourais le plaisir de t'avoir dans mes bras.

— Ma réflexion t'a plongé dans tes pensées ? À moins que tu ne m'aies pas entendue.

— Je songeais à une réponse qui ne te fasse pas peur.

Elle se lova contre lui.

— Je n'ai pas encore accepté, dit-elle.

— J'en suis conscient.

— J'ai simplement accepté d'y réfléchir et de prendre une décision plus tard. Tu peux en conclure que je ne t'épouserai que si mes intérêts sont protégés.

— Comment cela ?

— Je veux garder un contrôle total sur mon héritage, y compris mes parts de l'entreprise. Si tu refuses, il ne sert à rien d'en reparler.

Elle ne connaissait pas grand-chose au droit familial, visiblement. Elle resterait propriétaire de ses parts, mais son mari pourrait en disposer à sa guise.

— J'ai l'intention de consulter Me Sanders, le notaire, à propos d'un contrat de mariage, ajouta-t-elle. Tu devras l'accepter sans broncher.

Enfer et damnation ! Un agacement familier s'insinua dans l'esprit de Kevin. Rosamund était têtue.

— Tu n'auras pas la possibilité de vendre tes parts sans mon autorisation, Rosamund. Si tu peux vendre tes parts, ce sera pour moi un mariage de *déraison*.

— Me Sanders saura comment garantir cet aspect, fit-elle en haussant les épaules. Mais ta famille sera horrifiée à l'idée de ce mariage. Peut-être changeras-tu d'avis ?

— J'ai l'habitude de les voir horrifiés.

— Tu apprécies certains d'entre eux, pourtant. S'ils expriment leur réprobation, tu les écouteras peut-être.

Il n'appréciait que Chase et Nicholas, qui comprendraient ses intérêts et n'étaient pas du genre à s'offusquer des origines modestes de Rosamund.

— Puisqu'on parle d'exigences, j'aimerais en formuler une à mon tour. Dans un mariage de raison, il est courant que chacun cherche le plaisir de son côté. Je ne l'accepterai pas.

Elle se redressa pour l'observer.

— Je ne pourrai pas prendre d'amants ?

— Non.

— Il est courant, chez les riches, de prendre des amants quand on a conclu un mariage de raison ?

— Absolument. Je refuse qu'un homme t'influence.

— Tu crois qu'un homme utilisera le plaisir pour m'influencer, c'est cela ?

C'était ce qu'il avait fait, non ?

Elle se pencha vers lui.

— Chez nous, les *pauvres,* cela ne se fait pas. Je suppose que ce qui est valable pour toi le sera aussi pour moi, non ? Je ne veux pas qu'une maîtresse te manipule.

Ce n'était pas ce qu'il avait voulu dire. Comment le lui faire comprendre ?

— Je t'ai dit que les femmes ne m'influençaient pas. Cela ne risque pas de se produire.

— Tu ne tombes jamais amoureux, je sais, mais il y a un début à tout. C'est donnant, donnant.

— D'accord. J'accepte de ne pas avoir de maîtresses.

— Ni d'aventures d'un soir.

— Promis.

— Pas de courtisanes ni de prostituées.

Il la dévisagea. Elle soutint son regard d'un air entendu.

— Je suppose que si tu restes consentante, je pourrais l'accepter, répondit-il enfin.

Elle revint dans ses bras et bâilla.

— Nous discuterons plus tard du sens du mot « consentante ».

« Bonne idée », songea-t-il, car il redoutait de l'effrayer.

16

Trop excitée pour attendre l'aide du cocher, Rosamund descendit de la voiture. Elle se précipita vers la vitrine de sa boutique pour en examiner le contenu. Elle admira la nouvelle enseigne installée en son absence. Sa couleur améthyste rappelait celle de ses boîtes à chapeaux.

À son entrée, Mme Ingram était en train de coudre des fleurs en soie sur une capeline crème et rose. Elle l'accueillit avec joie.

— Vous êtes de retour ! Nous avons bien travaillé, encore mieux que prévu. Dès la pose de l'enseigne, les dames ont compris que la boutique était ouverte.

Rosamund s'approcha du comptoir.

— Ce modèle est une commande, ou un exemplaire de présentation ?

— Une commande pour une jeune fille qui fait ses débuts mondains cette saison. Il paraît qu'elle ne porte ses chapeaux qu'une seule fois et en veut de nouveaux chaque semaine. Si celui-ci lui plaît, nous aurons d'autres commandes.

Mme Ingram lui tendit le modèle, puis elle observa le chapeau de sa patronne.

— Vous l'avez acheté à Paris ?

— Effectivement. Son plissé m'intriguait, mais je ne pouvais l'examiner dans la boutique.

Elle l'ôta et le posa sur le comptoir. Ensemble, les deux femmes examinèrent les détails du façonnage.

— C'est très joli. Mais on peut en faire autant. À présent, regardez mes croquis...

Le cocher apporta une malle. Après son départ, les deux femmes passèrent presque une heure à discuter des croquis et à partager des idées sur la façon de les mettre en œuvre.

— Avez-vous trouvé une apprentie ? s'enquit Rosamund.

— Elle commence lundi. Vous pourrez la mettre à l'épreuve. Elle coud bien, malgré son manque d'expérience. Elle portait une jolie capeline qu'elle avait réalisée elle-même, et je me suis dit qu'elle ferait l'affaire.

Rosamund fit le tour de la boutique, destinée à la fois à la production et à la vente de chapeaux. Mme Ingram ne la décevait pas. Elle lui fit part des résultats du magasin de Richmond et, enfin, elles s'installèrent dans l'atelier.

— Parlez-moi de Paris !

La jeune femme lui décrivit la ville, la gastronomie, les parcs, les monuments. Mme Ingram lui posa mille questions, puis elle sortit quelques cartes de sous l'établi.

— À présent, je vais vous parler de ce qui se passe ici.

— Je croyais que tout allait bien ?

— C'est le cas. La boutique a suscité de l'intérêt. Cependant...

Elle posa les cartes sur la table.

— Certaines personnes sont venues non pas pour regarder la marchandise, mais pour vous souhaiter la bienvenue. Plusieurs ont laissé leur carte. Je crois que ce sont des invitations à leur rendre visite.

Rosamund examina les trois cartes.

— C'est très sympathique. Ces noms ne me disent rien. Je me demande pourquoi ces gens cherchent à faire ma connaissance.

— Excusez ma méfiance, mais ce sont trois messieurs, dont deux ont une boutique dans le quartier : la mercerie un peu plus loin, et la joaillerie du coin de la rue. Ils sont tous les deux célibataires.

Rosamund mit les cartes de côté.

— Vous êtes très méfiante, en effet. Je pense qu'ils sont simplement accueillants, dit-elle.

— Peut-être... Vous pourriez décider de les fréquenter.

— Si je les fréquente, ce sera dans l'espoir que leur entourage nous achète des chapeaux.

— Et peut-être que l'un d'eux vous intéressera. Vous êtes encore jeune.

— J'en doute. J'ai entamé une liaison avec M. Radnor, à Paris.

Mme Ingram en demeura bouche bée.

— J'avoue que je m'inquiétais pour vous, seule avec un homme. Depuis que je vous connais, vous n'avez jamais manifesté d'intérêt pour... ces questions. Les prétendants n'ont pas manqué, pourtant. Vous ne sembliez pas les remarquer.

Mme Ingram ne savait rien de Charles, et Rosamund n'avait aucune envie de lui raconter cette triste histoire.

— C'est ainsi, dit-elle en haussant les épaules.

— Vous comptez l'épouser ?

— Nous en avons parlé. Un mariage pourrait consolider notre partenariat dans cette entreprise qui fait partie de mon héritage. Pour moi, le plus gros bénéfice serait le statut social. Ma sœur Lily aurait une autre vie grâce à son lien avec cette famille.

Mme Ingram pinça les lèvres.

— Ce ne serait pas la première fois qu'un homme profiterait de son rang pour avoir une femme superbe.

— Ce n'est pas une femme superbe qu'il recherche. Elles ne manquent pas dans son milieu. Il veut simplement s'assurer que je ne vendrai pas mes parts de l'entreprise, ou qu'un mari éventuel ne me fera pas tourner la tête. Je vous garantis qu'il ne songe qu'à son affaire.

— C'est donc une bonne chose que vous ayez une liaison, commenta Mme Ingram.

— Pourquoi ?

— Vous savez ainsi à quoi vous attendre. Vous imaginez vous marier et vous rendre compte que l'homme en question ne sait rien de la vie conjugale ? Il sait s'y prendre dans ce domaine, n'est-ce pas ?

— Je pense que oui, bredouilla Rosamund en rougissant.

— Tant mieux. Voyons à présent ce qu'il y a dans cette malle...

Le lendemain de son retour à Londres, Kevin veilla à prendre le petit déjeuner en compagnie de son père. Il endura une conversation sur un automate que le vieil homme avait cassé et que Kevin devait réparer sur-le-champ. Celui-ci lui raconta quels lords anglais il avait croisés aux Tuileries, puis il évoqua l'actualité politique en France.

Ayant fait son devoir filial pour au moins quinze jours, il se leva.

— Je dois me rendre à la banque. Ravi de constater que vous vous portez bien, père.

Au moment de partir, il se ravisa :

— Oh, et sachez que je vais épouser Mlle Jameson.

Il partit sans se retourner et se rendit à la City pour consulter son banquier. Sur le chemin du retour, il fit une halte à la salle d'armes pour s'adonner à l'escrime. Revigoré par cette activité physique, il regagna sa maison en début d'après-midi.

À son entrée, le majordome lui fit un signe discret.

— On vous demande dans la bibliothèque, monsieur.

— Qui ça ?

Il se retrouva face à plusieurs membres de sa famille. Son père marmonnait dans sa barbe, tante Agnès posait telle une reine, tante Dolorès buvait du thé, et Nicholas semblait s'ennuyer à mourir.

— Te voici enfin ! lança Agnès. Entre donc !

Kevin demeura sur le seuil.

— Je suis ravi de voir tante Dolorès et vous-même rendre visite à mon père. Il était grand temps. J'aimerais me joindre à vous, mais je suis très occupé et…

— J'ai dit : entre ! ordonna la vieille dame avec une lueur impérieuse dans le regard.

— Tu ferais mieux de te joindre à nous, renchérit Nicholas. Cela ne peut attendre.

Kevin s'assit un peu en retrait, près de son père, qui le foudroya du regard.

— C'est vous qui les avez appelés ? gronda-t-il. Dans ce cas, vous pouvez toujours attendre que je répare votre maudit automate en forme de cygne.

— Bien sûr que c'est moi qui les ai appelés. Tu ne peux pas lâcher une telle nouvelle et t'en aller comme si de rien n'était ! Il faut consulter la famille. Hollinburgh, au moins.

Kevin croisa le regard de Nicholas, qui semblait navré.

— Je ne vois pas l'utilité de consulter qui que ce soit. Je trouve déjà généreux de vous avoir mis au courant. Je n'aurais pas dû.

— Assez ! fit tante Dolorès. Nous voulons savoir une chose : es-tu déjà fiancé à cette femme ?

Quatre paires d'yeux se rivèrent sur lui.

— Pas encore.

— Dieu soit loué ! soupira tante Agnès. Tout n'est pas perdu.

— Je pense que nous serons fiancés d'ici la fin de la semaine.

— Il n'en est pas question ! Je comprends qu'elle soit plutôt jolie, mais…

— « Plutôt jolie » est un euphémisme, tante Agnès, intervint Nicholas. Cette diablesse est d'une beauté saisissante.

— Tu ne nous aides pas, Hollinburgh ! s'emporta la vieille dame.

— Pourquoi la traites-tu de diablesse ? s'insurgea Kevin.

— Ce n'est qu'une expression, assura Nicholas, apaisant. Je ne parlais pas au sens propre.

— C'est pourtant la vérité, dit Dolorès. Elle t'a ensorcelé, mon pauvre Kevin. Elle t'a pris dans ses filets. J'ai vite compris qu'elle n'était pas digne de confiance et qu'elle te mènerait à la ruine. Si seulement mon frère avait réfléchi, avant de rédiger ce maudit testament ! Regardez un peu où nous en sommes.

— Calmons-nous, implora Agnès, très agitée. Kevin, ton intérêt pour la mécanique n'est pas digne de ton rang. Tu es ridicule, avec ton invention. Peu importe que tu fréquentes des industriels. La réputation de la famille n'est pas en péril. Mais si tu épouses la fille d'un vulgaire fermier…

Elle parut sur le point de défaillir. Levant les yeux au ciel, elle s'éventa.

— Vous sentez-vous mal ? s'inquiéta Nicholas.

— Elle ne s'évanouit jamais, lui rappela Kevin. Elle menace de perdre connaissance pour produire son petit effet.

Agnès retrouva immédiatement ses esprits et le foudroya du regard.

— Tu ne sais rien de cette fille, reprit-elle. À part qu'elle est plutôt jolie et plutôt riche, désormais.

— Deux qualités que mon père m'a appris à rechercher chez une épouse potentielle. N'est-ce pas, père ?

L'intéressé se contenta d'un signe de tête. Agnès frappa du poing son accoudoir.

— Je pensais qu'il savait qu'une bonne lignée était indispensable, se justifia piteusement le père de Kevin. Fallait-il vraiment le préciser ?

— Tu as été négligent dans son éducation, énonça Dolorès. Tu étais trop occupé à t'amuser avec tes jouets pour te rendre compte qu'il déviait du droit chemin. Et voilà le résultat !

Son frère semblait désemparé.

— Père, vous ne vous attendiez pas à ce que vos sœurs s'en prennent à vous également, n'est-ce pas ? railla Kevin.

— Kevin n'est pas un imbécile, Dolorès, persifla Agnès. Il sait qu'il dépasse les limites. Est-ce là ta conception d'une mauvaise blague, mon garçon ? Tu te venges des critiques et des offenses ? Dans ce cas, je ne l'accepterai pas. Tu dois rompre et informer cette Mlle Jameson que tu n'as pas réfléchi avec ta tête, mais avec autre chose.

— Tante Agnès ! s'exclama Nicholas.

— Elle a toujours eu un côté grivois, dit le père de Kevin à Nicholas.

— Assez ! s'exclama Agnès. Nous savons tous de quoi il est question ! Elle l'a séduit, et il se sent contraint de régulariser la situation. Eh bien, rien ne t'y oblige ! Pas avec ce genre de fille.

Elle poussa un long soupir, suggérant que la question était réglée.

Kevin observa l'assemblée.

— Vous vous méprenez, tante Agnès. C'est moi qui l'ai séduite, et elle a refusé ma première demande en mariage. Elle est honnête et juste. Mon oncle l'appréciait. Sinon, il ne lui aurait pas légué cet argent. Il avait un jugement bien plus avisé que le vôtre. Si elle veut bien de moi, je l'épouserai.

— Elle ne vivra pas dans cette maison ! s'exclama son père. Je refuse de l'héberger.

— Cela n'a pas d'importance, car je n'infligerais cet enfer à aucune femme.

— Je te déshériterai !

— C'est impossible. Votre domaine n'est pas cessible.

— Certains de mes biens le sont.

— Autrement dit, si je l'épouse, je n'hériterai pas de vos automates ? Quelle horreur ! Je crois que je vais changer d'avis, se moqua Kevin.

Nicholas réprima un sourire, ce qui n'échappa pas à lady Agnès.

— Hollinburgh, tout dépend de toi, décréta-t-elle. Dis-lui que c'est inacceptable et que tu réprouves ce mariage. Dis-lui qu'il met sa place au sein de notre famille en péril.

— Je ne lui dirai rien de tel.

— Tu dois absolument faire quelque chose ! s'exclama lady Dolorès.

— En effet, admit Nicholas en se levant. Le mieux à faire pour moi est de m'en aller. Mon oncle, la prochaine fois que vous m'adresserez un message évoquant une catastrophe mettant la vie de Kevin en danger, veillez à ce que ce soit bien le cas.

— J'exige que tu prennes tes responsabilités, intervint lady Agnès d'une voix stridente. S'il épouse cette fille, il ne vaudra pas mieux que Phillip. Dis-le-lui, et il retrouvera ses esprits.

— Je n'ai aucune intention de menacer Kevin. Il veut épouser cette femme, c'est une décision honorable. Je vous souhaite une bonne journée.

Sur ces mots, Nicholas quitta la pièce. Kevin lui emboîta aussitôt le pas, ignorant les appels de sa tante.

Dans la rue, le duc attendit son cheval en fulminant. Il regardait sans cesse par-dessus son épaule, au cas où ses tantes viendraient le chercher jusqu'ici.

— Quelle sale affaire, grommela-t-il. Tu aurais pu me prévenir.

— Je ne suis rentré qu'hier soir.

— Je ne chercherai pas à te raisonner. Toutefois, je serais rassuré si j'avais la certitude qu'il ne s'agit pas uniquement de ses parts de l'entreprise.

Nicholas l'observa à la dérobée.

— Et j'aimerais beaucoup savoir comment fonctionne ton esprit tortueux, ajouta-t-il. Es-tu capable de faire la différence entre un acte raisonné et une impulsion du moment ? Je ne te comprends pas, mais je te souhaite bonne chance.

Nicholas monta en selle et désigna la maison.

— Ta vie ici sera un enfer, désormais. Si tu as besoin de tranquillité, tu es le bienvenu à Whiteford House.

— Je verrai si mon père opte pour une réprobation silencieuse ou s'il me traque dans les couloirs.

— S'il convoque un conseil de famille, il te jettera peut-être à la rue. Je sais que tu ne restes ici que pour lui. Puisque tu seras amené à partir après ton mariage, autant que tu t'en ailles maintenant.

— Je vais y réfléchir.

— Chase vient dîner à la maison, ce soir. Et si tu te joignais à nous pour tout lui raconter ? Mieux vaut qu'il ne l'apprenne pas par quelqu'un d'autre.

Kevin accepta. D'ailleurs, il souhaitait s'entretenir avec ses cousins. Dans son indignation, tante Agnès avait dit quelque chose qui piquait sa curiosité...

La mine pensive, Me Sanders réfléchit au problème que Rosamund venait de lui soumettre. La jeune femme avait sollicité une entrevue dans les meilleurs délais, et il avait accédé à sa demande. Elle attendait à présent son verdict.

Elle avait réfléchi à ce mariage durant son voyage de retour. Avant d'aller plus loin, elle voulait avoir l'assurance d'obtenir le contrat qu'elle souhaitait.

— Le contrat de mariage est courant, déclara enfin le notaire. Toutefois, il existe des traditions et des lois. Une femme mariée perd une grande partie de son indépendance et de ses biens. Après votre mariage, par exemple, vous aurez besoin de la signature de votre mari pour tout acte officiel. Et vos dettes deviendront les siennes.

— Donc, ma requête est inenvisageable ?

— En théorie, on peut tout faire. Un contrat peut modifier ces dispositions. Vous êtes certaine de ne pas vouloir m'indiquer le nom de ce monsieur ? J'avoue que je suis inquiet. Vous venez d'hériter, et certains hommes...

— Je préfère ne rien dire dans l'immédiat. Je veux simplement savoir si je peux garder mon héritage pour moi seule, en dépit des traditions et des lois.

— Vous pouvez signer avec lui un contrat le spécifiant. Cependant, s'il ne l'honore pas et si vous le poursuivez en justice, vous ne gagnerez pas forcément.

C'était une mauvaise nouvelle.

— Si ce monsieur est honorable, il respectera ses engagements, reprit le notaire en esquissant un sourire. L'est-il, selon vous ?

— Oui, je le crois.

— Donc, tout se passera bien.

Ce n'était qu'une question de confiance. Pouvait-elle se fier à son instinct ? Elle n'avait accepté cette demande en mariage qu'après être devenue la maîtresse de Kevin. Lors de leur conversation, elle était encore dans la torpeur du plaisir.

Était-elle convaincue que ce mariage était une bonne idée, ou cherchait-elle simplement à préserver leur liaison ?

Des souvenirs de leurs nuits d'amour ressurgirent. Elle sentait ses mains sur sa peau. Lorsqu'elle émergea de sa rêverie, le notaire l'observait.

— Je pensais à cette notion d'honneur.

Il se contenta d'un sourire.

— J'aimerais que vous rédigiez le contrat, ajouta-t-elle. Je vous indiquerai le nom quand nous serons fiancés. Si nous nous fiançons…

Pensive, elle quitta le cabinet. Si Kevin était honorable, il était cependant capable d'utiliser sa sensualité pour l'influencer. Avait-il tout planifié ?

En réalité, elle ne savait pas grand-chose de lui. Il consacrait le plus clair de son temps à son entreprise, et fréquentait les maisons closes.

Il en savait davantage sur elle qu'elle sur lui. Il fallait y remédier. Et quand elle lui aurait révélé ce qu'il ignorait, il ne voudrait sans doute plus l'épouser.

Elle regagna sa boutique en dressant une liste d'éléments à éclaircir. Pour certains, elle interrogerait Kevin. Pour d'autres, elle se débrouillerait seule.

— Qu'est-ce que tu fais dehors ?

La voix de Nicholas provenant d'une fenêtre de Whiteford House tira Kevin de sa réflexion.

— Je tâte le terrain !

— Tu es immobile depuis près d'une heure.

En réalité, c'était au manoir de Melton Park, le domaine campagnard du duc, qu'il réfléchissait, mais il ne pouvait l'expliquer à Nicholas. Ce n'était pour l'heure qu'une idée qui germait.

— Rentre vite ! Chase est arrivé ! lança Nicholas.

Kevin marcha en direction de la maison.

— Lui as-tu dit que j'épousais Mlle Jameson ?

— Oui. Si tu n'étais pas sorti méditer dans mon jardin, tu aurais assisté à la scène.

— Il est choqué ?

— Uniquement par l'aspect mariage, non par l'identité de la mariée. Rejoins-nous dans la salle à manger et nous en discuterons.

Kevin n'avait pas envie d'en parler, d'entendre quelqu'un lui dire que son comportement était inacceptable, qu'il n'avait pas les idées claires.

— J'aimerais me rendre à Melton Park cet été, si tu me le permets.

— Je croyais que la campagne t'ennuyait ?

— C'est le cas, mais je veux y aller quand même.

Nicholas haussa les épaules.

— Va où bon te semble. Pour l'heure, viens dans la salle à manger, sans te perdre dans la maison ni dans tes pensées.

— Félicitations ! déclara Chase en levant son verre.

— Tout n'est pas encore réglé.

— Elle acceptera forcément.

Ils étaient installés dans la bibliothèque de Nicholas. Après le dîner, le duc s'était retiré un moment pour s'occuper de quelque affaire, laissant les deux hommes seuls.

— On ne sait jamais, répondit Kevin. Paris est très différent de Londres. Je l'ai appris à mes dépens cet après-midi.

— Cela t'étonne ? Agnès n'acceptera pas cette union, même si elle n'a pas son mot à dire.

— Nicholas a l'impression que Rosamund songe seulement à son héritage. Il t'a chargé de te renseigner discrètement, n'est-ce pas ? Voilà pourquoi il nous a laissés seuls.

— Il avait un problème urgent à régler, mais puisque tu soulèves la question : ce mariage a-t-il un rapport avec le fait qu'elle a hérité de la moitié de ton entreprise ?

« En grande partie, sans doute, pensa Kevin. Mais pas totalement. »

— Si l'on découvrait demain un codicille au testament de notre oncle qui t'attribuait sa part, l'épouserais-tu quand même ? s'enquit Chase d'un ton désinvolte.

— S'il existait un tel codicille, je ne l'aurais jamais rencontrée. Puisque tu ne lui reproches pas ses origines modestes, je ne vois pas ce qui t'inquiète. Ce genre de mariage est monnaie courante. D'ici quelque temps, Nicholas fera à son tour un mariage de raison. Le tien est une exception à la règle.

— Pardonne-moi, fit Chase avec un sourire contrit. Je caresse l'idée saugrenue que mes amis ont droit au bonheur, eux aussi.

Kevin observa la robe de son porto.

— Je pense avoir une chance d'être heureux. Toutefois, lors de l'inquisition menée cet après-midi par tante Agnès, celle-ci a dit quelque chose qui ne cesse de m'intriguer.

— Parce que tu l'écoutais ? Lors de ses sermons, je pense à autre chose.

— Elle a déclaré que je ne savais rien de Mlle Jameson. C'est faux. Mais quand j'additionne tous les éléments, il y a des failles.

— Quelles failles ?

— Sa rencontre avec notre oncle, par exemple. Je sais pourquoi il lui a donné de l'argent, selon elle. Elle a soigné l'une de ses amies. Mais quand et comment ? Son histoire est jalonnée d'imprécisions.

— Tu devrais l'interroger.

— Je me disais que tu serais au courant, puisque tu as cherché à la localiser.

— C'est toi qui l'as trouvée.

— Je t'ai indiqué un nom et une ville. Tu as fait le reste.

— Minerva a fait le reste. Je lui ai confié cette tâche.

Si Chase était un spécialiste de la dissimulation, Kevin le connaissait trop bien pour être dupe.

— Et ta femme ne t'a pas dit un mot de son enquête ? J'ai du mal à le croire.

Chase était gêné. Il alla se servir un porto et but quelques gorgées avant de se rasseoir, la mine impassible.

— Je te le répète, tu devrais interroger Mlle Jameson.

— C'est à toi que je pose la question.

— Je sais ! s'emporta Chase. Bon, quelles sont les failles que tu as constatées ? Je les comblerai de mon mieux. Minerva ne m'a pas tout raconté. C'est pourquoi je suis moins bien placé qu'elle ou que Mlle Jameson pour te répondre.

Kevin n'avait pas envie de questionner Rosamund, et jamais il n'affronterait Minerva.

— Elle est arrivée à Londres à dix-sept ans et a été domestique, commença-t-il. Combien de temps ?

— Environ un an et demi.

— Ensuite, elle est partie.

— En effet.

— Pourquoi ?

— Je l'ignore.

Chase mentait, mais Kevin ne releva pas car il possédait déjà cette information.

— Où est-elle allée ensuite ? Pas chez ce chapelier qui l'a formée. C'était plus tard. Voilà une première faille.

— Je crois savoir qu'elle est entrée comme domestique dans une autre maison.

Chase disait la vérité. Rosamund avait sous-entendu la même chose à Paris.

— Quelle famille ?

Chase crispa la mâchoire une fraction de seconde.

— Je ne sais pas.

— Je crois que si.

— Pose-lui la question !

— Non. Ce n'est peut-être pas important, et je ne voudrais pas qu'elle pense…

— Que tu as des soupçons ? C'est pourtant le cas, alors autant l'admettre. Ce n'est pas une base très saine pour un mariage, Kevin. Tu as mis du temps à prendre conscience de ces failles.

Kevin attendit que Chase se calme un peu. Il ne pouvait s'en prendre qu'à lui-même. Hélas, il n'avait pensé à rien d'autre qu'à son désir pour elle.

— A-t-elle été la maîtresse d'un homme durant cette période ?

— Pas à ma connaissance, répondit Chase, étonné. Elle était domestique.

— Tu refuses de me dire chez qui. C'est étrange.

Chase s'adossa plus confortablement dans son fauteuil.

— Je te jure que je vais tuer Nicholas ! Ce lâche qui m'a laissé seul, soupira-t-il. Je n'ai pas dit qu'elle était domestique dans une famille, Kevin. J'ai dit qu'elle était domestique dans une *maison*.

Il regarda Kevin droit dans les yeux. Perplexe, celui-ci soutint son regard, puis il comprit. Bien sûr ! Pourquoi n'avait-il pas saisi plus vite ?

Soudain, la porte s'ouvrit et Nicholas apparut. Il dévisagea tour à tour ses cousins, puis fit grise mine. Il interrogea Chase du regard.

— Sois le bienvenu, Nicholas, lança Kevin. Tu arrives au moment où Chase va me révéler que ma promise a été une prostituée.

— J'aurais dû m'en rendre compte, disait Kevin. Après tout, c'est chez Mme Darling que j'ai entendu prononcer son nom. J'en ai conclu qu'elle vendait des capelines aux filles, et non qu'elle avait travaillé sur place. Et pourtant, il serait plausible que notre oncle l'ait connue là-bas, car il s'y rendait souvent.

— Tu encaisses bien la nouvelle, commenta Nicholas. Ce doit être un choc, pourtant.

— Pas vraiment...

— Tout de même ! Découvrir que...

— Mieux vaut qu'il l'apprenne maintenant que plus tard, déclara Chase.

— Voilà pourquoi nous avons décidé de t'en parler, Kevin.

— *Tu* as décidé que *je* devais lui en parler, corrigea Chase.

— Je redoutais une scène de la part de Kevin, des jurons, des sarcasmes. Mais il garde son calme alors que ses projets sont anéantis.

— C'est parce que mes projets ne sont en rien anéantis.

Ils le dévisagèrent avec stupeur.

— Enfer et damnation, je le savais ! s'exclama Nicholas. Tu parles d'un mariage de raison ! Il est amoureux, Chase ! Il va l'épouser quand même, tu verras.

— Je ne suis pas amoureux. D'ailleurs, après réflexion, je suis sûr qu'elle était domestique dans cette maison, mais qu'elle n'était pas une pensionnaire.

— Tu ne peux en avoir la certitude, objecta Chase.

— Mme Darling n'engagerait pas une fille aussi ignorante. Cette maison est réputée pour l'expertise de ses hôtesses.

Ils mirent quelques secondes à saisir le sens de ce que Kevin venait de dire.

Chase parut soulagé, sans doute parce qu'il n'aurait pas à expliquer à Minerva comment il avait privé Mlle Jameson de toute possibilité de mariage.

— Et donc, tu l'épouseras quand même ?

— Oui, répondit Kevin sans l'ombre d'une hésitation.

— Bien des hommes ont dû l'apercevoir sur les lieux. L'un d'eux risque de parler. Tu peux commencer à t'entraîner au pistolet et à l'épée.

17

Rosamund ne revit pas Kevin pendant deux jours. Après sa leçon du matin et quelques tâches domestiques, elle mit une capeline pour rendre visite à Minerva, dans l'après-midi.

Celle-ci était-elle informée de sa relation avec Kevin ? Elle risquait de désapprouver cette liaison et de ne pas la recevoir.

Que ressentirait-elle, dans ce cas ? Car ce genre de déconvenue finirait par arriver. Si elle se faisait une amie, un mari ou un père pourrait s'interposer...

Un mariage avec Kevin lui épargnerait ces épreuves, dans une certaine mesure. Mais elle n'ignorait pas combien la bonne société pouvait être cruelle. Plus les gens en sauraient sur son compte, moins ils l'accepteraient. Et s'ils apprenaient qu'elle avait travaillé chez Mme Darling... nul ne lui adresserait plus la parole.

Était-ce inévitable ? Une domestique passait inaperçue. Aux heures d'ouverture du bordel, son travail était généralement terminé. Cependant, une prostituée lui demandait parfois d'ajouter du bois dans la cheminée... Et si un client la reconnaissait ?

Minerva vint à sa rencontre. Un peu décoiffée et habillée simplement, elle descendit l'escalier.

— Je suis désolée de vous avoir fait attendre. Je rentre à peine d'une enquête.

Elle entraîna la jeune femme dans la bibliothèque et commanda du thé.

— Je sais que j'ai une drôle d'allure, que j'ai l'air un peu négligée. S'il s'était agi de quelqu'un d'autre, je ne serais pas descendue.

Minerva glissa une mèche derrière son oreille.

— Vous partez souvent enquêter ? demanda Rosamund.

— En général, j'ai des agents. La mission d'aujourd'hui exigeait un certain savoir-faire. J'ai préféré m'en charger moi-même. J'étais censée être une dame patronnesse qui ne prend guère soin de son apparence. Suis-je crédible ?

Rosamund observa sa robe marron et terne, ainsi que ses bottines.

— Je suis convaincue, dit-elle en souriant.

— Par chance, j'ai atteint mon objectif et je vais pouvoir remettre un rapport complet à ma cliente.

— Est-ce un cas intéressant ?

Minerva servit deux tasses de thé.

— Unique. Ma cliente soupçonnait son mari d'avoir une double vie et une seconde famille. Et c'est le cas.

— À Londres ? Quelle audace !

— Pour de nombreux hommes, une épouse silencieuse est une épouse stupide. Hélas pour cet homme, elle a l'esprit acéré et rien ne lui échappe. Elle a fermé les yeux pendant des années et aurait continué, si elle n'avait pas considéré qu'il avait franchi les bornes.

Rosamund réfléchit :

— Aurait-il épousé l'autre femme également ?

— Vous êtes très perspicace ! J'ignore pourquoi il l'a épousée, mais j'ai plusieurs théories. L'essentiel, c'est que ma cliente le démasque. Pour la première fois, il devra l'écouter car elle aura des arguments.

— Vous avez une existence passionnante.

— Pas au point de m'offrir une escapade à Paris. Racontez-moi ça !

Rosamund lui décrivit les merveilles qu'elle avait découvertes.

— Kevin s'est-il bien comporté ?

— Que voulez-vous dire ? balbutia-t-elle en rougissant.

— A-t-il réussi à rester courtois envers ce M. Forestier que vous avez mentionné ? Et avec vous ? Et le personnel de l'hôtel ?

— Je ne l'ai pas vu s'emporter. J'ignore comment il s'est conduit pendant que je faisais des emplettes.

Minerva l'observa à la dérobée. Rosamund tourna sa cuillère dans sa tasse de thé.

Soudain, Minerva posa la sienne avec fracas.

— Le scélérat !

— Pourquoi ? Je viens de vous dire qu'il s'était bien comporté.

— Il vous a séduite. Je le lis dans vos yeux. Il vous a séduite pour mieux vous imposer ses projets concernant cette invention. Chase est au courant, je pense. Il a dîné avec Kevin hier soir, et je l'ai trouvé bizarre à son retour. Il est resté très vague. Il ne m'a rien dit sur vous deux car il sait que je...

— Je vous en prie, je n'ai pas... enfin, je n'ai pas résisté. Loin de là, pour être honnête. Cependant, cela m'a fait réfléchir à certaines choses. Nous envisageons de nous marier, voyez-vous, et j'ai besoin d'en savoir plus sur lui.

— Vous marier ? Avec Kevin ? Qu'est-il arrivé à l'homme sur lequel vous m'avez demandé d'enquêter ? Ce Charles ?

— Je l'ai vu, et il a changé.

Minerva afficha une mine grave.

— Il n'est pas très sage de se tourner vers un autre homme aussi vite après une déception, surtout vers Kevin Radnor.

— Je n'ai pas encore pris ma décision. Toutefois, ce mariage me semble plutôt raisonnable. Rien ne pourrait changer ma situation de façon aussi radicale.

— Ah… bien sûr. Je regrette d'avoir supposé que vous n'aviez pas réfléchi à la question. Il semble que vous soyez plus raisonnable que moi. Et plus pragmatique.

Minerva saisit la théière pour remplir sa tasse.

— Que voulez-vous savoir de lui ? ajouta-t-elle. Je crois que vous le connaissez mieux que moi, à présent.

— J'aimerais en savoir davantage sur la mort du duc.

— Je vous l'ai dit : l'enquête a conclu à un accident.

— Mais la famille n'est pas d'accord avec cette version. Chase et vous pensez qu'il s'agissait d'un accident ?

— Non, fit Minerva, un peu hésitante. Nous sommes persuadés du contraire.

— Et Kevin ?

— Je ne lui en ai jamais parlé, à l'inverse de Chase. Kevin se trouvait sur place. Il prétend que c'était la veille du drame, et qu'il était reparti quand c'est arrivé. Il a admis qu'il s'était disputé avec son oncle. Le fait qu'il ait affirmé être en France a semblé étrange. Il était rentré depuis plusieurs jours.

— Il avait pris le bateau précédent.

— Oui. Nous l'avons découvert par nous-mêmes. Et un autre membre de la famille l'a remarqué en ville.

— Felicity.

— Je vois qu'elle n'a pas pu s'empêcher de vous en faire part, commenta Minerva d'un ton dur.

— Et malgré cela, c'est la thèse de l'accident qui a été retenue. Pour protéger Kevin ?

— Pas du tout. Chase a présenté le fruit de ses recherches aux autorités compétentes. Il y avait d'autres suspects, dont je faisais moi-même partie puisque j'étais l'une des héritières. Bref, l'affaire est classée.

— Son père doit savoir s'il était en ville le jour du drame, non ?

Minerva hésita un instant.

— Il n'est pas allé chez son père à son retour. Rien ne prouve qu'il ne se trouvait pas au domaine ducal ce jour-là.

— Le croyez-vous coupable, Minerva ? J'ai besoin de le savoir.

La jeune femme prit le temps de la réflexion. De toute évidence, elle était mal à l'aise.

— Il est colérique. Je suppose qu'il se maîtrise en présence d'une femme. L'autre soir, il s'est emporté contre Phillip. Si les cousins n'étaient pas intervenus, qui sait ce qui se serait passé ? Par ailleurs, il est passionné par son projet, qui le ronge. Le testament avait été modifié récemment, pour vous accorder la moitié de l'entreprise qui appartenait au duc. La famille n'était pas au courant de ces changements, mais Kevin a pu l'apprendre et voir rouge. Il a affirmé qu'ils s'étaient disputés à propos de l'argent destiné à cet homme qu'il a vu à Paris, avec vous.

Elle n'en dit pas davantage. Kevin semblait plus que suspect. Un homme ordinaire aurait été condamné pour moins que cela, mais pas le petit-fils d'un duc. Quelqu'un avait choisi de ne pas accuser Kevin, mais que se passerait-il si cette personne faisait machine arrière ? Ce serait affreux.

Minerva prit sa main dans la sienne.

— Vous m'avez demandé mon avis : je ne le crois pas responsable de cet acte. Bien que je n'aie aucune preuve, je me fie à mon expérience de la nature humaine. J'ai rencontré des hommes capables d'un tel geste, et Kevin n'est pas de ceux-là. Cependant, ce n'est que mon avis. L'important est de savoir ce que *vous* en pensez.

Rosamund ne savait que croire. L'homme qui l'avait réconfortée après son entrevue avec Charles ne pouvait avoir commis ce crime. Pas plus que celui qui restait dans la demeure familiale pour ne pas abandonner son père à la solitude. Cependant, il était effectivement colérique, et cette invention l'obsédait.

— Je suppose que la famille est informée de votre projet de mariage, reprit Minerva. Préparez-vous à l'affrontement.

— Je sais qu'ils désapprouveront. C'est pourquoi nous ne sommes pas encore fiancés. Kevin peut ainsi changer d'avis.

— Je doute qu'il se plie à l'opinion de la famille ! commenta Minerva en riant.

— Il est honnête de leur permettre d'essayer de le convaincre.

— Si ce mariage a lieu, ce sera une bonne chose pour lui. Depuis des années, il vit dans une maison triste. Chase m'a dit que le père de Kevin lui a toujours reproché la mort de sa mère. C'était un mariage d'amour. Quand elle est morte en couches, il a été perdu, dévasté. Le défunt duc s'est installé chez lui pendant un mois, pour s'assurer que son frère ne commette pas l'irréparable. Kevin a grandi avec un père qui le regardait à peine.

Ces révélations attristèrent Rosamund, non seulement pour Kevin, mais pour cet homme qui avait fui son chagrin en se passionnant pour des objets excentriques au lieu de chérir son enfant.

Un mariage d'amour...

Le père de Kevin était tombé amoureux, et en retour il avait passé sa vie dans la souffrance.

Kevin plia une feuille de papier et la glissa dans une poche de sa redingote. Dans la salle à manger, il consulta son courrier et sélectionna une lettre, qu'il empocha.

Alors qu'il terminait son petit déjeuner, il perçut une présence. Levant les yeux, il vit son père.

— Tu sors ? demanda celui-ci.

— En effet.

— Tu vas la voir ?

— Oui. Nous devons parler affaires.

— C'est une façon d'appeler ça.

— Elle demeure mon associée.

D'un regard, son père congédia le domestique qui patientait près de la porte. Il s'éclipsa.

— Tu as donc décidé de me désobéir.

— Nous n'en sommes plus là. Je vais sur mes trente ans.

— Un âge suffisant pour mépriser sa famille, apparemment. Je vais être très clair, au cas où tu penserais que tes tantes n'ont parlé que pour elles-mêmes. J'interdis ce mariage.

Kevin se leva et soutint son regard.

— J'ai compris, mais c'est une décision qui me revient.

— Comme tu voudras. Si tu es déterminé à te marier avec elle, à me couvrir de honte, je ne veux plus te voir. Ne reviens pas ce soir. Ne reviens jamais.

Ces mots soulagèrent Kevin plus qu'ils ne le contrarièrent, même s'il s'inquiétait pour l'homme qui se tenait devant lui. Au-delà de son expression sévère, il lisait un profond désarroi dans le regard de son père.

— À votre guise. J'enverrai quelqu'un récupérer mes affaires quand je serai installé.

Son père parut étonné, comme s'il s'attendait à le voir céder.

Kevin prit le reste de son courrier et quitta la pièce.

Je passerai vous chercher à 14 heures pour vous emmener à la banque.

Le message arriva de bon matin. À l'heure prévue, Rosamund attendait Kevin dans sa bibliothèque.

Elle ne l'avait pas revu depuis leur retour – à peine quelques jours, mais la perspective de le revoir la rendait un peu nerveuse. Leur séjour à Paris faisait déjà partie du passé. Se verraient-ils sous un autre jour, désormais ? Serait-elle moins désirable à ses yeux ?

En entendant le bruit de ses pas, elle tourna la tête. Son sourire fit naître un trouble dans son ventre, écho des sensations qu'elle avait découvertes dans ses bras.

Elle se leva d'un bond et il l'enlaça pour l'embrasser avec fougue.

— Tu m'as manqué, souffla-t-il.

Elle ne put s'empêcher de rire. Il l'embrassa avec une ardeur décuplée qui lui donna des ailes.

— Il faut partir, déclara-t-il en s'écartant.

Sur le trottoir, elle remarqua qu'il n'était pas venu avec sa voiture.

— Tout va bien dans ta boutique ? s'enquit-il.

Elle lui décrivit les commandes qui commençaient à affluer.

— Tout va pour le mieux à Richmond également. Je crois que je vais pouvoir garder les deux. Et toi ? Quoi de neuf ?

— Pas grand-chose. Je travaille sur la suite de mon projet. J'ai passé du temps avec Nicholas, et j'ai réuni les documents nécessaires pour envoyer les fonds en France. Et puis, j'ai parlé de nous deux à mon père.

Il semblait désinvolte, comme s'il n'accordait aucune importance à ce sujet.

— Comment a-t-il réagi ?

Kevin regarda par la fenêtre et plissa les yeux face aux rayons du soleil.

— Il n'a pas apprécié l'idée d'un mariage, mais il fallait s'y attendre.

— Vous vous êtes disputés ?

— Non. Il a néanmoins tenu à ce que mes tantes et Nicholas interviennent. Enfin, ce n'est pas grave. Il m'a annoncé ce matin qu'il ne voulait plus jamais me revoir, d'où ce fiacre. (Il lui sourit.) Je ne suis nullement étonné et tout cela n'a pas d'importance.

— Il t'a chassé de la maison ? C'est affreux !

— Si j'avais su, j'aurais trouvé une fiancée inacceptable depuis longtemps.

— Où vas-tu aller ?

— Je vais passer quelques jours à Whiteford House, puis je trouverai un logement. N'aie pas l'air aussi désemparée. Je m'en moque, et tu devrais t'en moquer aussi.

Il faisait mine de ne pas être touché par ce rejet, mais il ne pouvait être indifférent.

— Le duc a-t-il aussi… ?

— Mes tantes voulaient qu'il réprouve notre union, ce qu'il a refusé de faire. Il était furieux d'être impliqué dans cette histoire. Chase n'a rien contre nous non plus, je crois. Les autres peuvent aller au diable.

— J'en ai parlé à Minerva, qui n'a pas paru choquée.

— Elle n'a pas désapprouvé ?

— Elle n'a rien dit sur notre liaison ou sur notre potentiel mariage. Elle était étonnée sans être réprobatrice.

— S'est-elle offusquée que *tu* envisages de m'épouser ?

La jeune femme réprima un petit rire.

— Un peu…

Kevin rit à son tour.

— Plus que cela, à mon avis. Elle ne m'apprécie guère. Nous nous engageons sur le Strand, annonça-t-il en regardant par la fenêtre de la cabine, dont il tira le rideau. Cela me laisse le temps de t'embrasser comme il faut avant d'arriver à la banque.

Kevin rédigea d'abord son propre chèque, puis il laissa l'employé s'occuper de celui de Rosamund. Elle trempa sa plume dans l'encrier et signa. Elle demanda ensuite à retirer de l'argent pour ses dépenses personnelles.

— Ces chèques seront envoyés à la banque de M. Forestier. Cela devrait prendre plusieurs jours, expliqua Kevin en quittant la banque. Nous recevrons une confirmation par retour du courrier.

— Voilà qui est fait, et j'ai enfin quelques billets dans mon réticule. Ce n'est pas trop tôt ! J'ai dépensé tout mon premier retrait à Paris.

Elle prit son bras pour flâner dans la rue.

— Qu'aimerais-tu faire, maintenant ? demanda-t-il.

— Je voudrais acheter des livres. Ma bibliothèque est encore misérable.

— Allons-y. Quelle librairie ?

— Je n'en connais aucune. À vrai dire, je ne suis jamais entrée dans une librairie. Elles m'ont toujours intimidée. Je te laisse choisir.

Ils reprirent un fiacre. Il indiqua au cocher de les conduire à Finsbury Square.

— C'est l'une des plus grandes librairies. On l'appelle le Temple des Muses, dit Kevin en l'entraînant à l'intérieur. Elle se targue d'être la moins chère du monde. Je n'y ai pas de compte, mais nous devrions avoir de quoi acheter bon nombre de volumes.

— C'est immense, commenta la jeune femme, impressionnée. Regarde, il y a même une coupole !

— Il y a quatre niveaux. Au début, une voiture attelée faisait le tour de la partie centrale.

— Tous ces rayonnages... Par où commencer ? Je veux de vrais livres, des livres convenables que Lily pourra lire... et moi aussi, ajouta-t-elle avec un sourire hésitant.

— Ils rachètent des bibliothèques entières. Voyons les derniers arrivages...

Il l'entraîna vers le comptoir circulaire central et demanda à parler à M. Lackington, le directeur, au sujet de ses dernières acquisitions.

On leur indiqua un bureau situé au premier étage. Un homme aux cheveux blancs les reçut. Après avoir pris connaissance de la requête de Rosamund, il les conduisit vers un rayon.

— Vous devriez trouver ce que vous cherchez ici. Ce sont de superbes ouvrages reliés en cuir. Des classiques de la poésie, de la philosophie, ainsi que des œuvres plus récentes.

Il tendit un volume à Rosamund, qui ne prêta guère attention à la qualité de la reliure ou à la calligraphie. Elle l'ouvrit avec révérence et tourna quelques pages.

Puis elle en demanda le prix.

— Je vends tout le lot, précisa M. Lackington. Plus de cinquante titres aux reliures assorties. Disons trente-cinq livres, sans négociation possible. Nos tarifs sont modestes. Vous payeriez deux fois plus cher lors d'une vente aux enchères.

Rosamund interrogea Kevin du regard. Il hocha la tête.

— Je les prends, dit-elle. Pouvez-vous les faire livrer ?

— Bien sûr.

M. Lackington glissa les billets dans une poche de son gilet et plaça une carte sur les étagères.

— Vous les aurez demain matin de bonne heure. Je suis ravi d'avoir fait votre connaissance.

Ils s'éloignèrent.

— Pourquoi pensait-il que j'allais vouloir négocier ? demanda la jeune femme.

— C'est l'impression qu'il a eue. Tu allais le faire ?

— Bien sûr, mais il ne pouvait pas le deviner.

— Il ne t'a pas traitée différemment que s'il avait eu affaire à moi. Tout le monde cherche à obtenir une ristourne. Il rappelle simplement à ses clients qu'il ne cédera pas.

— Ces livres sont impressionnants. Même le papier est beau. Je pourrais les feuilleter, même si je ne suis pas d'humeur à lire. Celui qu'il m'a tendu contenait des poèmes.

— Nous en avons terminé ? demanda-t-il, une fois au rez-de-chaussée.

— Quelques romans, peut-être...

— Je crois que j'ai exagéré, admit Rosamund en ôtant sa capeline dans l'entrée de sa maison. Devrais-je faire relier tous les livres que j'ai achetés afin qu'ils soient assortis ?

Kevin la regardait défaire les nœuds de ses rubans comme s'il s'agissait pour lui d'une révélation.

— Si tu le souhaites. Sinon, range-les tels qu'ils sont. À l'avenir, tu choisiras ta propre reliure.

Elle l'entraîna dans la bibliothèque.

— Tu dois me trouver bien ignorante de ne pas savoir ce genre de choses.

Il la prit par la main et l'attira vers lui.

— Tu as tes domaines de prédilection, et j'aime ta franchise à propos de ce que tu ne connais pas. Je trouve ça charmant.

Il déposa un baiser sur ses lèvres.

— Adorable, ajouta-t-il en s'emparant de sa bouche. J'aime cette forme d'innocence, et j'aime t'apprendre des choses.

— Je pense que nous ne parlons plus de livres...

Il rit.

— Tu es bien méfiante...

Au moment où il l'enlaçait, la porte s'ouvrit. La jeune femme fit un bond en arrière.

Son valet l'informa que le repas serait servi à 18 heures. Elle le congédia.

— J'ai commandé quelque chose pour nous, expliqua-t-elle.

— Hmm. Je suppose que tu tiens à ce dîner, dit Kevin en consultant sa montre.

— Je l'ai demandé spécialement.

Il avait manifestement eu une autre idée. Devant le secrétaire, il s'arrêta.

— Quand as-tu reçu ces cartes de visite ? demanda-t-il en les examinant.

— Je les ai trouvées à notre retour de Paris. Deux autres ont été déposées hier après-midi. Je redoutais d'être rejetée en m'installant ici, mais mes voisins semblent très accueillants. Je devrais sans doute rendre visite à certaines de ces dames, par politesse.

— Il n'y a pas que des voisins ou des dames...

— Quelques messieurs ayant une boutique à proximité de la mienne sont venus me souhaiter la bienvenue.

— L'un d'eux travaille sur le Strand. Il en a fait, du chemin. La chasse a commencé.

— Que veux-tu dire ?

— C'est une ruse facile pour ces hommes. Pas besoin de présentations en bonne et due forme. Le commerce est un bon prétexte.

— Ils cherchent peut-être simplement à se montrer aimables.

— Si j'étais mercier dans Oxford Street, je chercherais à me lier d'amitié avec une superbe héritière qui vient d'ouvrir une boutique dans le quartier. Tu découvriras vite qu'aucun de ces messieurs n'est marié.

Elle faillit lui reprocher d'être trop méfiant. Hélas, il avait probablement raison. Mme Ingram était du même avis que lui.

— Viens t'asseoir à côté de moi, dit-elle. J'aimerais profiter de quelques baisers avant le dîner. Je n'ai pensé qu'à cela toute la journée.

Il goûta à peine la saveur de son repas, tant son attention était concentrée sur Rosamund.

Leurs baisers l'avaient mis en appétit, et il la regardait manger avec un désir de plus en plus intense. Le moindre mouvement de ses lèvres pulpeuses le rendait fou. Il imaginait la jeune femme nue sur cette table, au milieu de la vaisselle. Il la prendrait dans diverses positions, plus choquantes les unes que les autres.

— Quelles sont les prochaines étapes ? demanda-t-elle. Je t'ai déjà posé la question deux fois, mais tu ne m'écoutes pas.

Comment l'écouter, alors qu'elle portait une cuillerée d'entremets à sa bouche ? Du bout de la langue, elle lécha un peu de crème restée sur la cuillère.

— Je parle de l'invention, insista-t-elle. Je pense que les étapes menant à la fabrication sont clairement établies, désormais.

Enfer et damnation. Elle n'allait pas abandonner le sujet. Il se détourna pour se concentrer.

— La solution idéale serait de construire une usine.

— Cela coûterait beaucoup d'argent, non ?

— On peut aussi signer un contrat avec une autre usine, qui fabriquerait le produit pour nous. Ce serait plus cher et les plans passeraient dans d'autres mains.

— Tu as toujours peur d'être copié. Quand l'objet sera fabriqué, ce danger sera présent de toute façon, non ?

— Il n'est pas facile de comprendre comment ça fonctionne, sauf si on le fabrique soi-même. Lors de son utilisation, l'objet ne sera pas totalement visible sur un moteur.

Rosamund finit son entremets. Kevin regarda le domestique emporter le plat.

— Peut-être ne devrions-nous pas le fabriquer, suggéra-t-elle d'un air pensif. Laissons ceux qui produisent des moteurs à vapeur s'en charger.

— Il nous serait alors impossible de contrôler la qualité.

— Quand on fabrique une machine, on veut qu'elle fonctionne. Pourquoi adopter cette amélioration pour tout gâcher ensuite ?

— Il s'agit d'un instrument de précision. Il faut être exact.

— Je suis sûre que de nombreuses usines pourraient garantir cette exactitude. L'échantillon que tu m'as montré était bien réalisé. Cette fonderie se trouve-t-elle près de Londres ? Nous pourrions conclure un accord avec elle.

— Tu n'imagines pas combien les usines se montrent négligentes, surtout les fonderies. À moins qu'il ne s'agisse d'un fer forgé ornemental, ces gens ne sont pas précis.

— Et pourtant, tu as trouvé un fabricant. Sans doute plusieurs, tel que je te connais. Reprends ta liste. Nous gagnerons à...

Soudain, elle se tut et se pencha pour l'observer avec attention. Elle parut incrédule.

— Tu as bien fait appel à une fonderie pour ce prototype, n'est-ce pas ?

Parfois, elle était insupportable, songea-t-il. Comme en cet instant. Si seulement son oncle avait légué la moitié de l'entreprise à une idiote !

— Alors ?

— Je l'ai fabriqué moi-même.

— Comment cela ?

— Ce ne fut pas très difficile. J'ai observé des ouvriers pendant quelque temps, et j'ai essayé. J'ai vite pris le coup de main.

— Je te crois volontiers. Je suppose que tu n'as fait que ça pendant des mois. Où donc ?

— J'ai un petit atelier sur l'autre rive du fleuve.

— J'aurais dû me douter que tu ne ferais confiance à personne. Tu comptes fabriquer tous les modèles ?

— Si je remporte un certain succès, ce sera difficile.

Elle sourit, puis se mit à rire aux éclats.

— Pardonne-moi. Je ne me moque pas de toi... J'imaginais simplement la tête de ta tante Agnès en te voyant forger, torse nu, près des flammes.

Il fit une grimace comique.

— Elle tomberait raide morte.

Elle se redressa et pinça les lèvres.

— C'est inadmissible, Kevin ! railla-t-elle en imitant le timbre strident de la vieille dame. Il est déjà honteux que tu aies une entreprise, mais que tu manies ces outils… c'est intolérable ! Tu fais honte à la famille !

— Tu l'imites parfaitement, commenta Kevin en s'esclaffant. Je suis ravi que tu ne sois pas choquée. Cela m'inquiétait un peu.

— Les gens de mon milieu ne s'offusquent pas de voir un homme utiliser sa force pour créer son rêve, Kevin.

Il plongea dans son regard, et renonça à la faire sienne sur la table, contre le mur ou par terre.

— Viens avec moi. Immédiatement.

Il l'entraîna vivement hors de la salle à manger puis dans l'escalier, la tenant par la taille. Sur le palier, il s'arrêta :

— Où est ta chambre ?

Elle désigna une porte, qu'il ouvrit vivement avant de la claquer. Enfin, il prit le visage de la jeune femme entre ses mains pour l'embrasser avec fougue.

Le désir de Rosamund était monté au fil de la journée et menaçait de l'engloutir. Les mains fébriles de Kevin se mirent à errer sur son corps.

Entendant du bruit dans l'antichambre, la jeune femme se tourna vivement.

— Ta femme de chambre n'entrera pas, souffla-t-il en s'attaquant aux boutons de la robe. Elle sait que je suis là.

L'idée que ses domestiques sachent ce qu'elle était en train de faire la déstabilisa un instant. Mais dès que le haut de sa robe se retrouva sur ses hanches, elle sentit les baisers de Kevin dans son cou et s'abandonna. Lorsqu'il dénoua les cordons de ses jupons, elle oublia jusqu'à l'existence de son personnel.

La fougue de la jeune femme était à l'image de celle de son partenaire. Elle lui arracha presque sa cravate et s'attaqua, les doigts tremblants, aux boutons de son gilet. Ils ôtèrent leurs vêtements en un éclair pour se retrouver nus, enlacés, peau contre peau, une sensation si magique qu'elle en eut le souffle coupé. Déjà, son sexe en émoi pulsait d'impatience entre les replis humides.

Elle se retrouva vite sur le lit. Agenouillé devant elle, il la tourmenta de la langue et à coups de petits baisers torrides, pour se nicher entre ses cuisses. Elle devina alors ce qu'il était sur le point de faire et se couvrit pudiquement d'une main.

— Enlève cette main, ordonna Kevin.

Elle hésita.

— Enlève-la, Rosamund.

La jeune femme obéit en fermant les yeux. D'abord, il la titilla de ses doigts, jusqu'à ce qu'elle se laisse aller. Elle sentit alors les premiers coups de langue, qui l'entraînèrent dans un abîme de sensations. Entre deux cris de plaisir, elle le laissa lui soulever les jambes.

Debout au bord du lit, il la tenait par les genoux. Il la pénétra d'un coup de reins, les traits crispés. Elle aimait contempler ses cheveux encadrant son visage et sa mâchoire tendue.

Des ondes de plaisir se succédèrent dans son corps, enflant de plus en plus jusqu'à l'extase qui l'emporta dans un tel raz-de-marée sensuel qu'elle crut se noyer.

Quand elle retrouva ses esprits, Kevin était allongé dans ses bras, haletant contre son oreille.

— Sans toi, je devenais fou, murmura-t-il.

Elle resserra son étreinte, nageant dans une douce torpeur née de l'union de leurs corps… et aussi de leurs âmes. Cette intimité était un cadeau du ciel.

Peut-être attendrait-elle un jour ou deux avant de l'interroger sur la mort du duc.

— Je suppose que tout le personnel est désormais au courant, dit Rosamund.

Allongé sur le dos, il l'avait attirée dans ses bras. Il avait remarqué les travaux accomplis dans la chambre, qui était bien plus accueillante que lors de leur visite en compagnie de l'agent immobilier. Cette référence au personnel lui rappela une terrible vérité : il n'avait pas pris soin de sauvegarder sa réputation.

Mais comment se comporter avec une maîtresse ? Il n'en avait jamais eu, à part une aventure de courte durée. D'ordinaire, il assouvissait ses appétits charnels de façon plus pragmatique. Leur liaison risquait d'être de longue durée, si elle décidait finalement de ne pas l'épouser. En tout cas, il n'avait aucune intention de renoncer à elle.

— Ils seront discrets et ne trahiront pas ce qu'ils croient savoir. Si tu n'en parles pas, tes employés n'en parleront pas non plus. Si tu veux qu'ils pensent que nous avons discuté affaires, dis-le-leur.

— Je verrai si je veux leur expliquer ta présence prolongée dans ma chambre. Ma camériste ne croira jamais à une réunion professionnelle dans mon lit…

Kevin imaginait leurs ébats dans toutes les pièces de la maison.

— Je crois que je vais louer un appartement, annonça-t-il. Tu me rendras visite, si tu es gênée que je vienne ici.

— Ce serait encore plus scandaleux.

Sans doute avait-elle raison.

Quoi qu'il en soit, il ne pouvait rester la nuit entière chez elle. Quand elle connaîtrait mieux ses employés, peut-être, mais pas dans l'immédiat. Un mariage serait beaucoup plus simple, à tout point de vue.

Il relâcha son étreinte et se dressa sur son séant.

— Je veillerai à ce que quelqu'un me voie partir, dit-il.

Elle lui caressait distraitement le dos. Il se pencha pour l'embrasser.

— À demain.

18

Kevin assena une droite à Nicholas, qui esquiva l'attaque et s'avança pour riposter. Kevin en eut le souffle coupé.

— Je refuse de continuer, capitula Nicholas. Tu n'es pas concentré. Je vais finir par te faire mal.

— Désolé, répondit Kevin en le suivant vers la salle de bains. Je n'ai aucune excuse.

— Je n'aurais pas dû te le proposer. Quand tu es descendu prendre ton petit déjeuner, tu étais encore à moitié endormi.

Nicholas ôta sa chemise blanche pendant qu'un employé remplissait deux baquets d'eau chaude.

— Quand comptes-tu annoncer tes fiançailles ?

— La décision ne va pas tarder. Elle va peut-être refuser, finalement. Elle est assez intelligente pour savoir ce qu'elle perdrait en m'épousant. Je devrais peut-être me contenter de ce que nous partageons en ce moment.

— Il n'est pas courant qu'une femme préfère une liaison à un mariage.

Chacun entra dans son bain.

— Je me demande comment je ferais si elle optait pour une liaison. Comment se débrouille-t-on ?

Nicholas se figea.

— Tu me demandes comment on gère une liaison ?

— Donne-moi quelques idées. Tu es un maître dans l'art de la discrétion. Moi, je débute.

Nicholas haussa une épaule.

— La première chose à savoir, c'est que la discrétion n'est qu'une blague. Tout se sait, quels que soient nos efforts. Toutefois, les autres peuvent faire semblant de ne rien savoir.

— Pourquoi prendre cette peine, si les ragots vont bon train quoi qu'il arrive ?

— Les ragots se font plus discrets, et les scandales plus rares. Quant à la dame, sa réputation sera épargnée en public.

Les deux hommes se rendirent ensuite dans une taverne, au bord de la Tamise.

— Tu as pris goût aux établissements louches, railla Kevin.

Les autres clients étaient des ouvriers des docks.

Nicholas commanda deux pintes de bière.

— La bière est bonne ici, et je ne croise aucun membre de la bonne société.

— Ta saison se déroule mal ?

— Les pères de famille sont aussi pénibles que les matrones qui ont des filles à marier. Je viens d'entamer une liaison scandaleuse dans l'espoir de les décourager, en vain.

— Parle-moi de l'art de la discrétion, demanda Kevin.

— Eh bien, déjà, tu vas chez elle et non le contraire. Tu arrives très tard et tu repars avant que les rues s'animent.

— J'en étais arrivé à la même conclusion.

— Dans la maison, évite d'être vu par les domestiques, même s'ils savent tous que tu es là. Si tu arrives en fiacre, arrête-toi deux rues avant et finis à pied. Si tu es à cheval, laisse ta monture dans une écurie à bonne distance. Pour une discrétion absolue, ne passe pas par la porte d'entrée. Préfère le jardin.

— Dois-je passer par la fenêtre ?

— Je me réjouis que cela t'amuse. Non, c'est inutile car personne n'est dupe.

— Merci. Ces conseils me seront utiles.

— Ce n'est pas tout. Il y a aussi la vie en société, et là, tu auras vraiment besoin de mon aide.

— Je suis blessé.

Nicholas sourit de cette plaisanterie.

— Vous pouvez vous rencontrer au parc et faire quelques pas. En revanche, n'arrivez pas ensemble, surtout dans une voiture fermée. Vous avez droit à une danse, pas plus, lors d'un bal ou d'une réception. N'allez pas au théâtre ou au spectacle. Si vous vous croisez dans une soirée, n'ayez pas de conversation animée. Si tu lui offres un cadeau, arrange-toi pour que personne ne puisse en identifier l'origine.

Nicholas but une gorgée de bière, avant de reprendre :

— Si elle est mariée, il y a d'autres contraintes.

— Elle ne l'est pas.

— Pas encore.

— Elle ne se mariera pas. Si elle rejette ma proposition, ce sera pour ne pas perdre la mainmise sur son héritage.

— Elle pourrait tomber amoureuse, un jour. Dans ce cas, va savoir ce dont une femme est capable. Il n'y a pas que les hommes que l'amour rend stupides.

Kevin eut envie d'assurer que Rosamund préserverait son indépendance, mais il ne pouvait en avoir la certitude. Par amour, elle avait attendu ce scélérat pendant des années.

— Rappelle-toi que si elle se marie, ce sera terminé dès les fiançailles, énonça Nicholas. Fini. Il ne tiendra qu'à elle de reprendre votre liaison après le mariage. Si cela se produit, viens me voir et je te conseillerai.

— Je ne te savais pas expert en la matière, railla Kevin.

— Si tu as besoin de leçons de sournoiserie, adresse-toi à Chase. Il passe son temps à déjouer les soupçons de maris jaloux pour éviter un duel. Seul un homme fou amoureux poursuivrait une liaison dans ce cas. Tu n'es pas de ceux-là.

— Tu me dresses un tableau bien compliqué de la liaison amoureuse.

— Parce que *c'est* compliqué. Et on sait que la liaison est terminée quand on préfère aller jouer aux cartes à la perspective de s'insinuer dans une maison comme un voleur.

Kevin prit congé, fort déçu de la description peu attrayante de son cousin. Il était tellement plus simple de se rendre dans un bordel. Cela dit, aucune pensionnaire de bordel n'arrivait aux chevilles de Rosamund…

Il mit le cap vers Southwark.

Rosamund descendit du fiacre. La suite de sa mission lui imposait d'aller à pied. Elle pria le cocher d'attendre son retour et s'éloigna dans la rue.

Ce quartier n'était pas fréquenté par les femmes seules. En réalité, il n'y avait pas grand monde. Des ouvriers allaient et venaient, d'autres patientaient le long des murs. Elle passa devant une taverne bondée.

La plupart des bâtisses étaient en brique et de grande taille. Rosamund sortit un morceau de papier de son réticule. D'après le cocher, elle se trouvait dans la bonne rue. Il ne lui restait qu'à localiser l'établissement.

Dans cette rue étroite, elle ne cessait de traverser pour éviter les chevaux. Soudain, l'un d'eux s'approcha, à tel point qu'elle faillit se retrouver coincée contre le mur.

— Que fais-tu ici ?

Kevin l'observait depuis sa monture.

Elle lui tendit son morceau de papier en souriant.

— Je cherche cette usine.

Il mit pied à terre et attacha son cheval, puis il prit la jeune femme par le bras et l'entraîna vers le coin de la rue.

— Et toi ? Que fais-tu ici ? demanda-t-elle tandis qu'il prenait connaissance de l'adresse.

— Cette forge est toute proche, dit-il.

Il leva les yeux de la feuille de papier, l'air tendu.

— Pourquoi la cherches-tu ?

— Il paraît qu'ils produisent des objets mécaniques, et je voulais...

— Tu comptais discuter avec eux ? Sans me prévenir ?

Il avait peine à maîtriser sa colère.

— D'abord, énonça-t-il, ils ne te parleront pas, parce que tu es une femme. Ensuite, tu ne sais pas vraiment ce dont nous avons besoin. Enfin, tu n'as pas la capacité de déterminer s'ils peuvent répondre à nos critères de qualité.

Elle qui avait été heureuse de le voir n'appréciait pas son ton.

— Selon moi, ils seront prêts à discuter avec quiconque disposé à les payer.

— Tu crois ? Regarde un peu ces hommes. Ils trouvent ta présence étrange. Tu as de la chance que je t'aie croisée, car tu aurais pu avoir des ennuis. Comment diable es-tu arrivée ici ?

Il scruta les alentours d'un air exaspéré.

— Mon fiacre m'attend au bout de la rue.

Il la reprit par le bras et l'entraîna.

— Je te raccompagne.

— Je n'ai pas fini ! s'insurgea-t-elle en se dégageant. Si tu t'inquiètes, reste avec moi, mais je n'obéirai pas à tes ordres fantasques.

— Fantasques ? Je refuse de te laisser discuter de la fabrication dans l'immédiat, surtout en mon absence. Tu es volontaire et entêtée, Rosamund, et tu me rends fou. Tu dois accepter qu'il y ait une façon de procéder qui t'échappe. Ton impatience met en péril l'avenir de l'entreprise. Il ne s'agit pas de façonner un chapeau, nom de Dieu !

La rage la saisit.

— Lâche-moi, Kevin, sinon j'appelle au secours !

Pendant une seconde, elle crut qu'il n'en ferait rien. Leurs regards furibonds se croisèrent, puis il la libéra brusquement.

— De quel droit me traites-tu ainsi en public ? persifla-t-elle. Je me moque que ces hommes soient des brutes. À mon avis, ils n'oseraient pas s'attaquer à moi. Ton sang bleu ne t'autorise pas à briser les règles de la société.

Elle reprit sa feuille de papier.

— Quant à ceci, aucun rapport avec ta précieuse invention. Contrairement à toi, j'ai d'autres intérêts dans la vie.

Sur ces mots, elle s'éloigna en observant les enseignes qui jalonnaient la rue.

— Je te le demande à nouveau, fit Kevin en lui emboîtant le pas. Que fais-tu ici ?

— Je cherche un homme capable de me fabriquer un automate.

Il tressaillit.

— Ah non, pas toi !

Elle lui donna une tape sur le bras.

— Si tu n'es capable que de crier et te plaindre, va-t'en ! Cet automate n'est pas pour moi, mais pour Lily. Un jouet qui se déplace seul, rien de plus. Je m'étonne que nul n'ait encore eu l'idée de concevoir des automates pour enfants.

Il poussa un soupir exaspéré.

— Ce serait trop coûteux. Il faut des centaines de pièces et un mécanisme complexe. Avec une version miniature, le savoir-faire est encore plus rare à trouver.

Elle acquiesça.

— J'en suis consciente. C'est pourquoi je me suis d'abord adressée à des horlogers, dont l'activité est pareille, selon moi.

Ils marchèrent en silence.

— Similaire, corrigea-t-il enfin.

— Un horloger m'a fourni cette adresse en disant que cet homme accepterait peut-être d'essayer. Je ne cherche rien d'aussi sophistiqué que le cygne de ton père. Je veux une femme qui met un chapeau. Un bras qui se lève et redescend.

Le silence s'installa entre eux.

— Même simplifié, un tel jouet serait trop coûteux pour les parents, reprit-il.

— Pour les gens de mon milieu, c'est certain, mais dans la bonne société, les enfants sont gâtés. Voilà pourquoi beaucoup de tes semblables ont ensuite un comportement déplacé.

Elle repéra l'entreprise qu'elle cherchait et traversa la rue. Kevin la rattrapa aussitôt.

— Je t'accompagne.

— Pas question !

— Dans ce cas, je t'attends dehors.

Elle le toisa.

— Je ne peux pas t'en empêcher. Fais comme bon te semble.

Sur ces mots, elle franchit le seuil.

Elle réapparut une demi-heure plus tard.

— À en juger par ton sourire, l'entrevue s'est bien déroulée, commenta-t-il.

— Et ce n'est pas grâce à toi.

Rosamund était si satisfaite qu'elle ne put se renfrogner plus longtemps.

— Il va le faire. Je lui ai remis un croquis de ce personnage féminin. Il semblait ravi. Il a coutume de fabriquer des pièces d'horlogerie. Cette expérience suscite sa curiosité.

— Tu as donc réussi dans ta mission. Viens, je te raccompagne vers ton fiacre. Promets-moi de ne plus venir ici sans escorte.

Elle accepta sa compagnie.

— Je suis désolé, murmura-t-il. Me pardonnes-tu cette querelle ?

— Je n'en suis pas certaine. Tu m'as soupçonnée de trahison sans raison valable. Si tu n'as pas confiance en moi, nous devrions nous en tenir à des relations purement professionnelles.

— J'admets que je me suis mal comporté. J'aurais dû me renseigner sur tes intentions avant de te soupçonner injustement. Sache que je te fais confiance, Rosamund.

La jeune femme s'arrêta pour le dévisager.

— Je connais l'importance de cette entreprise à tes yeux. Je ne suis peut-être pas toujours d'accord avec toi, mais je ne mettrais jamais tes projets en péril. Tes accusations étaient blessantes.

— Je sais, soupira-t-il, contrit.

— Si tu es sincère, je te pardonne.

— Puisqu'il est inconcevable de s'embrasser en pleine rue, je crois que je peux montrer ma sincérité en le faisant quand même, s'enhardit-il avec un sourire.

Lorsqu'il se pencha vers elle, elle se détourna.

— Pas ici, pas maintenant. Ce soir, peut-être, si tu promets d'être très gentil avec moi…

Le spectacle pyrotechnique projetait des milliers d'éclats lumineux dans le ciel nocturne, dans un concert de détonations.

Le surlendemain de leur dispute, Rosamund avait émis le souhait de se rendre à Vauxhall Gardens.

« J'y suis déjà allée, mais je veux en profiter pleinement », avait-elle déclaré.

Ils avaient dégusté du jambon sous un kiosque, avant de flâner dans les jardins au son d'un orchestre. À la nuit tombée, elle jugea qu'il était temps d'avouer la vérité à Kevin.

Elle avait promis de lui faire part de sa décision au sujet du mariage, mais elle voulait parler d'autre chose au préalable. Ensuite, elle n'aurait sans doute pas à s'exprimer sur le mariage…

Les détonations se turent. Dans le ciel, il ne restait que les étoiles. Les spectateurs se dispersèrent pour se livrer à d'autres activités.

— Promenons-nous dans des allées plus discrètes, proposa-t-elle en se dirigeant vers un bosquet. Je ne m'y suis jamais aventurée, car tout le monde dit que c'est dangereux pour une femme seule.

— Disons qu'une méprise est toujours possible.

— Un malentendu peut être le pire des dangers, commenta Rosamund en observant les passants. Autrefois, il y avait plus de monde, surtout des gens de ton milieu.

— Ce parc est moins en vogue, à présent. Ce soir, à Londres, il y a un grand bal que les dames ne manqueraient pour rien au monde.

— Tu n'y es pas allé ? Étais-tu invité, ou as-tu offensé l'hôtesse ?

Il esquissa ce sourire canaille qu'elle adorait.

— Je ne suis pas très fréquentable. J'ai décliné l'invitation. Je préfère passer une soirée avec toi, au lieu de danser avec des jeunes filles ennuyeuses à mourir.

— Elles ne le sont pas toutes !

— La plupart le sont.

En réalité, il n'en savait rien car les grands bals huppés ne l'intéressaient pas.

— Si nous nous marions, seras-tu encore le bienvenu dans ces soirées ?

Il l'entraîna sur une allée en planches.

— Je ne vois pas pourquoi je ne le serais pas.

— Vraiment ? Je resterai une modiste, même si je ne suis pas dans mes boutiques. Je ne veux pas renoncer à cette activité. Si nous nous marions, bien sûr. Je ne servirai pas les clientes, mais je continuerai à créer des modèles.

Parmi les arbres du bosquet il faisait sombre, malgré les lampadaires du parc. Des voix et des rires leur parvinrent. Ils croisèrent un couple enlacé dans l'ombre, à quelques mètres du chemin.

— Tu as réfléchi aux détails pratiques, dit-il.

— Il faut bien que l'un de nous deux y pense.

— Je suis content que tu y aies pensé.

Rosamund s'arrêta et gagna le côté de l'allée, sous les branchages.

— Je t'avais promis de réfléchir et de te donner ma réponse aujourd'hui.

Il patienta. Elle prit sa main et la porta à ses lèvres.

— Il y a des choses dont je dois te parler avant que nous puissions conclure un accord. Des choses que tu dois savoir, et d'autres que j'ai besoin de savoir.

Une certaine gravité s'installa. Elle se doutait que ses propos créeraient un malaise. Hélas, il fallait en passer par là.

— Tu ne m'as jamais interrogée sur mon passé. Il serait malhonnête de ma part d'aller plus loin sans que tu saches. Voilà, j'ai travaillé pendant deux ans chez Mme Darling. Tu connais cette maison.

— Je suis au courant, répondit-il en l'enlaçant.

— Ah oui ? s'étonna-t-elle.

— Tu y es entrée après avoir été chassée par les parents de ton amant.

Elle posa la tête sur son épaule. Il savait, et il ne lui avait posé aucune question. Il aurait avancé sans rien demander si elle avait choisi de se taire.

Elle pouvait en rester là, lui faire confiance, mais cette question demeurerait en suspens entre eux...

— Tu ne te demandes pas ce que je faisais là-bas ? Ta curiosité serait légitime.

— Dis-le-moi si tu le souhaites.

— Je ne trouvais aucun travail respectable. Je n'avais pas de références. Je dormais dans la rue et je mendiais pour manger. J'avais décidé de retourner à la campagne où je pourrais au moins travailler. Hélas, je n'avais pas d'argent pour le voyage. Dans la rue... des hommes m'ont proposé de me payer... J'y ai réfléchi.

— Vu les circonstances, c'est compréhensible. On ne peut te le reprocher.

— Je te remercie, mais tu ne comprends pas, fit-elle en l'embrassant. J'ai fait plus qu'y réfléchir.

Elle eut l'impression que son étreinte se resserrait.

— J'ai pris une décision pratique, guidée par le désespoir. Puis je me suis dit : « Si je dois faire ça, autant que j'aie un toit sur la tête. » Je suis allée au parc, et j'ai attendu jusqu'à ce que je remarque un groupe de femmes ayant l'air de prostituées haut de gamme. Elles jouaient ensemble comme des enfants. Cela m'a rassurée. Je les ai suivies vers une maison située près de Portland Square.

Si Kevin ne disait mot, elle percevait son attention, sa concentration.

— Je me suis présentée à Mme Darling. Elle m'a posé des questions gênantes, puis m'a dit que je ne ferais pas l'affaire.

Elle rit à ce souvenir, puis poussa un soupir.

— J'étais choquée, reprit-elle. Je n'aurais jamais cru être rejetée ainsi. Toute cette angoisse pour rien ! Je ne savais pas si je devais rire ou pleurer. Seigneur ! Je n'étais même pas capable de faire *ça*...

— T'a-t-elle expliqué pourquoi ?

— J'étais trop inexpérimentée à ses yeux, et je n'étais pas faite pour ce métier. Selon elle, être simplement consentante ne suffisait pas. En revanche, elle recherchait une femme de chambre, responsable du linge. J'ai donc accepté ce poste.

— Je me réjouis que Mme Darling ait perçu ton désespoir et t'ai proposé ce travail. Dans une autre maison, tu n'aurais pas eu cette chance.

— Cette maison a été mon foyer pendant presque deux ans. J'y ai encore des amies. Je resterai discrète si nous... enfin, si tu as toujours envie de...

— Comment as-tu rencontré le duc, si tu étais domestique ? Car c'est sans doute là-bas que vos chemins se sont croisés.

Il n'était pas méfiant, mais curieux.

— C'était un client occasionnel. Je prenais mes repas avec les filles, et elles parlaient de lui. L'une d'elles me l'a désigné. Nous nous sommes parlé alors que l'une de ses filles préférées était tombée malade. Elle se nommait Marie. D'après Mme Darling, c'était le choléra, alors elle l'a isolée dans une chambre avec interdiction d'entrer. Je devais poser un plateau devant la porte pour ses repas. J'ai désobéi. Je me suis occupée d'elle en priant pour ne pas attraper sa maladie. J'ai dit à Mme Darling qu'elle avait besoin d'un médecin, mais elle n'en a pas fait venir.

— Cette Mme Darling me plaît beaucoup moins. Elle voulait sauvegarder la réputation de son établissement, de peur que les clients ne viennent plus.

— Un soir, alors que je m'occupais de Marie, le duc est entré sans se soucier de tomber malade. Les ducs sont des êtres particuliers, sans doute.

— Tu parles ! Il n'était pas très prudent de nature.

— Il a fait venir un médecin et, en attendant, nous avons discuté. Ensuite, il a réglé les honoraires et m'a remis une bourse contenant dix guinées. Je n'avais jamais vu autant d'argent de toute ma vie.

Kevin la garda dans ses bras, sous les arbres. Au loin résonnaient les bruits de la fête.

— Tu avais fait preuve de bonté envers cette femme, malgré le danger. A-t-elle survécu ?

— Oui. Une fois guérie, elle est partie.

Elle s'écarta de lui pour le dévisager.

— Voilà, conclut-elle. Je voulais que tu le saches.

Ils poursuivirent leur flânerie. En passant sous une lanterne, elle se tourna vers lui. Il affichait une expression pensive.

— Puisque tu travaillais là-bas, des hommes t'ont vue. La plupart des servantes passent inaperçues, mais je doute que ce soit le cas pour toi.

Voilà. Il comprenait la gravité du problème.

— Y a-t-il eu des malentendus avec certains clients ? questionna-t-il.

— C'est une façon élégante d'exprimer les choses, Kevin. Deux hommes ont en effet parlé de moi à Mme Darling. Ils proposaient une forte somme d'argent, que j'ai refusée. Un autre m'a vue faire le ménage dans une chambre et n'a pas pris la peine de consulter la tenancière. J'ai appelé au secours, et des filles sont venues à la rescousse. S'il y en a eu d'autres, je ne suis pas au courant.

Elle s'arrêta à nouveau pour lui faire face.

— Je ne me suis pas vendue une seule fois, si tu te poses la question.

— Je ne me la posais pas.

— C'est l'impression que j'ai eue. Je comprends que tu aies besoin de savoir.

— J'en avais besoin, mais pas pour les raisons que tu crois.

Ils étaient de retour dans l'allée sombre.

— Tu es très courageuse et honnête de m'avoir parlé ainsi.

— Tu étais déjà au courant.

— Tu ignorais ce que je savais ou non. Quelle question voulais-tu me poser, de ton côté ?

Elle hésita. Il lui avait fait confiance et il la croyait, malgré les problèmes que son passé risquait de lui poser.

Comment lui demander s'il avait tué son oncle ? Ce serait la pire des injures. Une trahison. De plus, s'il était homme à commettre un tel crime, il lui mentirait, de toute façon.

Était-elle capable de lui accorder une confiance inconditionnelle ? Pourvu qu'elle n'ait pas perdu la raison, comme avec Charles...

— Je voulais savoir si tu penses toujours que ce mariage de raison est une bonne idée.

Il prit sa main pour l'embrasser.

— C'est une excellente idée.

— Dans ce cas, allons-y, avant que l'un de nous se rende compte que nous sommes complètement fous !

19

Une semaine plus tard, la cérémonie se déroula à l'église Saint-George, dans l'intimité. Rosamund portait une robe crème qu'elle avait commandée à son retour de Paris.

Minerva, Chase et Hollinburgh étaient présents, ainsi que Jenny, la femme de chambre de la mariée. Le père de Kevin s'était abstenu, comme les autres membres de la famille.

En se retournant après avoir prononcé ses vœux, Rosamund aperçut Béatrice au fond de l'église. Son amie lui adressa un signe d'encouragement et un sourire, avant de s'éclipser. Kevin avait-il remarqué sa présence ?

Le seul regret de Rosamund était de ne pas avoir Lily à ses côtés. Elle lui avait écrit pour lui annoncer son mariage. Sa sœur lui avait répondu avec enthousiasme. Sans doute était-elle soulagée de voir son aînée trouver l'honorabilité qu'elle méritait.

Il y eut une réception dans le jardin de Minerva. Il faisait beau, et l'ambiance était enjouée. Après les félicitations d'usage, les jeunes mariés regagnèrent la maison de Rosamund pour entamer leur vie conjugale.

Dès que Kevin entra dans la chambre, Jenny s'éclipsa pour les laisser seuls. Il prit Rosamund dans ses bras et l'embrassa avec bien plus de fougue qu'à l'église.

— Voilà...

— Ça fait un drôle d'effet, tu ne trouves pas ?

— Oh oui, admit-il. « Jusqu'à ce que la mort nous sépare »... on en a pour longtemps.

— Je me suis fait la même réflexion.

Jenny avait commencé à la déshabiller, et Kevin la fit pivoter pour dégrafer les derniers boutons de sa robe.

— J'ai vu une pensionnaire de Mme Darling à l'église, dit-il. L'avais-tu invitée ?

— Elle ne serait pas venue, sinon, répondit-elle. Elle n'était pas là pour toi, si c'est ce qui t'inquiète.

Il s'interrompit dans sa tâche.

— Donc, tu es au courant...

— Oui. Béatrice et moi restons amies.

— Je croyais que ces filles se contentaient de t'acheter des chapeaux.

— Elle était très gentille avec moi quand je vivais là-bas. À l'époque, elle était certainement ma seule amie à Londres.

— Je ne la reverrai plus, ne t'inquiète pas. Et si je devais rompre ma promesse, ce ne serait pas avec elle.

Il fit glisser la robe le long de son corps.

— Je sais, dit Rosamund en se plaçant face à lui. Elle ne voudrait plus de toi, désormais, même si tu allais là-bas. Elle a beau vendre ses charmes, elle est loyale en amitié.

Elle observa les mains de Kevin qui empoignaient ses jupons.

— Elle m'a toutefois vanté ton expertise. Selon elle, tu es très doué.

— Vraiment ? fit-il avec un sourire charmeur. C'est gentil de sa part.

— Mais j'étais déjà au courant...

— En fait, tu n'as pas tout vu. Loin de là, ma chérie...

Ses jupons rejoignirent la robe sur le sol.

— Sois mon professeur, et enseigne-moi ce que j'ignore.

Il effleura ses seins qui pointèrent sous le fin tissu de la camisole.

— Excellente idée. Commençons sans tarder...

Dix jours plus tard, un visiteur se présenta. Kevin s'était retiré dans le petit bureau attenant à la bibliothèque, quand le valet lui apporta une carte. Agacé d'être dérangé alors qu'il comptait se remettre au travail après plus d'une semaine d'inactivité, il gagna le salon.

Rosamund s'y trouvait déjà, en compagnie de M. Theodore Lovelace, qui lui tournait le dos. Leur visiteur était corpulent et avait les cheveux roux. Avec ses larges épaules, il semblait être un travailleur de force. Sa main visible présentait des cals et des cicatrices, mais son manteau était de qualité.

— Le voici ! déclara la jeune femme. Je vous présente M. Kevin Radnor, que vous souhaitiez rencontrer.

Kevin s'approcha de M. Lovelace et découvrit ses traits burinés et ses yeux gris, qui pétillèrent dès qu'il sourit.

— M. Lovelace et nous avons une connaissance commune, reprit Rosamund.

— De qui s'agit-il ?

— M. Forestier, de Paris, répondit Lovelace.

— Forestier ? Il vous a indiqué mon nom ?

— En effet, monsieur.

— Comment le connaissez-vous ?

— Je l'ai rencontré à Paris. J'étais en voyage, et j'ai entendu parler de lui en tant que spécialiste de la mécanique et des machines. C'est mon métier. J'ai une usine dans le Shropshire et un atelier dans la région, au bord de la Tamise.

— Quel type de machines ?

— Un peu de tout. Je suis doué pour la mécanique. Nous produisons pour les autres, et je dessine aussi des modèles. J'ai une nouveauté qui servira dans les filatures. Cependant, j'ai un petit problème. J'ai fait appel à Forestier dans l'espoir de trouver une solution.

— Comment en est-il venu à citer mon nom ?

— Selon lui, vous avez les mêmes centres d'intérêt que moi et vous auriez peut-être une solution, grâce à votre expérience.

Il sortit un rouleau de sa poche.

— J'ai apporté un plan…

— Forestier vous a dit autre chose à mon propos ?

Impressionné par le ton de sa voix, Lovelace pâlit. Rosamund le mit en garde d'un regard. Kevin maîtrisa ses soupçons et se fit plus aimable :

— Je voulais juste savoir comment il vous a convaincu de venir me voir.

— Il m'a dit que vous étiez un inventeur, et que vous trouveriez une solution.

— C'est tout ?

— Eh bien, il a suggéré que nous travaillions ensemble, afin d'unir vos inventions et mes unités de production.

L'esprit de Kevin tournait à plein régime.

— Construisez-vous des moteurs ?

L'homme sourit.

— Oui, mais ici, je ne produis que les moules destinés aux pièces de métal. C'est dans le Shropshire que j'assemble les moteurs.

Kevin se ferma.

— Désolé, je ne peux rien faire pour vous. Bonne journée.

Furibond, il quitta la pièce. Il aurait volontiers tué Forestier.

Rosamund courut après lui et le rattrapa au pied de l'escalier.

— Qu'est-ce qui te prend ? lança-t-elle. Comment peux-tu être aussi impoli ?

— C'est le concurrent qui nous a coûté dix mille livres, sans parler d'un pourcentage sur les profits.

— Tu n'en sais rien !

— Ah non ? Je me demande ce que Forestier lui a révélé sur nous.

— Ne tire pas de conclusions hâtives, Kevin. J'ai plutôt l'impression que Forestier te croit vraiment capable de trouver une solution et que, selon lui, M. Lovelace peut être utile à notre entreprise.

Il repoussa la main qu'elle avait posée sur son bras.

— Je ne suis pas intéressé.

— Tu peux au moins l'écouter. Et si rien n'en sort, nous…

— J'ai dit non !

Contrariée, elle recula, puis tourna les talons pour regagner le salon.

Ce soir-là, en entrant dans sa chambre, Kevin trouva une feuille de papier sur la commode. Il l'observa pendant que son valet l'aidait à se déshabiller.

— Mme Radnor a déposé ceci, monsieur, l'informa Morris en prenant son gilet.

Kevin saisit le document qui ressemblait au dessin que Lovelace avait sorti de sa poche. Il n'avait pas revu Rosamund depuis qu'elle était retournée au salon. Elle avait passé l'après-midi dans sa boutique, puis avait dîné dans ses appartements. Lui-même avait consacré son temps à une idée d'invention. Et pourtant, la tension qui régnait dans la maison ne lui avait pas échappé.

Si le document n'était pas accompagné d'un message, son sens était clair.

Ravalant un juron, il s'installa sur le divan et approcha la feuille d'une lampe pour examiner les schémas de Lovelace. C'était ainsi que les femmes remportaient leurs batailles, songea-t-il. Face au sexe dit faible, les hommes n'avaient aucune chance.

Rosamund se retourna dans son lit et se blottit contre un oreiller. Non, ce n'était pas un oreiller. Elle sentit un bras qui l'enlaçait.

— Tu es là, murmura-t-elle.

— Cela t'ennuie ?

Elle secoua la tête et trouva l'apaisement dans son étreinte. La jeune femme se réjouissait de sa présence, après une soirée passée à ruminer sa colère. Elle en était venue à se demander s'il se souciait de la distance qu'elle avait ménagée entre eux. Peut-être la trouvait-il irritante et ennuyeuse.

Et s'il n'avait même pas remarqué son absence ? Pour l'heure, elle s'en moquait car, dans ses bras, elle était heureuse de leur amitié particulière.

« Ce n'est pas de l'amitié, lui intima une petite voix. C'est de l'amour que tu ressens. »

— Le problème de sa machine est facile à régler quand on réfléchit un peu. Je vais lui envoyer la solution que j'ai imaginée.

Quelle machine ? Quelle solution ? Ah oui, M. Lovelace…

— C'est gentil de ta part.

— Ce n'est rien, répondit-il en l'embrassant sur le front.

Rosamund se rendit à sa boutique, désireuse de faire autre chose que prendre des leçons de diction ou de maintien. Au cours du mois écoulé, elle avait fait de gros progrès.

Elle gagna directement son atelier. Son apprentie travaillait sur un chapeau. Rosamund vérifia son travail et s'assit pour poursuivre le sien, un modèle inspiré de ses croquis réalisés à Paris. Le bord était asymétrique, avec des plumes sur le devant et des fentes originales.

— On vous demande, annonça Mme Ingram.

— Ce ne peut être un voisin, car mon mariage a été rendu public.

— Rien de tel. Il s'agit de M. Walter Radnor et de son épouse.

Étonnée, Rosamund posa son ouvrage et gagna l'avant du magasin.

Felicity était habillée à la dernière mode et portait un chapeau qui ne venait pas de la maison Jameson. À son côté, Walter semblait un peu mal à l'aise. En la voyant, Felicity s'avança.

— Quelle boutique charmante ! Ces chapeaux sont très intéressants.

Rosamund leur sourit cordialement.

— Que puis-je faire pour vous ? Venez-vous passer commande, madame Radnor ?

— Je pense que vous pouvez m'appeler Felicity, désormais, puisque nous sommes parentes.

— C'est très généreux de votre part.

Felicity se tourna vers son mari, qui afficha un sourire neutre.

— Sachez que nous nous sommes accommodés de ce mariage, déclara-t-il. Ce qui est fait est fait.

— Vous êtes très bons.

— À ce propos, toutefois...

Walter ne cessait de regarder en direction de la vitrine.

— Pourrions-nous parler en privé ? reprit-il.

— Suivez-moi.

Elle les emmena à l'étage de la boutique, où elle avait installé un petit salon pour ses clientes.

— Nous sommes passés chez vous, mais on nous a dit que vous étiez ici, expliqua Felicity.

— Croyez-vous que ce soit raisonnable ? enchaîna Walter. Tenir ce commerce alors que vous êtes mariée n'est ni nécessaire ni convenable.

— C'est votre famille qui vous envoie ? Si mon mari n'y voit aucun inconvénient, pourquoi est-ce un problème pour vous ?

— Kevin ne s'est jamais soucié des règles sociales, affirma Felicity. Walter ne cherche qu'à vous aider. N'est-ce pas, chéri ?

Il hocha solennellement la tête.

— Dans ce cas, vous avez rempli votre devoir, conclut Rosamund en se levant. À présent, j'ai à faire et...

— Nous voulions vous entretenir d'autre chose, admit Walter.

Rosamund se rassit.

— Votre contrat de mariage... que prévoit-il concernant l'entreprise de Kevin ?

— C'est personnel, et je ne souhaite pas en parler.

— Avez-vous fait de lui votre héritier ? insista Felicity. Je vous avais dit de ne pas le faire.

— Ma chère, ne détourne pas la conversation, intervint Walter. Ce n'est pas l'objet de notre visite.

— Et si vous m'expliquiez de quoi il s'agit ? fit Rosamund.

Walter parut gêné.

— Voilà. Alors que vous n'étiez toujours pas localisée au bout de presque un an, nous avons cru que nous ne vous trouverions pas, que vous étiez...

— Morte ?

— Ou à l'étranger, en Amérique, ajouta Felicity.

— C'était une conclusion logique, reprit Walter. J'ai pris l'initiative, dans l'intérêt de la famille, de découvrir ce que valait cette entreprise, au cas où l'héritage serait partagé. Si les détails de l'invention de Kevin demeurent inconnus, certains estiment suffisamment l'intellect de mon cousin pour souhaiter investir dans une invention dont ils ne savent rien, uniquement parce qu'il s'agit de son idée.

Rosamund se réjouit de ne pas les avoir mis à la porte, car elle était abasourdie.

— Vous dites que ces démarches sont récentes ?

— Assez, oui, admit Walter en rougissant.

— Vous vous êtes peut-être renseignés plus tôt, quand vous pensiez que Kevin risquait d'être arrêté ?

Walter parut choqué, non par l'accusation de Rosamund mais parce qu'elle avait deviné ce qu'il avait fait.

— C'était une attitude raisonnable, plaida Felicity d'un ton doucereux, très agaçant.

Rosamund leva une main.

— Quel que soit le moment de ces recherches, je ne vois pas pourquoi vous éprouvez le besoin de m'en parler.

Ils échangèrent un regard, puis Felicity se tourna vers elle avec un sourire un peu niais.

— Nous voulons que vous rendiez l'entreprise à la famille. Pas l'argent, uniquement l'entreprise. Notre part est bien inférieure à la somme en argent, mais ce serait déjà ça.

— Kevin y gagnerait, renchérit Walter, car il n'a aucune expérience des affaires. Mieux vaut qu'il ait des investisseurs avisés.

— De plus, je pense que cela bénéficierait à votre mariage, ajouta Felicity d'un air sournois. Cela ne peut être qu'une source de conflit entre vous. Et s'il vous a épousée pour ça, eh bien, il se sera fait avoir.

— Mais vous venez de me dire que cette invention a de la valeur, même si elle n'est pas encore fabriquée.

— Ce n'est pas grand-chose, par rapport au reste de votre fortune, s'empressa de préciser Walter. Une goutte d'eau dans l'océan, pourrait-on dire.

Rosamund s'efforça de prendre du recul pour y voir plus clair. Quelle était la véritable raison de cette visite ?

— Dites-moi, en découvrant sa valeur et en pensant que je ne serais pas retrouvée, avez-vous vendu du vent ?

— Que voulez-vous dire ? s'étonna Walter en tressaillant.

— Avez-vous vendu votre part sans l'avoir touchée ? Je ne vois pas d'autre raison pour laquelle vous me demanderiez, une fois de plus, de rendre mes parts à la famille. Vous étiez donc à ce point persuadés de récupérer ces parts que vous avez cédé ce qui aurait pu vous revenir ?

L'expression de Walter était éloquente. Quant à Felicity, elle tentait vaillamment de garder son sang-froid.

— C'est embarrassant, commenta Rosamund. Et totalement illégal. Vous devriez rendre l'argent.

Comme la plupart des hommes en situation de faiblesse, Walter réagit par la colère.

— Je t'avais bien dit qu'elle n'entendrait pas raison ! lança-t-il à son épouse. Je refuse de parler à cette vulgaire modiste !

— Attends ! lança Felicity en lui agrippant le bras.

Elle posa un regard affolé sur Rosamund.

— Nous ne pouvons pas rendre l'argent, avoua-t-elle. Il a disparu.

Il avait été dépensé. Rosamund examina l'ensemble de Felicity, à la dernière mode. Combien cette femme dépensait-elle par an ? Beaucoup, sans doute. La fortune de Walter devait être similaire à celle de Kevin, insuffisante pour une épouse qui se voyait duchesse.

Écarlate, Walter se leva et se dirigea vers la porte.

— Bonne journée !

Rosamund écouta ses pas dans l'escalier. Felicity s'essuya les yeux avec un mouchoir.

— Combien ? demanda Rosamund.

— Trois mille. Nous touchons des intérêts en juin, mais l'acheteur des parts s'impatiente. Même si nous parvenons à le persuader d'attendre un peu pour le payer, il ne nous restera rien.

Comme celui de Kevin, leur placement versait des intérêts deux fois par an et rapportait cinq ou six mille livres en tout. Une somme rondelette.

Et pourtant, Rosamund avait de la peine pour Felicity. Pourvu que la perspective que son mari soit arrêté pour fraude compte plus à ses yeux que l'absence d'une nouvelle garde-robe en automne...

— Je crois connaître un moyen de vous aider, dit-elle. Mais d'abord, je voudrais vous parler d'autre chose.

Felicity se calma un peu et hocha piteusement la tête.

— Vous m'avez déclaré avoir vu Kevin à Londres, après la mort du duc. Quand était-ce et où l'avez-vous vu ?

Felicity réfléchit un instant.

— C'était le lendemain. Il était à cheval et ne m'a pas remarquée. Il avait cette expression rêveuse qu'il affiche quand il est plongé dans ses pensées.

— Savez-vous où il se rendait ?

Elle haussa les épaules.

— C'était à proximité de Grosvenor Square. J'en ai conclu qu'il allait voir lady Greenough, une veuve fortunée. Des rumeurs circulaient sur eux, cet hiver-là.

Rosamund masqua son étonnement et la jalousie qui lui serra le cœur.

— Je vais vous aider à vous tirer de ce mauvais pas, mais je vous demanderai quelque chose en retour, dit-elle.

— J'accepterai de vous recevoir, si c'est de cela qu'il s'agit. Et j'encouragerai la famille à en faire autant.

— Ce n'est pas ça. Quand vous quitterez cette pièce, vous oublierez que vous avez vu Kevin à Londres, ce jour-là. En y réfléchissant, vous n'avez pas vu le visage de ce cavalier et vous vous êtes méprise. Votre mémoire vous faisant défaut, vous n'insinuerez plus jamais que Kevin a quelque chose à voir dans la mort de son oncle. Vous direz à votre mari que vous vous êtes trompée, et qu'il ne doit pas soupçonner Kevin injustement.

Felicity accepta sans une hésitation.

— Dites à votre mari de m'envoyer le nom de l'homme à qui il a vendu ses parts et le montant exact de la dette. Je déposerai un chèque chez Me Sanders. La transaction aura lieu dans son étude. Vous signerez une reconnaissance de dette, stipulant que la somme devra m'être remboursée aussitôt si l'un de vous diffuse des ragots sur mon mari.

20

— Qu'est-ce que c'est ? demanda Chase à Kevin.

Ils étaient dans la bibliothèque de l'appartement de Chase, dans Bury Street, où il avait vécu avant son mariage.

Kevin déballa l'objet qu'il avait apporté.

— C'est un petit moteur à vapeur. Je suis passé le récupérer chez mon père avant de venir.

— J'espère que tu ne comptes pas l'allumer ici.

— Il n'y a aucun risque. Même en cas de problème, les dégâts seraient minimes. J'en ai besoin pour faire des démonstrations.

Chase demeurait sceptique.

— Tu expliqueras ça à Brigsby. Il faut le prévenir.

Kevin posa le moteur sur la table.

— C'est gentil à toi de mettre ton majordome à ma disposition et de me louer cet appartement.

Chase prit la bouteille de porto et remplit deux verres.

— Tu me rends doublement service. Brigsby ne travaille pas depuis mon mariage, ce qui crée des problèmes car il refuse de devenir un simple valet. Or il n'est pas capable de gérer toute une maison. Il est depuis si longtemps à mon service qu'il veut être à égalité avec les plus importants domestiques, ce qui agace le majordome et la gouvernante. Il était ravi de revenir ici, car il régnera à nouveau sur son royaume.

— Je croyais qu'il était à présent l'un de vos agents.

— Parfois, oui, fit Chase avant de baisser le ton : En général, il est trop peu discret. Il ne passe pas inaperçu. Il...

La porte s'ouvrit et l'intéressé apparut, portant triomphalement une cafetière et des tasses sur un plateau. Il les servit avec emphase, visiblement très fier de son travail.

Brigsby affichait une assurance qui frisait l'insolence avec son col parfait, ses cheveux noirs lissés en arrière. Sans doute se sentait-il indispensable aux moindres aspects de l'existence de son patron.

— Ce café est excellent, déclara Kevin, sentant que le domestique attendait un compliment.

— Ravi qu'il vous satisfasse, monsieur.

Il pivota pour s'adresser à Chase :

— Pourrions-nous nous entretenir de mes attributions, monsieur, afin que je fasse mon devoir convenablement ?

— Certainement, fit Chase en adressant un regard amusé à son cousin.

— Ce seront sans doute les mêmes tâches que lorsque vous étiez au service de Chase, intervint Kevin.

— Si je puis me permettre, monsieur, vous possédez une autre maison. J'en déduis que vous ne logerez pas ici.

— Pas comme vous l'entendez, non.

— Ah... Sachez que je suis un excellent cuisinier, bien meilleur que ceux qu'emploient généralement les grandes familles. Prendrez-vous parfois vos repas ici ?

— C'est possible, si je travaille tard.

— Très bien, monsieur. À part les draps et serviettes, aurez-vous du linge à me confier ?

— J'en doute.

— Je vois. Je gagnerai ainsi du temps que je pourrai consacrer aux enquêtes, en cas de besoin.

Du coin de l'œil, Kevin vit le sourire de Chase.

— Nous verrons.

— Très bien, monsieur. Sans vouloir être présomptueux, pourrions-nous évoquer mes besoins ?

— Lesquels ?

Brigsby esquissa un rictus à la fois servile et supérieur – ce qui relevait de l'exploit.

— Je préfère toucher mes gages tous les quinze jours. Je sais que c'est inhabituel, mais cela me convient. Et si vous souhaitez avoir un invité à table, merci de me prévenir au plus tard le matin même.

— C'est très raisonnable.

— Merci, monsieur. Encore une chose ! Si vous recevez une dame pour la nuit, je vous demanderai d'ôter la tirette de la porte du cellier. Je ne voudrais pas faire irruption de façon inopportune.

— Je ne comptais recevoir personne. Toutefois, cette tradition est utile à connaître.

Brigsby s'inclina avec cérémonie et se retira.

— Qu'est-ce que tu me fais là ? s'enquit Kevin, amusé.

— C'est un excellent domestique. Il peut aussi gérer tes comptes. Une fois que ton entreprise commencera à faire des profits, il te sera utile, tu verras.

Chase finit son café et posa sa tasse pour reprendre du porto.

— Tu as de la chance de l'avoir, conclut-il.

— Je te dirai si je suis de cet avis au bout d'un mois.

Kevin se leva et examina la bibliothèque, dont les livres avaient été emportés dans la maison de

Chase et de Minerva. Il songea aux rayonnages vides qui contrariaient Rosamund au départ, et qui débordaient désormais des ouvrages de Kevin. Il en transférerait dans cet appartement, afin que son épouse puisse continuer à acheter les livres de son choix.

La veille, il l'avait surprise en pleine lecture. Par deux fois, elle s'était levée pour consulter le dictionnaire.

— Que penses-tu de la vie conjugale ? demanda Chase.

— Elle me convient à merveille.

— Pourtant, au bout d'un mois, tu décides de faire appartement à part. C'est inquiétant, je trouve.

— C'est un appartement supplémentaire. Nuance.

— Si tu le dis...

Kevin connaissait ce ton qui présageait un interrogatoire en règle.

— Je ne regrette en rien de m'être marié, si c'est ce que tu veux savoir.

— Je trouve simplement que c'est étrange.

— Dans ce cas, pourquoi m'as-tu proposé cet appartement ?

— Parce qu'il était libre et bien situé. Ce n'est pas à moi de prendre des décisions pour toi.

— Et pourtant, tu les mets en question.

— Je ne te demanderai qu'une chose : Rosamund est-elle au courant ?

— Oui. Elle admet que nous avons besoin de pièces supplémentaires.

Chase arqua les sourcils.

— Quoi ? s'agaça Kevin.

— Rien. Mais...

Avec lui, il y avait toujours un « mais ».

— Si je ne te connaissais pas aussi bien, je dirais que tu prends une garçonnière réservée à tes aventures au bout d'un mois de mariage. Mais tu n'es pas du genre à avoir des liaisons.

— Sache que cet appartement est destiné à mon entreprise. Nous voulions une adresse différente de notre domicile et un bureau en dehors du foyer. Un lieu réservé au travail.

— Ah...

— J'ai l'impression que le grand détective pensait détenir toutes les réponses.

— D'accord, d'accord...

Kevin soupira.

— Nous nous sommes querellés, avoua-t-il. Rien de grave. J'avais besoin d'un endroit où travailler et nous sommes tombés d'accord pour séparer ces deux aspects de notre vie.

— Donc, quand vous voudrez parler travail, vous viendrez ici ?

— C'est ce qui est prévu.

— Et si vous vous disputez, votre différend restera ici ?

— Pourquoi pas ?

— Je n'ai jamais vu un tel couple, mais peut-être as-tu trouvé la solution idéale... Bon, je dois me rendre à la City. Je te confie à Brigsby.

Cette perspective incita Kevin à se lever à son tour.

— Je t'accompagne un bout de chemin, proposa-t-il.

Rosamund crispa les doigts sur le foulard en soie qui liait ses poignets à une colonne du lit, au-dessus de sa tête. Cette position vulnérable attisait son excitation. Kevin avait fait monter le désir à la perfection. Assis sur ses jambes, il l'observait, maître de lui-même. Il la faisait languir alors qu'elle tremblait de tout son corps.

Ses leçons de sensualité n'étaient pas régulières. Cependant, il procédait toujours de la même manière. Il lui disait clairement ce qu'il allait faire. Une seule fois, elle avait eu un mouvement de recul, et il n'avait pas insisté.

Il lui écarta les cuisses et déposa un chapelet de baisers sur l'une d'elles. Plus il montait, plus elle haletait. Il glissa un doigt entre les plis humides de sa féminité et, de la langue, se mit à titiller son bouton de rose. Elle ferma les yeux pour mieux savourer les sensations.

Au moment où elle allait basculer dans l'extase, il s'arrêta et lui dénoua les poignets. Que faire ? Elle lui caressa les flancs, les hanches et les cuisses, puis elle prit son sexe dressé entre ses mains pour lui procurer le plaisir qu'il aimait tant.

Puis elle s'enhardit à une pratique dont elle avait entendu parler à la maison close, mais qui la choquait. Elle se pencha et donna un coup de langue sur la longueur de la verge. Sentant une réaction, elle leva les yeux.

— Tu en as envie ? demanda-t-elle avec un nouveau coup de langue.

— Oui…

Sa voix rauque, sa mâchoire crispée, son regard brûlant étaient éloquents.

Elle l'effleura du bout des doigts et de ses lèvres, se livrant à une douce torture sensuelle.

— Parviendrai-je à te faire supplier ?

— Jamais.

— Ah non ? J'ai toute la nuit pour le découvrir.

— Prends ton temps…

Lorsqu'il se réveilla, Rosamund l'observait, allongée sur le flanc. Il avait dû s'endormir après l'extase.

Elle l'avait vidé de ses dernières forces. Si elle manquait d'expérience, sa curiosité était charmante et excitante. Ses explorations le rendaient fou.

En cet instant, elle affichait un sourire satisfait.

— Une femme convenable ne devrait pas faire ça, déclara-t-elle. C'est la raison pour laquelle tu ne me l'as pas demandé ?

— Je me disais : plus tard, peut-être...

— N'oublie pas que les femmes parlent. Je sais ce qu'aiment les hommes.

— Eh bien...

— Tu m'as suppliée.

— Je n'irais pas jusque-là. J'ai prononcé une seule fois l'expression « s'il te plaît ».

— Tu ne t'es pas contenté d'une seule fois. Il y a eu des « oui » et des « plus fort »...

Il la prit dans ses bras pour la faire taire, puis il ferma à nouveau les yeux.

— Parle-moi de lady Greenough, dit-elle.

Il rouvrit les yeux.

— Que veux-tu savoir ?

— J'ai appris que vous aviez eu une liaison, l'an dernier. Je croyais que tu n'avais jamais de maîtresses.

Prudent, il hésita.

— En général, non.

— Elle a fait exception à la règle ?

— Oui... mais de là à parler de liaison... ce fut bref.

— Tu l'aimais ?

— Non.

Elle se tourna sur le dos pour observer le plafond, comme lui.

— Je ne comprends pas... Pourquoi n'as-tu pas dit à Chase que tu étais chez elle, quand il a mené l'enquête sur la mort de votre oncle ? Tu aurais été disculpé immédiatement par son témoignage.

Soudain, les pièces du puzzle se mirent en place dans la tête de Kevin.

Elle était au courant des interrogations qui le concernaient au sujet de la mort de son oncle.

Elle ne lui avait jamais posé de questions jusqu'ici.

Mais elle avait obtenu plus d'informations que Chase.

Et elle l'avait épousé quand même.

Il aurait pu mettre fin à cette conversation en décrétant que cela n'avait rien à voir avec elle, ou lui confier quelques détails qu'il n'avait encore révélés à personne. Dans les deux cas, il y aurait eu des conséquences.

Il se tourna vers elle et l'embrassa sur la joue.

— Sache que je n'ai fait aucun mal à mon oncle.

— Je te crois. Je ne serais pas ici, dans le cas contraire.

Elle avait bien réfléchi avant de l'épouser, évalué les éléments et choisi de le croire.

Il ne la méritait pas.

Elle vit son regard s'adoucir, mais il s'était renfermé sur lui-même. Elle attendit qu'il poursuive. Peut-être allait-il sombrer à nouveau dans le sommeil.

— J'étais présent la veille du drame, commença-t-il. Je suis allé à Melton Park car j'avais besoin d'argent pour payer Forestier. Mon oncle avait investi dans l'entreprise, dont il voyait le potentiel. Mais il a refusé de me donner l'argent. Nous nous sommes disputés. J'ai raconté ça à Chase, quand il a appris que j'étais rentré de France plus tôt que je ne le prétendais.

— Tu croyais qu'il te léguerait sa moitié de l'entreprise ?

Kevin hésita.

— Oui.

— Et tu as passé ensuite tout ton temps chez cette lady, dans son lit ?

— Pas tout mon temps. J'ai eu besoin de reprendre des forces, railla-t-il sans joie. Néanmoins, j'ai logé chez elle, oui. Ce n'était qu'un flirt, un moment d'égarement. Nous n'étions pas faits l'un pour l'autre.

Ce n'était pas de l'amour. Cherchait-il à lui soutirer de l'argent en l'incitant à l'épouser ? Cela aurait été un arrangement intéressant.

N'était-ce pas ce qu'il avait fait avec Rosamund ?

— Minerva m'a dit que Chase avait fait un rapport à une personne haut placée, reprit Rosamund. Il contenait tous les suspects et tu en faisais partie, de même que Minerva.

— Je n'en connais pas les détails, mais il m'a prévenu de me préparer à quitter le pays, si le besoin s'en faisait sentir.

— C'est ce que tu aurais fait ?

— Je ne voulais pas être pendu pour un crime que je n'avais pas commis.

Rosamund ressentit une bouffée d'angoisse. Il avait couru un réel danger.

— La thèse de l'accident aurait-elle pu être remise en question ?

— Sans doute. Au fil des mois, je me suis senti tranquillisé.

Quel calvaire il avait dû vivre, avec cette épée de Damoclès au-dessus de la tête !

— J'imagine que, s'il le fallait, tu révélerais l'endroit où tu te trouvais cette nuit-là. Il ne serait plus question de protéger la réputation de ta maîtresse.

Elle évita son regard, de peur d'y lire de l'affection pour cette femme. Puis elle se rappela qu'ils n'avaient pas conclu un mariage d'amour. Sa jalousie n'avait pas de sens.

Une seule fois, elle avait cru qu'il avait des sentiments pour elle. Pour sa part, elle ressentait quelque chose. Si seulement on l'avait prévenue de ne pas tomber amoureuse d'un homme dans le cadre d'un mariage de raison ! Elle risquait d'avoir le cœur brisé.

— Au besoin, j'avouerai tout. Je serais un imbécile de garder le silence.

— Promets-le-moi.

Il l'embrassa tendrement.

— Je te donne ma parole de gentleman imbécile.

21

Quittant la boutique en annonçant qu'elle en avait pour la journée, Rosamund prit un fiacre pour remonter la Tamise. Dans son réticule, elle avait un message de M. Lovelace, arrivé deux jours plus tôt. Il la remerciait pour son aide et l'invitait à visiter son usine. Kevin, lui, n'était pas convié.

Une bonne épouse aurait informé son mari de ce déplacement. Rosamund n'en avait rien fait. Il ne ressortirait sans doute pas grand-chose de cette expédition, alors pourquoi déclencher une tempête entre eux ? s'était-elle dit. Elle appréciait M. Lovelace et était curieuse de voir ce qu'il fabriquait.

La voiture traversa Southwark et quitta la ville. Plusieurs usines jalonnaient le fleuve, surplombant quelques fermes.

Dans la cour de celle de M. Lovelace, des hommes s'activaient, portant des pièces de métal ou poussant des charrettes de charbon. Rosamund pria le cocher de prévenir le directeur qu'elle patientait dehors.

M. Lovelace l'accueillit avec un sourire chaleureux.

— J'espérais que vous viendriez !

— Votre industrie m'intéresse.

— Venez, je vais vous faire visiter.

Ils pénétrèrent dans une longue bâtisse où des ouvriers installés devant des établis limaient et frappaient du métal.

— Ils façonnent des pièces, expliqua le patron. Ils n'ont pas le droit à l'erreur. Chaque rouage, chaque piston, chaque dent doit être irréprochable. Ce groupe-là produit des moules pour la fonte.

À l'extrémité de l'atelier, d'autres hommes assemblaient ces pièces. Le résultat ressemblait au moteur que Kevin lui avait montré, mais en plus grand.

— Pour chaque pièce, je verse une somme au détenteur du brevet. Malgré ces frais, la demande est telle que je réalise des profits.

— Et en cas de problème lors de l'utilisation ?

— J'envoie un ouvrier qui répare la panne. Sauf pour une pièce secrète. Dans ce cas, M. Watt mandate l'un de ses hommes.

Il posa sur elle un regard entendu.

— Il y a beaucoup de plagiats dans l'industrie. Je comprends que M. Watt soit prudent. D'ailleurs, je préférerais moi-même ne pas être tributaire de lui. Et s'il volait mes clients ?

Rosamund admira un instant le moteur, puis ils retournèrent vers le fiacre. Il l'invita à boire un rafraîchissement avant de partir. Ils s'installèrent sur une terrasse en bois, au bord de l'eau. Ils virent passer des péniches et un navire de plaisance.

— J'ai remarqué que ma visite n'avait guère enchanté M. Radnor, dit Lovelace.

— Pas vraiment, en effet.

— Et pourtant, il m'a envoyé la solution de mon problème. C'était une machine différente. Pas un moteur à vapeur.

— Je lui ai demandé de vous aider.

— Je m'en doutais. C'est pourquoi je vous ai invitée. Vous sembliez intéressée par mes propos.

— Mon avis n'a guère d'importance, vous savez.

— Selon moi, une épouse a plus d'influence qu'on ne le pense. C'est le cas de la mienne, en tout cas !

Ils dégustèrent une citronnade. Lovelace poussa un soupir satisfait en contemplant son domaine.

— Quand Forestier a refusé de me vendre la licence de cette jauge, il m'a dit que M. Radnor lui avait trouvé un meilleur usage.

— C'est la vérité.

— Il m'a expliqué qu'il y avait les inventeurs et les fabricants. M. Radnor est un inventeur et je suis un fabricant. Je ne sais pas améliorer ou modifier les moteurs que je produis. En revanche, je les construis mieux que quiconque. J'ai envoyé des moteurs en France et même en Russie. Mes ouvriers connaissent leur boulot. Ce sont des artistes du métal. Si mes moteurs ne cassent pas, c'est parce que les pièces sont de bonne qualité.

Kevin avait évoqué l'importance de la précision, en effet.

— Je ne sais pas ce qu'il a inventé, mais je le devine, reprit Lovelace. C'est un accessoire qui modifie la pression. Forestier, lui, a mis au point une jauge pour la mesurer. Il est logique qu'ils fonctionnent ensemble.

Rosamund demeura impassible.

— Je ne saurais le dire.

— Bien sûr, mais vous savez que votre mari ferait mieux d'élaborer d'autres inventions, au lieu de perdre son temps à essayer de gérer une usine telle que celle-ci. Pourriez-vous l'inciter à m'écouter jusqu'au bout ? Ensemble, nous ferions de grandes choses.

Décidément, Lovelace lui plaisait. D'abord, il payait les licences et engageait des ouvriers spécialisés.

Il était installé près de Londres et connaissait ses propres limites.

— Monsieur Lovelace, si vous avez parlé à M. Forestier, vous savez peut-être que je possède la moitié de l'entreprise de mon mari.

L'homme parut étonné, puis perplexe. Enfin, il sourit.

— Vous êtes la femme en soie rouge ? Mlle Jameson ? Voilà qui explique beaucoup de choses. En vous voyant, j'ai trouvé injuste qu'il ait deux femmes superbes dans sa vie. Pardonnez mon langage...

— Nous nous sommes mariés peu après notre retour de Paris.

— Je me serais exprimé autrement, si j'avais su que vous possédiez la moitié de l'affaire.

— Vous vous êtes très bien exprimé.

Elle réfléchit un instant. Kevin serait furieux si elle encourageait cet homme. Et pourtant...

— Monsieur Lovelace, vous savez que mon associé n'est pas enclin à s'engager sur cette voie, mais je suis disposée à écouter votre proposition.

Kevin écarta une grande feuille de papier couverte de dessins, et entreprit de reproduire le seul croquis valable à ses yeux. Cela faisait longtemps qu'il ne s'était pas lancé dans un nouveau projet, et une idée lui trottait dans la tête. Pour l'heure, il avait identifié plus de problèmes que de solutions, mais c'était ce qui faisait le sel de son travail.

Un toussotement discret l'interrompit.

— Voulez-vous que je ramasse ces papiers qui gisent à terre, monsieur ? demanda Brigsby.

— Non, merci.

— Ils risquent d'être piétinés ou froissés, insista le domestique.

Ignorant le refus de Kevin, il se pencha pour les réunir et les posa sur le secrétaire.

— Êtes-vous venu faire du rangement, ou voulez-vous autre chose, Brigsby ?

— Puisque Mme Radnor vient en visite cet après-midi, je pensais préparer un gâteau. Oh, rien de très sophistiqué...

— Mme Radnor ne vient pas en visite. Elle est ici chez elle autant que moi.

Agacé, il se remit au travail, mais le domestique ne broncha pas.

— Quoi, encore ?

— Et pour le gâteau, monsieur ?

— Très bien. À présent laissez-moi, que diable !

Voilà qui l'occuperait pendant un moment, songea Kevin.

Hélas, Brigsby revint l'interrompre.

— Je vous croyais en train de cuisiner !

— C'est fait, monsieur. Mme Radnor est là. Je vais servir le café.

Kevin consulta sa montre. Il n'avait pas vu le temps passer. Le majordome introduisit Rosamund, telle l'invitée qu'elle n'était pas. Elle n'était venue ici qu'une fois.

Elle balaya la pièce des yeux et alla admirer la vue. Puis elle examina le premier dessin de la pile posée sur le secrétaire.

— Qu'est-ce que c'est ?

— Une idée...

— On dirait une maison. Et ces lignes, là ?

— Des tuyaux.

Elle sourit.

— Je suppose que si je passe mon temps à concevoir des chapeaux, tu as le droit de dessiner des tuyaux...

Brigsby apporta le café. Rosamund parut ravie du gâteau.

— Il est délicieux, commenta-t-elle après le départ du domestique.

— Ce type est vraiment agaçant. Chase est sournois de me l'avoir imposé.

— Il ne te distrait pas trop, à en juger par la quantité de dessins.

— Peut-être, mais j'ai coutume d'être seul, sans personne qui s'affaire derrière moi.

Rosamund lui sourit à nouveau.

— Nous n'avons pas été très sages, cette nuit. En voyant ce pot de crème, j'aurais dû deviner que tu avais une idée derrière la tête...

En évoquant ces souvenirs, il oublia momentanément ses travaux.

— J'avais envie de crème.

— On utilise une cuillère, en général...

Il la prit par les épaules pour l'embrasser.

— Trop banal. Passons dans la chambre...

— Nous avions décidé de ne pas mélanger vie privée et travail.

— Nous n'avons rien à examiner concernant l'entreprise. Les prochaines étapes sont établies. Nous faisons réaliser une jauge, et j'effectuerai des essais des deux pièces ensemble dès qu'elle sera terminée.

— Bien sûr.

Il perçut une hésitation chez la jeune femme, qui se mordillait la lèvre.

— Tu as l'air coupable, murmura-t-il.

— J'ai fait quelque chose qui ne va pas te plaire. Il y a quatre jours, je suis allée visiter l'usine de M. Lovelace.

— Pourquoi ? demanda-t-il, consterné.

— Tu aurais dû écouter ce qu'il avait à dire.

— J'ai dit que je n'étais pas intéressé !

— Et moi, que je l'étais. Sa proposition est valable.

Il fit les cent pas dans la pièce.

— Lui as-tu révélé tout ce que tu sais ?

— Bien sûr que non. Comment oses-tu penser ça ?

— Un homme ne peut formuler une proposition sans savoir de quoi il retourne exactement.

— Je n'ai rien révélé, car je ne comprends pas le fonctionnement de cette maudite machine. Mais Lovelace n'est pas un imbécile. Il a tout compris par déduction.

— C'est peu probable.

— Au contraire. Tu te considères comme très intelligent, alors que d'autres le sont aussi.

Il crispa les poings. Il ne voyait pas la femme qu'il désirait, en cet instant, mais une importune qui avait ignoré ses ordres et parlé derrière son dos.

Elle se radoucit et s'approcha de lui.

— Il a tout noté par écrit. Lis ce document. Tu pourras le rejeter ensuite, si tu veux. Je l'accepterai.

— Tu m'en empêcheras si tu le peux. Tu ne me fais pas confiance.

— C'est une question de bon sens, Kevin. Il est temps de passer à l'action, de fabriquer ce fichu engin. Seuls, il nous faudrait un an, voire plus. Avec de l'aide, nous y arriverons rapidement. Tu es déjà en train de penser à autre chose ! Des projets brillants, j'en suis certaine. Cette invention doit être partagée pour être fabriquée, et j'ai confiance en M. Lovelace.

— Qu'est-ce qu'il veut ?

— Si tu lisais sa proposition…

— Qu'est-ce qu'il veut, nom de Dieu ?

Elle eut un mouvement de recul comme s'il l'avait frappée.

— Nous aurions une partie de sa société et il aurait une partie de la nôtre.

— Non.

— Comment cela, non ? Pour l'amour du ciel, Kevin ! Son usine est prospère, et la nôtre n'est encore qu'un rêve ! Cette proposition est une chance.

— Je n'ai pas passé trois ans sur ce projet pour le confier à quelqu'un d'autre.

— Personne ne te le demande. Pour l'heure, j'aimerais que tu y réfléchisses et que tu visites son usine pour voir comment les ouvriers travaillent. Tu verras que la précision à laquelle tu tiens tant serait garantie.

— Tu es ingénieur, à présent ? En plus d'être une vulgaire modiste ? Cesse de t'ingérer dans des affaires dont tu ignores tout et que tu ne peux comprendre. Parfois, j'en viens à regretter que tes parts ne soient pas revenues à ma famille d'abrutis.

Il voulait simplement la faire taire, mais il regretta aussitôt cette sortie.

Rosamund le dévisagea longuement, en silence. Comme si elle était face à un inconnu.

Elle tourna les talons pour prendre congé.

— Souhaitez-vous dîner ici, monsieur ? Il est trop tard pour me mettre aux fourneaux. Je peux aller chercher un plat à la taverne.

La voix de Brigsby arracha Kevin à ses pensées. La nuit était tombée. Sans doute méditait-il depuis des heures... Il oscillait entre fureur et regret.

Brigsby affichait une compassion suspecte. Sans doute avait-il entendu la querelle.

Kevin avait une décision à prendre : rester sur place ou regagner Chapel Street.

— Allez me chercher quelque chose. Je passe la nuit ici.

Ce n'était pas de la lâcheté. Il était encore trop énervé pour parler à Rosamund...

Le lendemain matin, il n'était pas dans son assiette.

Brigsby, qui avait repassé sa chemise et sa cravate, insista pour l'aider à s'habiller. Après un petit déjeuner revigorant, il alla chercher son cheval aux écuries.

En tout cas, c'était une bonne idée d'avoir loué l'appartement de Chase. Il pouvait à présent retourner à Chapel Street et tourner la page de cette querelle. Il présenterait ses excuses à Rosamund pour avoir perdu son calme et prononcé des paroles dépassant ses pensées. Dans quelques jours, la paix revenue, ils reparleraient de l'entreprise et il la convaincrait.

Dès son entrée dans la maison, il perçut une différence, comme un grand vide.

Morris grommela qu'il allait chercher le courrier.

Rosamund n'était pas dans ses appartements, ni dans le petit salon ou la salle à manger.

Dans celle-ci, Morris posa une pile d'enveloppes à la place de Kevin et parut se demander que faire de la seconde pile.

— Dois-je les faire transférer, monsieur ?

Kevin en eut le souffle coupé.

— Madame est partie ?

— Oui, monsieur. En début de soirée. Jenny, sa camériste, m'a dit qu'elles passaient d'abord voir la sœur de Madame, avant de régler d'autres affaires. Elle a prié la gouvernante d'informer les professeurs de ne plus venir.

Kevin remonta dans les appartements de la jeune femme. Il restait quelques robes dans l'armoire, ce qui était rassurant. Il balaya la pièce du regard, tentant de ne pas céder aux ténèbres qui menaçaient de l'engloutir.

Il n'osa regarder le lit, de sorte qu'il ne remarqua pas immédiatement le document glissé entre les oreillers. Elle lui avait laissé un message ! Sa sœur était peut-être souffrante...

C'était la proposition de Lovelace. Furieux, il la jeta sur le lit. Cet homme était à l'origine de ce différend qui avait entraîné la dispute, les paroles malheureuses... Kevin refusait pour l'heure d'admettre ses torts.

Une seconde feuille se détacha de la première et attira son attention. D'abord, il ne comprit pas, puis il vit qu'il s'agissait d'un document écrit de la main de Rosamund, avec quelques taches d'encre. Elle avait dû se donner du mal pour produire ce texte aux allures officielles.

Il en demeura sans voix : Rosamund cédait ses parts de l'entreprise à son mari, Kevin Radnor.

Elle reviendrait peut-être à Londres, mais il savait à présent qu'elle ne lui reviendrait jamais.

22

Rosamund arrosait les fleurs de la jardinière, devant la porte de sa boutique de Richmond. Elle inspecta la vitrine, puis retourna à l'intérieur. Mme Hutton, sa nouvelle employée, servait une cliente. Il était manifeste qu'elle ne débutait pas dans le métier. Rosamund était impressionnée par sa gestion avisée.

Elle monta dans l'atelier à l'étage et s'assit devant la fenêtre pour reprendre son ouvrage. À côté d'elle, Molly, l'apprentie, montrait à Lily comment dissimuler une couture.

Lily se piqua le doigt – ce qui arrivait souvent aux débutantes, mais elle ne se plaignait plus.

— Prends soin de ne pas tacher de sang le tissu, l'alerta son aînée.

Lily posa son chapeau et enveloppa son doigt dans un pansement, en agitant les jambes comme une enfant sur son tabouret.

— C'est plus amusant que l'école, dit-elle. Je devrais peut-être rester ici, ou dans la boutique de Londres. Je pourrais devenir modiste comme toi.

— Je veux que tu fasses mieux que cela.

— L'école, ce doit être merveilleux, soupira Molly.

— Tu ne dirais pas ça si tu connaissais ces filles. Elles sont méchantes, arrogantes, hautaines et…

— Et tu t'es fait deux amies qui ne le sont pas, coupa Rosamund. Tu restes encore une semaine avec moi, et tu retourneras en pension. En route, nous passerons à Londres pour commander quelques robes.

Cet argument mit fin à toute protestation. Rosamund s'y attendait, car Lily n'était pas vraiment malheureuse.

Elle était allée chercher sa sœur sans prévenir car elle voulait passer quelque temps avec elle, se rassurer en constatant que cet aspect de son projet, au moins, était un succès.

Lily vint lui montrer son travail.

— Les points sont trop gros, ici, commenta Rosamund. Il faut les défaire et recommencer.

— Personne ne remarquera quelques points ratés sur le dessous du chapeau !

— Un jour, la cliente les remarquera forcément et elle changera de modiste. Il faut viser la perfection.

Le souvenir de M. Lovelace tenant les mêmes propos ressurgit, de même que celui de Kevin, et une tristesse familière l'envahit.

Dans la journée, elle parvenait à surmonter sa peine en travaillant à la boutique. Elle profitait de la présence de Lily. La nuit, seule dans son lit, elle souffrait comme après la mort de son père.

Elle n'avait pas quitté Londres à cause de cette dispute avec Kevin. Enfin, pas uniquement. Ce n'était pas leur premier différend professionnel.

Elle avait toujours su qu'il la tolérait à peine en tant qu'associée et ne l'acceptait que parce qu'il ne pouvait rien y changer. Et pourtant, elle croyait qu'ils avaient trouvé un terrain d'entente, surtout après leur voyage à Paris. Et s'ils avaient été aveuglés par le désir et la passion ?

Elle se rappelait chaque parole de leur dispute, notamment la fin, comme une prise de conscience soudaine. Rosamund aurait pu s'accommoder du fait que Kevin puisse voir en elle un obstacle, une présence importune, sauf quand ils étaient au lit. Elle aurait pu vivre avec. Hélas, il ne l'aimait pas comme elle l'aimait, et ne l'aimerait jamais. Elle revivait l'humiliation subie dans ce jardin avec Charles.

Elle portait désormais un autre regard sur les moments qu'ils avaient partagés.

Distraite par ses pensées, elle se piqua le doigt, ce qui lui arrivait rarement. Elle regarda par la fenêtre. Le ciel était bleu, après plusieurs jours de pluie. Dans le jardin de Chapel Street, les roses devaient être écloses.

Avec le temps, elle y retournerait peut-être, lorsqu'elle serait capable de maîtriser ses émotions. Il n'était pas question qu'elle passe encore cinq ans à vivre dans un rêve. Ce n'était plus de son âge.

Dix jours plus tôt, une lettre était arrivée. Il avait deviné où elle était. Le message ne comptait qu'une seule phrase :

Tu vas bien ?

Elle secoua la tête et se mit à rire. Son épouse quittait la maison, et c'était la seule question qu'il se posait ? Elle avait répondu de même :

Oui, je vais bien.

Quatre jours plus tôt, une autre lettre l'informait que Minerva attendait un enfant. Deux phrases, cette fois.

Elle entendit des pas dans l'escalier, et Mme Hutton apparut.

— Molly, j'ai besoin de toi en bas !

Lorsque la jeune brunette descendit, Mme Hutton ne lui emboîta pas le pas. Elle posa une carte sur l'établi, devant sa patronne.

— Il est là et veut vous voir. Que dois-je lui dire ?

La carte de Kevin.

— Viens avec moi, Lily, ordonna-t-elle en se levant.

Sur la dernière marche, elle prit une profonde inspiration.

— Lily, M. Radnor est dans la boutique. Je tiens à te le présenter.

L'adolescente écarquilla les yeux et se pencha, manquant de perdre l'équilibre. Kevin patientait devant la vitrine et examinait un chapeau.

— Tu ne m'avais pas dit qu'il était séduisant, souffla Lily.

Il l'était particulièrement, ce jour-là. À moins que ces semaines de séparation ne l'aient rendu plus beau aux yeux de Rosamund.

Enfin, il la vit. Rosamund poussa Lily vers lui, en guise de bouclier.

— Kevin, je te présente ma sœur, Lily.

L'adolescente esquissa une révérence comme elle l'avait appris à l'école. Kevin s'inclina, ce qui lui valut un large sourire de Lily.

Rosamund poussa un soupir, fière de ne pas avoir trahi son trouble. Au moins, elle n'avait pas pleuré.

Lily était magnifique. Rosamund lui ressemblait sans doute, au même âge. Il ne savait comment s'adresser à une jeune fille. Il l'interrogea sur son école, et elle ne se fit pas prier pour évoquer ses camarades et professeurs. Il en profita pour observer Rosamund à la dérobée.

Lorsque sa sœur s'interrompit, elle posa une main sur son épaule.

— Garde les détails pour plus tard. Et si tu allais voir ce que fait Molly ?

— Auparavant, j'aimerais lui offrir ceci, dit Kevin en soulevant une boîte qu'il avait apportée. C'est arrivé il y a quelques jours.

Lily ne masqua pas son enthousiasme et, avec l'accord tacite de son aînée, elle souleva le couvercle.

— Oh ! s'exclama-t-elle en découvrant une sorte de poupée en métal.

Les deux sœurs l'examinèrent sous toutes les coutures.

— À quoi sert cette clé ? s'enquit Lily.

— Tourne-la et pose l'automate par terre, répondit Rosamund.

L'automate sourit et leva la main pour poser un chapeau sur sa tête. Lily en eut le souffle coupé, et Rosamund afficha un large sourire.

— Je peux le montrer à Molly ? demanda la jeune fille.

— Bien sûr.

Lily emporta l'automate, non sans avoir gratifié Kevin d'une révérence.

— Merci de l'avoir apporté, dit Rosamund. Lily va faire des envieuses au pensionnat.

— Elle est charmante.

Le silence s'installa. Kevin avait longuement réfléchi à ce qu'il lui dirait, mais il se trouva à court de mots.

Une femme entra dans la boutique. Une autre vint l'accueillir. Toutes deux lancèrent des œillades en direction du couple.

— Y a-t-il un endroit où nous pouvons parler ? demanda-t-il.

— Allons faire un tour. Il n'y a aucune intimité, ici.

Ils sortirent pour marcher côte à côte.

— Tu n'as pas répondu à ma dernière lettre.

— J'ai écrit à Minerva. C'est elle qui est enceinte.

— Bien sûr. Toutefois...

Elle se mit à rire.

— Ce n'étaient que deux phrases à propos de Minerva. Tu n'es pas très doué pour la correspondance.

Il esquissa une grimace.

— Disons que je suis laconique.

— Je comprends. Tu étais sans doute accaparé par tes nouveaux dessins, tes tuyaux, tes rouages.

— Depuis ton départ, je pense très peu à ces choses.

— Tu es occupé par ton entreprise ? C'est une bonne nouvelle.

Kevin regarda au loin. L'effervescence de cette rue animée ne leur permettait pas de discuter tranquillement.

— Je suis venu en partie pour t'en parler, justement. J'ai pris une chambre à l'auberge du Cheval Noir. Nous serions au calme.

Elle s'arrêta et se tourna vers lui.

— Je ne suis pas le genre de mari qui exige un quelconque devoir conjugal, Rosamund, précisa-t-il, sur la défensive. J'espère que tu en es consciente.

Elle hocha la tête et le suivit vers l'auberge.

En réalité, elle ne s'était pas demandé s'il exigerait ses faveurs, mais plutôt s'il allait tenter de la séduire. Dans ce cas, lui résisterait-elle ?

La chambre était agréable et donnait sur la rue, ce qui leur épargnait les odeurs d'écurie.

— Tu veux un verre de vin ? proposa-t-il en approchant une chaise. Tiens, assieds-toi.

Elle se laissa tenter. Du coin de l'œil, elle remarqua son rasoir sur la table de toilette. Le lit était jonché de feuilles de papier.

Le silence se prolongea entre eux. Elle avait peine à le regarder, envahie par des souvenirs plus ou moins douloureux. Voilà ce qu'elle voulait éviter : une existence jalonnée de moments comme celui-ci, lorsqu'elle comprenait qu'aimer était une erreur.

— Tu as une superbe boutique, dit-il enfin.

— J'en suis très fière. Encore plus que de celle de Londres.

Il fit tournoyer son vin dans son verre pour en admirer la robe.

— Tu as l'intention de rester ici ?

— Pendant un moment, oui, pour profiter de Lily. Ces dernières années, nous n'avons passé que quelques jours ensemble. Nous réapprenons à nous connaître.

— Aurais-je dû te suivre ? Est-ce ce que tu attendais de moi ?

Cela lui ressemblait bien ! Il n'y allait pas par quatre chemins.

— Cela ne m'aurait pas plu, admit-elle.

— Je m'en doutais. Tu n'es pas comme les autres femmes.

— Une vulgaire modiste, c'est ça ? fit-elle, reprenant l'expression de Kevin.

— Tu ne m'as pas laissé le temps de te demander pardon.

— Je suis partie à cause de moi, non à cause de toi.

— Je te demande pardon néanmoins.

— Admettons que tu aies prononcé ces paroles parce que tu étais en colère. Sauf que la colère fait dire la vérité, en général. Je ne t'en veux pas. Tu m'as rappelé ce que j'étais, qui j'étais, pourquoi nous nous sommes mariés. J'avais besoin de réfléchir en toute quiétude.

Il se leva pour contourner le lit.

— J'ai quelque chose à te faire signer. C'est l'une des raisons de ma venue. Il est question de l'entreprise.

— Je t'ai cédé ma moitié. Tu n'as plus besoin de ma signature.

— Cette cession n'est pas valide, car tu n'avais pas de témoin. Me Sanders m'a appris que si tu veux vendre ou céder tes parts, le mieux serait de le faire face à un juge. Les autorités se méfient quand les femmes mariées renoncent à leurs biens.

— As-tu demandé à Me Sanders de rédiger un document officiel ? Trouvons des témoins et réglons l'affaire dès aujourd'hui.

Elle reconnut l'écriture élégante du clerc de notaire. En parcourant le document, elle dut relire certains passages pour en avoir le cœur net.

— C'est un contrat avec M. Lovelace, Kevin.

— Effectivement. Un quart de l'entreprise sera pour lui, et un quart de celle qu'il va créer nous reviendra. Et voici l'autre partie de l'accord.

Il lui présenta un second document.

— Tu lui as parlé ? s'étonna la jeune femme.

— Une femme très avisée me l'avait conseillé. J'ai mis plusieurs jours à m'y résoudre, mais j'ai fini par prendre connaissance de sa proposition.

— As-tu mis longtemps à maîtriser ta colère ?

Il lui reprit le contrat et se pencha vers elle, au point que leurs visages se frôlaient presque.

— Je devais me remettre du choc de ton départ.

La chaleur de son souffle la fit trembler d'émotion.

— Es-tu arrivé à la conclusion que le plan de M. Lovelace est intéressant ?

— Je l'avoue, il est pragmatique, raisonnable, approprié. Nous avons discuté. Je suis même allé dans le Shropshire pour visiter son usine. Tu avais raison, Rosamund. Il fera du bon travail.

Elle eut du mal à maîtriser l'élan d'amour qui menaçait de la submerger.

— Je ne voulais pas provoquer en toi un tel choc. Telle n'était pas mon intention...

— Je sais, mais c'est ainsi. Je t'ai déçue à bien des égards, je crois.

— Non. Tu t'en es tenu à notre accord. Je ne m'attendais pas à ce que tu acceptes facilement. Et je comprends pourquoi tu n'as jamais été amoureux, à part cette aventure avec lady Greenough. Tu es captivé par des choses plus grandes. Il est normal que tu sois possessif envers tes créations. Je ressens la même chose pour mes chapeaux.

Il l'écoutait avec attention. Puis il plongea dans ses pensées. Elle l'enviait de pouvoir s'isoler ainsi.

— Serais-tu partie parce que tu me soupçonnais de préférer mon entreprise à ma femme ?

— Non, car c'est le fondement de notre mariage, après tout. Je dois l'accepter.

Affligé, Kevin se leva d'un bond et se détourna, les mains sur les hanches. Elle l'entendit soupirer. Sans doute l'avait-elle exaspéré une fois de plus.

Sans crier gare, il fit volte-face et s'agenouilla devant elle.

— Rosamund, dit-il en prenant ses mains dans les siennes. Pour moi, notre union est bien plus qu'un mariage de raison. Dès que j'ai posé les yeux sur toi, je t'ai désirée. À mesure que je te découvrais, mon désir s'est intensifié. Avant toi, je n'avais jamais été amoureux. Tu m'as volé mon cœur, mon amour. Et une partie de mon âme. Tu me captives, tu m'émerveilles. Je ne te promets pas de ne plus m'emporter, car je suis ainsi. En revanche, je te promets de t'aimer pour toujours, où que tu sois.

Il se pencha pour poser les lèvres sur sa main. Le cœur de Rosamund s'emballa. Non seulement il lui déclarait son amour, mais il n'exigeait rien en retour !

— Merci, murmura-t-elle en l'embrassant sur le front. Je suis incapable de faire semblant de ne pas être amoureuse de toi, de me contenter d'une amitié. Puisque tu m'aimes, je pourrai être moi-même.

Lorsqu'il leva les yeux, elle y lut un immense soulagement qui la toucha au-delà des mots.

— Tu le pourras, confirma-t-il. Rentres-tu à la maison ?

Elle hocha la tête. Il sourit, puis se tourna vers le lit avec un sourire canaille.

Entre rire et larmes, elle dénoua sa cravate.

— Tu es peut-être trop bon pour exiger de moi le devoir conjugal, mais ce n'est pas mon cas, railla-t-elle, avant de changer de sujet. Que feras-tu quand tu n'auras plus à te soucier de ton projet ?

— Un tas de choses très inventives me viennent en tête, répondit-il en ôtant sa veste. Nous sommes faits l'un pour l'autre, Rosamund. Le duc l'avait peut-être pressenti.

Il glissa une main sous sa robe en quête d'une jarretière. Impatiente, elle dégrafa les boutons de son gilet de ses doigts fébriles.

— Sais-tu que certains messieurs de la City seraient prêts à acheter des parts de n'importe lequel de tes projets sans en connaître la nature ?

— Ne sois pas ridicule.

Il dénuda son torse.

— Ton talent impressionne bien des gentlemen, même si tu les choques par ton comportement.

Il fit glisser ses bas le long de ses jambes.

— Je suis ravi de savoir que les investisseurs éventuels ne manquent pas.

Il se redressa et la souleva dans ses bras.

Rosamund se promit de lui parler des avantages que représentaient ces investisseurs plus tard. Leur premier baiser lui fit tourner la tête, et la puissance de son désir l'impressionna.

— Cela ne fait pourtant pas si longtemps, mais je…

— Je sais. Moi aussi. Oublions les jeux et les leçons. Je veux simplement te serrer contre mon cœur.

Les paroles n'étaient plus nécessaires, à part les mots d'amour qui scellèrent leur union.

AVENTURES & PASSIONS

6 avril

Renee Ann Miller

Les fripouilles - Le défi de Sophia

Inédit

La dernière incartade de l'incorrigible Hayden Milton, comte de Westfield, lui a valu une balle dans la cuisse, tirée par une de ses maîtresses. Convalescent, il a déjà effarouché deux infirmières qui ont préféré démissionner. Lorsque Sophia Camden se présente, Hayden est intrigué par cette brune au regard ardent et n'hésite pas à lui faire des avances. Décontenancée, la jeune infirmière lui fait une proposition : elle a dix jours pour lui prouver ses compétences et, si elle échoue, elle lui sera redevable. Quelle imprudente ! Comment cette audacieuse et troublante garde-malade imagine-t-elle pouvoir défier un séducteur tel que lui ?

✦

Joanna Lowell

Le tableau du bel inconnu

Inédit

Rien ne préparait Lucy Coover, modeste étudiante de l'Académie royale des Beaux-Arts, à croiser dans une ruelle de l'East End, un homme ivre, dans le plus simple appareil. Or, son regard de peintre a tout enregistré de cette superbe anatomie. Durant des semaines, elle dessine le portrait de cet inconnu et parvient à vendre une de ses œuvres. Quand, quelque temps plus tard, le duc de Weston se présente pour lui demander des comptes au sujet d'un portrait de lui qu'il a vu chez lord Forbes, Lucy est décontenancée. Elle ne s'attendait ni à rencontrer son modèle dont les yeux verts la troublent, ni à sa proposition qui pourrait bien changer le cours de son destin...

Harper St. George

Jeunes filles à marier - Une héritière si romanesque

Inédit

Christian Halston, comte de Leigh, vient d'apprendre que sa propriété écossaise a été ravagée par les flammes. Sans argent, comment reconstruire son château ? Un mariage avec une riche héritière est l'unique solution. Pourquoi ne pas proposer à cet Américain avide de titres, M. Crenshaw, d'épouser une de ses filles ? Or, le père a déjà choisi un époux pour la cadette, Violet, le comte de Wade, un ignoble individu que Christian déteste. Quand la jeune fille lui annonce qu'elle part incognito dans le Yorkshire pour fuir ce mariage et surtout pour terminer le roman qu'elle compte bientôt publier, il la persuade de l'accompagner dans sa retraite, en tout bien tout honneur, il va sans dire...

✦

Mimi Matthews

Jim, le gentleman

Inédit

Margaret Honeywell vit sous le joug de son tuteur, Frederick Burton-Smythe. Il y a des années, ce dernier n'a pas hésité à congédier le palefrenier du domaine, Nicolas Seaton, qui a dû s'enfuir comme un voleur, brisant le cœur de Margaret. Dix ans plus tard, la jeune fille arrive enfin à Londres pour sa première saison. Installée chez son amie Jane, elle apprend que Frederick va affronter le vicomte St. Clare lors d'un duel. Affolée par les conséquences que cette affaire pourrait avoir sur son destin, Margaret se rend chez St. Clare pour l'implorer de renoncer à ce funeste projet. Lorsqu'elle se retrouve en face du vicomte, c'est le choc ! Au premier regard, elle a reconnu celui qui n'a jamais quitté son cœur et qu'elle croyait disparu à jamais...

Suzanne Enoch

La famille Griffin - L'invitation au péché

Inédit

Lord Zachary Griffin accompagne sa tante chez les Witfeld, une famille farfelue où vivent sept filles à marier. Accaparé par cette ruche, le jeune homme remarque surtout le regard insistant de Caroline, la plus sensée de la famille. La jeune fille lui explique qu'elle souhaite intégrer une prestigieuse école d'art mais que, pour être admise, elle doit soumettre un portrait à l'approbation d'un jury. Zach propose à la jeune artiste de poser pour elle. Les séances commencent, les rapprochant chaque jour davantage. Caroline est bientôt submergée par de tendres sentiments envers son séduisant modèle. Entre l'amour de l'art et l'art de l'amour, doit-elle choisir ?

✦

Monica McCarty

Les chevaliers des Highlands - Le faucon

Bibliothèque idéale

Début du XIVe siècle. Erik MacSorley, qu'on surnomme le Faucon, est un marin écossais auquel ni les vents ni les femmes ne résistent. Un jour, il sauve de la noyade une jeune gouvernante, Ellie. Mais les apparences sont trompeuses, car celle qu'il a secourue est en réalité lady Elyne de Burgh, la fille du puissant comte d'Ulster. Courageuse et intrépide, Ellie s'entête à ignorer les charmes d'Erik. Alors que la guerre fait rage des deux côtés de la mer d'Irlande, vaincre l'obstination de la belle captive devrait être un jeu d'enfant pour le Faucon...

Sarah MacLean

Le cercle des canailles - Le flambeur

Il y a dix ans, Michael, marquis de Bourne, a perdu aux cartes les terres familiales et s'est juré de les récupérer. Aujourd'hui, riche propriétaire d'un cercle de jeu très en vue, il veut reprendre possession de ses biens. Or, son plan est compromis lorsqu'il apprend que le nouveau propriétaire, désespérant de marier sa fille aînée, Pénélope, ajoute à sa dot les propriétés de Michael. Une seule solution s'offre à lui : enlever la jeune femme pour la compromettre et la contraindre au mariage...

13418

Composition
FACOMPO

Achevé d'imprimer en Italie
par GRAFICA VENETA
le 2 février 2022

Dépôt légal : mars 2022
EAN 9782290360514
OTP L21EPSN002394N001

ÉDITIONS J'AI LU
87, quai Panhard-et-Levassor, 75013 Paris

Diffusion France et étranger : Flammarion